रमेशचंद्र शाह
की
लोकप्रिय कहानियाँ

रमेशचंद्र शाह
की
लोकप्रिय कहानियाँ

प्रभात पेपरबैक्स
प्रभात प्रकाशन
ISO 9001 : 2008 प्रकाशक का उद्यम
www.prabhatbooks.com

प्रकाशक

प्रभात पेपरबैक्स

4/19 आसफ अली रोड, नई दिल्ली–110002

फोन : 23289555 • 23289666 • 23289777 ❖ फैक्स : 23253233

इ–मेल : prabhatbooks@gmail.com ❖ वेब ठिकाना : www.prabhatbooks.com

संस्करण

प्रथम, 2015

मूल्य

एक सौ पचास रुपए

अ.मा.पु.स. 978-93-5186-298-7

मुद्रक

आर–टेक ऑफसेट प्रिंटर्स, दिल्ली

★

RAMESH CHANDRA SHAH KI LOKPRIYA KAHANIYAN

₹ 150.00

Published by **Prabhat Paperbacks** (A Division of Prabhat Prakashan)
4/19 Asaf Ali Road, New Delhi-2

ISBN 978-93-5186-298-7

भूमिका

कहानी लिखना कविता लिखने की अपेक्षा कठिन है, ऐसा मुझे लड़कपन में लगा करता था। अपने बचपन के भीतर बहुत दूर तक झाँकता हूँ तो पाता हूँ कि पद्य रचने की आनंदमयी उत्तेजना मुझ पर बहुत जल्दी हावी हो गई थी—तीसरी कक्षा में पढ़ता था, तभी से। मगर अपनी पहली कहानी 'तबलची' जब मैं नवीं में पढ़ता था, तब लिखी। यों भी गद्य के स्वाद का पता बाद में ही चल पाता है, जब हमारी समझ थोड़ी विकसित होने लगती है और सामाजिक बोध भी। इतना मुझे अच्छी तरह याद है कि 'कहानी' की जो छाप मेरे बाल-मन पर सबसे पहले (और शायद सबसे गहरी) पड़ी, वह रामायण-महाभारत और पुराणों की छाप थी, और हाँ, 'हितोपदेश' की भी। जिसे साहित्यिक वातावरण कहा जाता है, उसका तो हमारे यहाँ कोई प्रश्न ही नहीं था—हाँ, रघुनाथ मंदिर के छोटे से पुस्तकालय की बदौलत ये 'धार्मिक' पुस्तकें जरूर मेरी (कहना चाहिए, मेरे पिता की) पहुँच के भीतर थीं। मेरे लिए तो वह कथा-रस ही था, औरों के लिए भले ही कुछ भी रहा हो। आखिर 'हितोपदेश' भी तो मुझे उसी स्रोत से मिला था।

हमारी दुकान में कभी-कभी लोग रद्दी बेच जाते थे। सामान लपेटने के लिए, पुड़िया बनाने के लिए कागज की जरूरत पड़ती है, इसलिए वह रद्दी हमारे यहाँ आती थी। मगर उसकी ओर मेरा ध्यान काफी बाद में गया, जब एक दिन मैंने अपने पिता को उसमें दिलचस्पी लेते देखा। शायद पहली बार कोई पढ़ने लायक किताब उनके हाथ लगी थी, जो उन्होंने छाँटकर अलग रख दी थी। 'डॉन क्विकजोट' नामक विश्वविख्यात उपन्यास का वह 'किंज्योति' नाम से किया गया संक्षिप्त हिंदी अनुवाद था। धर्मनिरपेक्ष, यानी विशुद्ध साहित्य से वह मेरी पहली मुलाकात थी। इस तरह देशी-विदेशी का फर्क एकदम मिटा देनेवाला कथारस मेरे भीतर

दाखिल हुआ। मुझे याद है—टॉल्सटॉय का 'रेजरेक्शन' नामक उपन्यास भी मुझे इसी तरह अपने हिंदी 'पुनर्जन्म' में हाथ लगा था। प्रेमचंद का 'रंगभूमि' भी। महान् कथा-साहित्य इसी तरह 'रद्दी' के भाव और भेष में ही मुझसे मिला—बिना यह जताए कि वह महान् साहित्य है। घर में या पास-पड़ोस में भी दूर-दूर तक कोई मुझे यह बताने वाला नहीं था कि मैं अनजाने ही इस महान् साहित्य में दीक्षित किया जा रहा हूँ और वह भी दुकान की रद्दी की बदौलत। हाँ, 'रंगभूमि' पढ़ते हुए अपने छठी पास पिता की मैंने जो बेसुध दशा देखी—रोमांचित अश्रुविह्वल; उस दृश्य की छाप मुझ पर जरूर पड़ी थी। साहित्य की शक्ति का वह पहला प्रत्यक्ष पाठ था मेरे लिए।

किंतु जीवन-लीला को, और कहानी उपन्यास में ढले उसके गाढ़े रस तथा आसव को अपने भीतर अनुभव करना एक बात है और उस अनुभव को कहानी के रूप में रच पाना दूसरी बात है। बचपन की संवेदना, बचपन की कल्पना-शक्ति कुछ और ही हुआ करती है—बड़े होने पर उस तरह का अनुभव विरल हो जाता है : केवल महान् कथाकारों की रचना ही, पता नहीं किस चमत्कार से वैसा सघन और संश्लिष्ट अनुभव हमें फिर से लौटा पाता है। कारण इसका यही होगा कि कलाकारों में ही उस बचपन की जादुई-चमत्कारी आँख को बचा रखने की सिफत होती है और उसे शब्दों में ज्यों का त्यों प्रत्यक्ष कर देने की सिद्धि भी। बच्चे का अनुभव अपनी अवाक् तन्मयता में कलाकार जैसा हो सकता है : परंतु वह उस तरह 'भाषिक' अनुभव नहीं होता, जिस तरह वयस्कों का होता है। अनुभव और शब्द-सामर्थ्य के बीच का अंतराल बहुत धीरे-धीरे भर पाता है। नवीं-दसवीं में पढ़ते हुए, अपने आप-पास के जीवन को मैंने जिन कहानियों में ढालने की कोशिश की थी, उनमें से सिर्फ दो कहानियाँ मुझे याद रह गई हैं। इनमें से एक घटना-प्रधान थी, तो दूसरी चरित्र-प्रधान। इस स्कूली वर्गीकरण को ही सार्थक करते हुए मानो एक तो सचमुच घटना भर बनके रह गई थी, तो दूसरी महज एक चरित्र में सिकुड़ गई थी।

कहानी लिखने की प्रेरणा इस तरह मुझे अपने आस-पास की जीवन-लीला से और उसी में से उभरते मानव-चरित्रों से ही मिली थी। यानी यह जो मनुष्य नाम का प्राणी है। करुण और हास्यास्पद, दोनों की सीमाएँ छू लेने वाला, असीम धीरज और सहनशक्ति का प्रतीक एक तरह; और अंतहीन मूर्खता और अद्‌भुत बुद्धिमत्ता का अधिष्ठान दूसरी तरफ—अपनी क्षुद्रता और विशालता, दोनों में अपूर्वानुमेय—

मनुष्य ही मेरे सारे कुतूहल और जिज्ञासा का केंद्र था और कथारस का आलंबन भी। स्थानीय रंग-ढंग तो हर परिवेश का अपना विशिष्ट होता ही है, मेरे कस्बे का भी था। किंतु इस 'लोकल कलर' के भीतर गहरे में भारत के किसी भी कस्बे का समाज या जीवन-लीला मेरे उस कस्बे की जीवन-लीला से अलग नहीं है और जो उसमें गहरे झाँक सकता है, वह समस्त भारतीय समाज और भारतीय चरित्र की विशेषताओं-विडंबनाओं का भी साक्षात् कर सकता है। उसकी टूटने, उसकी जीवन-शक्ति को भी नितांत प्रत्यक्ष और सगुण दृष्टांतों में समझ सकता है—ऐसा मुझे प्रतीत होता है। इस तरह देखने पर मुझे अंग्रेजी में लिखनेवाले भारतीय कथाकार आर.के. नारायण भी उतने ही रोचक और जीवंत लगते हैं, जितने कि प्रेमचंद या फणीश्वरनाथ 'रेणु'।

कविता और कहानी—समूचा साहित्य ही उस तरह, जहाँ एक ओर जीवनानुभव से उत्पन्न होता है, वहीं पहले के साहित्य से भी। रचना अंततः भाषा में संभव होती है और उसे भाषा की अपनी साहित्य-संपदा भी रचना-प्रक्रिया में महत्त्वपूर्ण योगदान करती है। इस बात का निश्चय ही महत्त्व है कि किस तरह की मूल्य-दृष्टि और किस तरह का कथारस आपकी भाषा और साहित्यिक परंपरा में अभिव्यक्त होते रहे हैं और स्वयं आपकी खुद की पहुँच अपने भाव-बोध के निर्माण-काल में किस तरह के साहित्य तक रही है। जैसाकि मैंने शुरू में ही कहा था—मुझ पर जिस कथारस का संस्कार सबसे पहले पड़ा, वह रामायण-महाभारत-पुराण-हितोपदेश का था और उसके बाद अनुवादों के जरिए थोड़े से उन विदेशी उपन्यासों का, जिनके विदेशीपन का मुझे कोई सचेत अहसास था ही नहीं। उसके बाद ही फिर हिंदी गद्य का संसार मेरा संसार बना। अंग्रेजी की खिड़की बहुत बाद में खुली—इतनी देर बाद कि उसकी सीधी छाप ग्रहण करने की गुंजाइश उस तरह हो ही नहीं सकती थी। हाँ, जब अंग्रेजी पक्की हो गई तो उस माध्यम से विश्व कथा-साहित्य का अंतरंग परिचय प्राप्त कर चुकने के बाद कहानी लिखना इतना कठिन हो गया कि वह अपने-आप ही छूट गई और दस-पंद्रह बरसों तक छूटी रही। फिर से कहानी में लौटना सन् 1970 के आसपास हुआ और तब मैंने पाया कि मैं अपने भीतर चलनेवाले एकालाप को ही कहानी की तरह पकड़ रहा हूँ और वही मेरे लिए 'कहानी' है तथा किसी भी रूप में मैं कहानी लिखने चलता हूँ तो वह झूठी और अनर्गल सी कोशिश लगने लगती है। उदाहरण के लिए, मेरे पहले संग्रह में शामिल 1961 में लिखी कहानी 'ट्रेड अप्रेंटिस' और सन् '74 में लिखी 'अंधड़'

को आमने-सामने रख देखिए : दोनों में कोई साम्य नहीं दिखेगा। 'ट्रेड अप्रेंटिस' एक विशिष्ट घटनाक्रम और चरित्र को लेकर लिखी गई है। 'अंधड़' में घटना कुछ नहीं, महज एक आदमी का आत्मालाप है—एक ऐसे चरित्र का आत्मालाप, जो चरित्र भी उस तरह नहीं कहा जा सकता, जो भीतर से विघटित हो चुका है, जो अपने असाध्य बिखराव को ही किसी कदर बटोरने-सहेजने में उसकी अंतहीन असंगति में, ही कोई संगति खोजने-पाने की कोशिश में लगा है और इस कोशिश में खुद को दयनीय एवं हास्यास्पद भी पा रहा है।

इन कहानियों का 'मैं' भी कहानीकार के व्यक्तित्व को नहीं, उस औसत हिंदुस्तानी मनुष्य की ही छटपटाहट को व्यक्त करता है। मध्यवर्गीय हिंदुस्तानी की चेतना प्रवाह सा है यह—एक हास्यपूर्ण, पीड़ायुक्त विलापी किस्म का एकालाप, जिसमें वह अपने समाज, दुनिया, ईश्वर और मुख्यत: खुद अपने 'मैं' से बहस करता चलता है। मेरी 'अंधड़', 'डंक', 'स्पंज' और 'कस्बे में कविता' सरीखी कहानियों में यही स्वर सुनाई देगा। 'एक थके-हारे मध्यवर्गीय हिंदुस्तानी की बातूनी आत्मा को गहन, अंतर्मुखी स्तर पर व्यक्त करनेवाला स्वर, निर्मल वर्मा के शब्दों में—''उस डाकिए की तरह, जो मन के संदेश, आत्मा को, आत्मा की तकलीफ देह को और देह की छटपटाहट मस्तिष्क को पहुँचाता रहता है।''

—रमेशचंद्र शाह

एम/4, निराला नगर
भदभदा रोड
भोपाल-462001

अनुक्रम

आशा की कहानी

आखिरकार वह दिन आ ही गया, जिसका परमेश्वरी को इंतजार था। आशा की दुकान पर परमेश्वरी का कब्जा हो गया। क्या ही नाच नचाया था आशा ने परमेश्वरी को! मुहल्ले वाले दंग थे। पर किसकी मजाल थी कि टोके परमेश्वरी को और पूछे, यह क्या कर रहे हो, तुम्हें कमी किस बात की है? अरे, हम सब क्या मर गए, जो इस कोढ़ी के पीछे लगे हो? तुम्हें दुकान ही तो चाहिए न, हमसे क्यों नहीं बोलते? सारी कमाई फूँकने को ये गड्ढा ही मिला तुम्हें?

मन में चाहे सभी के यह बात थी, पर मुँह खोल के सीधे परमेश्वरी से कोई कुछ नहीं कह सकता था। क्यों नहीं कह सकता था? पहले की बात और थी। पर अब तो परमेश्वरी भी वह परमेश्वरी नहीं रह गया था, जो एक जबरदस्त चुंबक था और बिजली का नंगा तार भी, जो कभी भी अचानक कोई गुल खिला सकता था और फिर भी जिसके नजदीक फटकना किसी के लिए आसान नहीं था। जो कभी भी प्रगट हो सकता था और कभी भी अंतर्धान। इसलिए जो मायावी लगता था, आदमी से कहीं ज्यादा एक किंवदंती।

पर अब वह किंवदंती भी कहाँ रह गया था! वह तो सार्वजनिक रूप से नंगा और सपाट हो चला था। कोई मुनि तो वह था नहीं कि कहे, चातुर्मास कर रहा है। बिजली की कौंध की तरह प्रगट और विलीन हो जानेवाला वह मायावी करिश्मा आज पाँच महीनों से इस कस्बे से चिपका बैठा था। कस्बे से भी क्या, एक मुहल्ले से; और मुहल्ले के अंदर भी सिर्फ एक आदमी से, जिसका नाम आशा था और जो इस मुहल्ले और इस शहर में आधी सदी गुजारकर भी इस मुहल्ले और इस शहर का नहीं था—कहीं और से आया था तथा वहीं वापस लौटनेवाला था। कैसो-कैसी तो बीमारियाँ उसकी जान को लगी हुई थीं, जो उससे हमदर्दी रखनेवालों को भी

बहुत पास नहीं फटकने देती थीं। वह शराबी-कबाबी और जाने क्या-क्या हो गया था—मुहल्ले के लिए एक बला। और जैसे ही मुहल्लेवालों को लगा कि यह बला अब बस टलना ही चाहती है, वैसे ही जाने कहाँ से यह हीरो आसमान से आ टपका और उसके साथ लिथड़ गया। दो-चार दिन नाक-भौं सिकोड़ते-सिकोड़ते भी लोग यही उम्मीद करते रहे कि चलो शायद इस बहुरुपिए की एक सनक यह भी है और जल्द ही मिट जाएगी। मगर जब महीने-पे-महीने चढ़ते गए और परमेश्वरी ने अपने घर से भी ज्यादा आशा की दुकान में ही अड्डा जमा लिया तो पूरे मुहल्ले को जैसे साँप सूँघ गया।

परमेश्वरी का यह हश्र होगा—किसी ने भी नहीं सोचा था। हममें से प्रत्येक लुटा-पिटा अनुभव कर रहा था। हमारा परमेश्वरी खुद हमारी ही नजरों में इस कदर गिर जाएगा, यह किसने सोचा था! मगर अब, जब उसकी पोल-पट्टी उघड़ गई थी, हमारी घृणा का कोई पारावार न था। और उस पारावार में सिर्फ परमेश्वरी ही नहीं, खुद हम भी गले-गले तक डूबे हुए थे। आखिर हमीं ने उसे चढ़ाया था, हमीं ने उसे उछाला था। हमीं उससे खौफ खाते थे, हमीं उसके भाग्य से जल मरते थे। हमीं ने—हम जो कुछ भी अपनी करमजली जिंदगी में करने को छटपटाते थे और कभी नहीं कर पाते थे—वह सब कर गुजरने की कूवत उसमें देखी थी।

…आखिर यह वही परमेश्वरी था, जो जरा सी बात पर रूठकर अपने पिता से झगड़कर लड़कपन में ही भाग गया था और तब वापस लौटा था, जब सबकुछ खत्म हो गया था। यह वही परमेश्वरी था, जिसकी अकड़ और ऐंठ का कोई हिसाब ही न था, जो सीधे मुँह किसी से बात ही नहीं करता था और भूले से भी जिस किसी पर मुस्कुरा देता था, उसी की बाँछें खिल जाती थीं। जो चार-पाँच बरस में बस एकाध बार अवतरित होता था और ऐसी-ऐसी चीजें लेकर, जो मुहल्ले तो मुहल्ले, पूरे कस्बे के लिए सनसनी बन जाती थीं। जो आता था तो जब तक रहता था, सनसनी बनके रहता था और जाता था तो फिर से लौट के आने तक अफवाहों में धड़कता रहता था। कभी वह मिलिटरी में होता था तो कभी रेडियो-मिकेनिक। कभी पता चलता था, वह तो बड़ा भारी एक अखबार निकालता है और हमारे-तुम्हारे जैसे बीसियों पर सवारी गाँठता है।

एक दिन उसके किसी एस्टेट का मैनेजर होने की खबर फैली तो एक बार सुनने में आया वह स्मगलिंग के धंधे में पकड़ा गया है और जेल की हवा खा रहा है। मुझे अच्छी तरह याद है, जब यह खबर फैली थी और उसके काफी अरसे बाद

वह अचानक प्रकट हुआ था तो मुहल्ले के कई जवाँमरदों ने बारी-बारी से बोड़ा उठाया था कि वे सच्ची बात पता करके ही दम लेंगे। मगर वह जैसे प्रगट हुआ था, वैसे ही अंतर्धान भी हो गया और जवाँमरदों की जवाँमरदी का सिर्फ इतना ही सबूत देखने में आया कि किसी की कलाई में नई घड़ी बँधी हुई है तो किसी की जेब में नया फाउंटेन पेन चमक रहा है और कोई मलेशिया के पाजामे की जगह फलालैन की पैंट में फिट है।

ऐसा हमारा जलवागर अब आशा पनवाड़ी के दड़बे में धूनी रमाए बैठा था और शरम-हया सब ताक पर रख के। इतना बुरा तो लोगों को तब भी नहीं लगा था, जब मुहल्ले और खुद अपने मुँह पर दिनदहाड़े कालिख पोतते हुए हमारे आशा भगत एक नाचने-गानेवाली डोमनी के साथ लापता हो गए थे और सारी कमाई-धमाई उस पे निछावर कर चुकने के बाद एक दिन नशे में धुत्त गालियाँ बक्ते हुए वापस इसी दड़बे में दाखिल हुए थे। ऐसे आदमी से भला किसको सहानुभूति हो सकती थी! सिवा इस बहुरुपिए के, जो मानो इसी मौके की तलाश में था और अपना सबकुछ दाँव पे लगा देने पर तुला हुआ था। वह भी एक हारे हुए जुआड़ी के साथ, इस बगुलाभगत आशा के साथ, जिसने अपनी जिंदगी भर की साख मिनटों में चौपट करके रख दी थी। सोचने की बात है—जब हम उस आशा को ही क्षमा करने में स्वयं को असमर्थ अनुभव कर रहे थे, जिसने कि एक बाहरी आदमी होते हुए भी जिंदगी भर हमारे सुख-दुःख में बराबर साझा किया था और जिसे हम अपनों से कहीं ज्यादा इज्जत देते रहे—जब उस आशा को ही हमने नहीं बख्शा, तो फिर इस परमेश्वरी को ही हम कैसे बख्श देते, जो हमारा होकर भी हमारा नहीं था, जो परदेसी की तरह हमारे साथ सलूक करता था और सिर्फ हमें तरसाने को, हमारी छाती पे मूँग दलने को ही कभी-कभार प्रगट होता था।

खैर चलो, जैसा भी था, जो कुछ भी था, कम-से-कम कहने को तो था कि हमारे मुहल्ले का लड़का बाहर धूम मचा रहा है, नाम कमा रहा है। खाने का नहीं तो कम-से-कम दिखाने का दाँत तो था। मगर इसने तो अपने साथ हमारी भी लुटिया डुबो दी। पहले तो आए ही क्यों? किसने कहा था? वहीं गुलछर्रे उड़ाते—जहाँ थे। हमारा भरम ही कायम रखते। और जब आ ही गए थे अपना थूका हुआ चाटने, तो रहते उसी ठसक से। कौन तुम्हें रोक रहा था! अगर वो सब मदारीगिरी थी तो हमसे आके बतलाते। हम क्या मर गए थे, जो उस अपाहिज को पकड़ के बैठ गए? दर्द हो तो हमको हो। तुम्हारा वो क्या लगता है? तुम उसे क्या जानते

हो। अपना किया भुगत रहा है तो तुम्हीं को ऐसी क्या पड़ी है? जैसे इन्होंने ठेका ले रखा हो मुहल्ले भर का। चोर मुख-चांडाल मुख, जैसे भी भर रहे थे उस पापी का गड्ढा, हम भर ही तो रहे थे। ये हमारे-उसके बीच की बात थी। खुद का तो ठिकाना नहीं और चले हैं बड़े पुण्यात्मा पतितपावन बनने!

तरह-तरह की बातें। मुहल्ले के सयानों की नाक में दम कर रखा था परमेश्वरी बहुरुपिए ने। जहाँ तक हमारा सवाल है, हम भी आखिर थे तो उन्हीं के लड़के; और सयानों की दुनिया में बहुत दिलचस्पी न लेते हुए भी उसमें कहीं-न-कहीं तो शरीक थे ही। मगर हमारी राय के बदलने में और सयानों की राय बदलने में फर्क तो कुछ-न-कुछ होता ही। आखिर परमेश्वरी का लड़का हमारा नया-नया दोस्त बना था और इस नाते परमेश्वरी को हमारा चचा बन जाने से भला कौन रोक सकता था! इतना जरूर था कि पहले के परमेश्वरी हमारे लिए मुहल्ले के एक परदेस में बस गए चचा भर नहीं थे—एक उड़न तश्तरी या कहिए, चलता-फिरता सरकस थे। उनका सचमुच चचा बनकर मुहल्ले के निहायत बासी दृश्यों के साथ एकाकार हो जाना हम लड़कों के लिए भी शुरू-शुरू में एक अजूबे से कम नहीं था। फिर भी अगर हम सयानों की तरह 'छी-छी, थू-थू' नहीं कर पा रहे थे तो इसकी कुछ वजह थी। एक वजह तो यही कि सयानों के लिए भले ही परमेश्वरी दाता से भिखारी बन गए हों, हमारे लिए अभी उनकी हैसियत भिखमंगे जैसी नहीं बन पाई थी। वे अब भी हमें आश्चर्यचकित कर दे सकते थे और बिना कुछ खास लिये-दिए ही।

पर इससे भी जबरदस्त एक और वजह थी, जो हमें परमेश्वरी के बारे में सयानों की तरह राय बना लेने में दिक्कत पेश कर रही थी और वह यह कि परमेश्वरी आखिर आशा की खिदमत में जुटकर ही अपना परमेश्वरीपन घटा रहे थे। और परमेश्वरी के बारे में हमारी और सयानों की राय में जितना फर्क था, उससे कहीं ज्यादा फर्क आशा के बारे में था। दरअसल, मैं जब यह किस्सा सुनाने बैठा था, मेरे दिमाग में आशा-ही-आशा था। परमेश्वरी का दखल तो क्या मेरी कहानी में, और क्या मेरी याददाश्त में, बस नाम भर को ही था। आखिर परमेश्वरी को हम जानते ही कितना थे। परमेश्वरी तो हमारे बचपन की दुनिया में सिर्फ एक अफवाह थे। मगर आशाराम तो हमारे बचपन की क्या, हमारे मुहल्ले की जान और शान दोनों थे। मैं अभी अपनी उम्र के पैंतालीसवें साल की इस शाम को बंद आँखों के भीतर परमेश्वरी चचा की शक्ल हू-ब-हू नहीं उतार पा रहा हूँ, हालाँकि वे

अभी जिंदा हैं और हर तीसरे-चौथे साल उनसे मेरी भेंट भी होती रहती है। जबकि आशा कभी के मर-खप चुके—उन्हें मरे-खपे भी कम-से-कम तीस साल गुजर गए होंगे और मेरी खुली आँखों के सामने वे अपनी सैकड़ों मुद्राओं और हजारों हरकतों के साथ उतने ही उजागर हैं, बल्कि पहले से कहीं ज्यादा। आखिर क्या वजह है कि मुहल्ले का कोई और आदमी मुझे इस तरह नहीं घेरता, मुझसे इस तरह नहीं बोलता?

परमेश्वरी से मुझे इसलिए भी सहानुभूति थी कि मैं अपने लड़कपन के दिनों में जरा ज्यादा ही भावुक था और उन्हें आशा को कंधों पर लादके हनुमान मंदिर की ओर लपकते देखकर मुझे श्रवण कुमार की याद आती थी। दूसरे, बाकी सारे लड़कों में सबसे ज्यादा कौतुकी, कुतूहली शायद मैं ही था और परमेश्वरी को भी अपनी बदहाली के दिनों में एक ऐसे ही श्रोता की तलाश थी, जो न तो सयानों की तरह हो, न बच्चों की तरह, और जो न तो बहुत तेज हो, न एकदम ही घोंघा बसंत। अब भी जब कभी मैं अपने शहर जाता हूँ, परमेश्वरी चचा मेरी आवाज सुनके ही अपने दो तल्ले की बैठक के नीचे दुकान में उतर आते हैं और दुनिया-जहान की बातें पूछने लगते हैं। वह जमाना तो गया, जब वे खुद मेरे लिए दुनिया-जहान की तसवीर बनाते थे, तब की बात और थी। अब तो वे बुढ़ा गए हैं—दिखाई-सुनाई भी उन्हें बहुत कम देता है और उनके पास बैठ के यही लगता है कि खुद अपने कारनामे भी उन्हें, पता नहीं, याद होंगे कि नहीं। हाँ, अगर मेरे जैसा चिपकू कोई उन्हें खूँदने पर ही तुल जाए तो शायद उनके भीतर मरी पड़ी चीजों में भी कोई हरकत हो। वरना तो वे रोजमर्रा की सतह से चिपटी हुई एक झिल्ली भर रह गए हैं—लगभग जीवन्मृत। और वह भी अपने लड़के की बदौलत, जो उन्हें खिला-पिला जरूर देता है, पर किसी भी मामले में उन्हें नहीं पूछता—मनमाने ढंग से रहता है और किसी तरह की टोका-टोकी अपने कारोबार को लेकर बिल्कुल पसंद नहीं करता।

परमेश्वरी चचा के लिए भी क्या इतना काफी नहीं है कि उनका लड़का उनकी अपनी जमीन पर कायम है और मनमाने ढंग से ही सही, पुरखों की लीक थामे हुए है। कम-से-कम खूँटा तुड़ाके तो नहीं भागा, जैसे कि वे खुद एक दिन भागे थे। नहीं, उन दिनों को तो अब परमेश्वरी याद भी नहीं करना चाहते होंगे। मगर एकदम भी मैं कैसे कहूँ? जाने कितने किस्से अपने लड़कपन और जवानी के उन्होंने मुझको सुनाए हैं। इसी दुकान में या उसके ऊपर दोतल्ले की बैठक में। हाँ,

मेरे अलावा भी किसी और को उन्होंने यह सब सुनाया होगा—मुझे भरोसा नहीं होता। तो क्या मैं ही उनकी याददाश्त हूँ? बहरहाल, परमेश्वरी की याददाश्त मैं हूँ—ऐसी खुशफहमी के लिए तो मेरे पास कुछ वजह भी है। मगर आशा? आशा के बारे में सच पूछो, तो यही कहना होगा कि आशा ही पूरे मुहल्ले की याददाश्त थे। विडंबना देखिए कि कहानी मुझे परमेश्वरी की नहीं, आशा की ही लिखनी है और इससे भी बड़ी विडंबना यह कि आशा की यह कहानी भी मुझे काफी-कुछ मुहल्ले की याददाश्त से नहीं—परमेश्वरी की याददाश्त से ही निकालनी पड़ रही है। जबकि मुहल्ला अभी बरकरार है। कहीं से भी उजड़ा नहीं है और अभी भी कई सारे लोग मौजूद हैं, जो मुझसे कई गुना बेहतर आशा को जानते रहे होंगे। जो आशा के साथ खेले-कूदे, गाए-बजाए भी होंगे। फिर मुझसे किसने कहा कि तुम आशा की कहानी लिखो?

सचमुच, मैं कहना चाहता हूँ अपने मुहल्ले और कस्बे के लोगों से कि देखो, आशा मुझे तंग कर रहा है। आज दस-पंद्रह साल से वह हाथ धोके मेरे पीछे पड़ा हुआ है, "मेरी कहानी लिखो, मेरी मुक्ति तभी होगी। देखो, तुम्हारे मुहल्लेवालों ने मेरे लिए कुछ नहीं किया। मैंने जो कुछ बिगाड़ा था, अपना बिगाड़ा था, उनका मैंने क्या बिगाड़ा था? अरे, जब नारद जैसे ऋषि-मुनि भी मोहनी माया के पीछे पागल होके दौड़ गए तो आशा भगत तो महज हाड़-मांस का ही पुतला था। और ठोकर खाकर भी आखिर में लौटा तो तुम्हारी ही शरण में था। वो मुझे नहीं छोड़ती तो भी तुम्हारे सिवा मेरे लिए और कहीं ठौर था! उसके पीछे मैं पागल हुआ तो क्या तुम्हारे लिए मैं अछूत हो गया?"

मैं मुहल्ले को जगाता हूँ, अपने कस्बे को जगाता हूँ—कहो, आशा की कहानी कहो! अपने आशा भगत की कहानी कहो। पर वे मुझे कुछ नहीं बताते। यह भी नहीं कि वे आशा को एकदम ही भूल गए हों। कम-से-कम मुझे तो ऐसा नहीं लगता। मैं जब भी वहाँ जाता हूँ, हर बार मुझे यही लगता है कि आशा की रूह वहाँ भटक रही है और उन्हें वक्त-बेवक्त सताती भी है। पर वे नहीं जानते कि यह आशा की रूह ही है, जो उन्हें चैन से नहीं सोने दे रही है। मैं आशा की बात पूछता हूँ और वे परमेश्वरी की बात करने लगते हैं। उस परमेश्वरी की नहीं, जो अब उनके मुहल्ले के ही नहीं, अपनी जिंदगी के भी किनारे बैठा हुआ है, बल्कि उस परमेश्वरी की, जिसने उनकी नाक काट दी थी, अपनी लुटिया डुबो दी थी बेशक, आशा की बदौलत।

···हाँ, तो कोई छह महीने गुजर चुके थे परमेश्वरी को आशा की खिदमत बजाते हुए और मुहल्लेवालों के लिए अब बस एक ही इंतजार बचा था—आशा की मौत का और परमेश्वरी के ठगे जाने का। पर परमेश्वरी था कि उसी निर्लज्ज निष्ठा से जुटा हुआ था और हार ही नहीं मान रहा था। यों सभी को मालूम था, वह किसलिए जुटा हुआ है। हैरत की बात यही तो थी कि वह ऐसी टुच्ची चीज की खातिर इतनी तपस्या क्यों कर रहा है। नकटेपन की भी कोई हद है! खैर, दो-एक सयाने जरूर दबी जुबान से कहते पाए जाते थे, ''बाप की याद सता रही है। उसे बाप की गद्दी चाहिए। चाहे जिस भी कीमत पर।'' चलिए साहब, माना कि परमेश्वरी आशा की दुकान चाहता है और वहाँ अपने लड़के को बिठाना चाहता है। मगर लड़के को बिठाके किस चीज की दुकान खोलेगा, इस बारे में अटकलें लगाते-लगाते लोग बेजा परेशान थे। कोई कहता था, फैंसी गुड्स की दुकान खोलेगा, सीधे नेपाल से माल लाएगा। कोई कहता, विलायती शराब की दुकान खोलेगा, उसमें चाँदी-ही-चाँदी है। कोई कहता, बंदूक-रायफल बेचेगा तो कोई कहता, देखना प्रेस लगाएगा। आधे लोग अब भी इसी उम्मीद में गिरफ्तार थे कि देखना, गड़ा खजाना एक दिन निकलेगा और धमाका जरूर होगा।

मगर बुजुर्गों की राय दूसरी थी। वे साफ-साफ कहते थे कि अरे, हो गया धमाका जितना होना था। अब उसके पास रखा क्या है? रखा होता तो ऐसी दलिद्दरी हालत होती उसकी! बहुत हुआ तो चाय-पानी का होटल चलाएगा और पान-बीड़ी भी रख लेगा। अरे, झूठी शान आदमी आखिर कितने दिन चला सकता है? आएगा तो आखिरकार अपनी ही औकात में! जवानी जोर मार रही थी तो दुनिया-जहान एक करता फिरा। अब बुढ़ापा सामने दिखने लगा और नसें ढीली पड़ने लगीं तो सारी अकड़ हवा हो गई। याद नहीं कैसे अपने बाप को रुला के गया था। अब उसी के नाम को रो रहा है। उसी की माला जप रहा है। बाप नहीं, तो बाप की परछाईं ही सही। याद नहीं कैसी घुटती थी? बाप से दुश्मनी थी तो उसके दोस्त से भी दुश्मनी निभानी थी। अब बाप तो मिलने से रहा। सो इसी कोढ़ी को ही गले लगा रहा है। क्यों नहीं लगाएगा! लड़के को ठिकाने लगाना है कि नहीं? औरत का क्या ठिकाना। जाने कहाँ की है! कौन जात है। टिकने वाली भी है कि नहीं? जाने कहाँ से उड़ा लाया है। अपने करम याद आ रहे होंगे और क्या? मन-ही-मन डर रहा होगा कि कहीं उसी की तरह उसकी औलाद भी एक दिन उड़न-छू न हो जाए। सो लड़के को बाँध रखने को उसे एक खूँटा चाहिए खूँटा। आशा

की दुकान आखिर थी तो इसी के बाप की। बाप अपने हाथ से नहीं देता, तो भी कब्जा आशा का ही होता। तुम देखना, आशा इसे कैसे चलाता है। पूरी खिदमत भी करवा लेगा और दुकान आखिरकार अपने भतीजों के ही नाम करके मरेगा। आखिर आशा इसका लगता क्या है!

बुजुर्गों की बात थोड़ी कड़वी भले लगे, पर एकदम गलत भी उन्हें कैसे माना जाए? आशा थे तो परदेशी ही। फकत पचास साल पहले ही तो उनके बाप हमारे कस्बे और मुहल्ले में दाखिल हुए थे। सुना, वे पान का धंधा करते थे और खूब करते थे। सुना, उनके आने से पहले हमारे कस्बे में पान का चलन ही नहीं था। आशा भी पहले वही करते थे फिर जाने किसके कहने पर वह जमा-जमाया कारबार छोड़के मिठाई बनाने लगे। कहाँ पान और कहाँ मिठाई। कोई तुक है? और वह भी लोहा बाजार में, जहाँ मिठाइयों के लिए कहीं से कोई गुंजाइश नहीं थी। हलवाई सारे मंगलवारा में बसते थे और जिसे मिठाई खरीदनी होती थी, वह वहीं जाता था। मगर आशा तो आशा ही थे। पान की इल्लत कौन पाले, जब मिठाई का हुनर पास में हो। एक ही काम करते-करते आदमी ऊबेगा कि नहीं? जब देखा कि उनकी मिठाइयाँ सिवाय मक्खियों के और किसी को पसंद ही नहीं आ रही हैं तो उन्होंने पैंतरा बदला और सिर्फ जलेबियों पर उतर आए। 'आशा की मशहूर जलेबी' उतनी मशहूर तो खैर नहीं हुई, पर एक मुहल्ले को तो कम-से-कम उसकी चाट लगा ही दी थी उन्होंने। खुद ही कहा करते थे कि हींग लगे न फिटकरी और रंग एकदम चोखा। शाम के चार बजे नहीं कि दुकान पर भीड़ लग जाती और देखते-ही-देखते सारा माल साफ। तीन परात जलेबी छनती थीं और उतनी मुहल्ले की माँग को देखते हुए काफी थी। ग्राहकों में भी सबसे ज्यादा तादाद बच्चों की होती, जो इकन्नी-दुअन्नी लेके आते। और सयाने ग्राहक भी ज्यादातर चवन्नी या हद-से-हद अठन्नी छाप ही होते। नोट-वोट की तो नौबत ही नहीं आती। कुल दो घंटे का खेल था। इससे ज्यादा झंझट दुकानदारी का आशा, सच पूछिए तो पाल भी कैसे सकते थे।

आखिर दुकानदारी के अलावा भी तो उन्हें ढेरों काम रहते थे। अरे, रासलीला है, नौटंकी है, होली के स्वाँग हैं, सब उन्हीं की जिम्मेदारी है—उन्हीं के पाले और बढ़ाए हुए शौक हैं। फिर शादी-ब्याह के मौकों पर गाजे-बाजे से लगाके आतिशबाजी तक, जो भी काम होने हैं, उन्हीं की निगरानी चाहिए कोई बुलाए, चाहे न बुलाए। कस्बे में चाहे जिसका भी बुलावा आ जाए, भले ही आधी रात का वक्त हो और

मूसलधार बारिश पड़ रही हो, बिना उनके कंधा दिए कोई मरघट कैसे पहुँच जाएगा? गरज यह कि काम-ही-काम है, क्या किया जाए! फिर ससुरा कस्बा है कि क्या है! आए दिन कुछ-न-कुछ बखेड़ा खड़ा हो ही जाता है, जैसे इसी के लिए अखाड़ा खोला हो। जाने कितनी बार ऐसी नौबत आई है कि जलेबी बनाते-बनाते ही मुहल्ले से किसी कोने से वाक्युद्ध की आहट मिली और जब तक उसे द्वंद्वयुद्ध के कगार पर ठंडा करके जैसे-तैसे भगतजी वापस लौटे हैं, तब तक भट्ठी राख हो गई है और पूरी परात साफ।

आशा जलेबियाँ भले ही छानते रहे हों, जैसे कि भाँग भी कभी-कभार छानते ही थे, उन्हें हलवाई कहने की जुर्रत कोई नहीं कर सकता था। पनवाड़ी कहे जाने से उन्हें खास एतराज नहीं था, क्योंकि वह पुश्तैनी धंधा था। मगर खुद उनकी इच्छा थी कि लोग या तो उन्हें पहलवान कहें या भगतजी। क्या ही गठा हुआ बदन था उनका, जो उनका खुद का कमाया हुआ था। सुग्गनबाड़ी के छोटे से मैदान में वे सुबह-सुबह कसरत करना सिखाते थे और कुश्ती के दाँवपेच भी। उन्हें अगर मलाल था तो सिर्फ इतना ही कि बीस साल हो गए अखाड़ा चलाते-चलाते और उन्हें चित्त कर सके, ऐसा एक भी शागिर्द वे पैदा नहीं कर पाए··· "एक-दो दाँव-पेच सीख के ही साले अपने को रुस्तमे-हिंद समझने लगते हैं—और फिर पलट के मुँह भी नहीं दिखाते। ऐसे भी कहीं जोर होता है! अरे, बजरंगबली की दुआ चाहिए। नियम-संयम चाहिए, तब कहीं जोर समझ में आता है।···जब लँगोट में ही छेद हो तो छाती में जोर कहाँ से आएगा।···तभी तो मैं असली दाँवपेच किसी को बताता नहीं। बताऊँ किसे?···कोई धुनी, लँगोट का पक्का दिखे तब न?"

बस यहीं आशा जरा ज्यादती कर जाते थे। उन्हें अपने लँगोट के पक्के होने का जरूरत से ज्यादा भरोसा था या कहिए अहंकार था और अपने धुनी होने का भी। धुनी तो वे खैर थे ही, पर सबको अपने जैसा ही धुनी बनाना चाहते थे और जहाँ कमजोरी सामने आई कि धुनाई शुरू कर देते थे। थे भी बड़े मुँहफट। खुद तो बक-बका के फौरन भूल जाते थे, मगर सुननेवाले तो याद रखते ही थे। ऐब यों उनमें कोई था नहीं, हुनर के पक्के और बिना बुलाए 'यत्र-तत्र-सर्वत्र' दीखने की कुछ ऐसी सिद्धि उन्हें प्राप्त थी कि लोग उनसे काम भी करवा लेते थे और बदले में किसी अहसान या प्रत्युपकार जैसी असुविधाजनक चीजों से भी मुक्त रहते थे। उन्हें गाने का बड़ा शौक था, हालाँकि इस शौक और उनके स्वर-ज्ञान के बीच ऐसा उलटा समानुपात फँसा हुआ था कि उसकी जानकारी एक उन्हें छोड़ के और

सभी को तुरंत हो जाती थी। तिस पर भावावेश में आके वे सिर्फ गले से ही नहीं, पूरे शरीर से गाने पर उतारू हो जाते थे और कभी-कभी तो खड़े होके नाचना भी शुरू कर देते थे। दसियों गाने और होलियाँ उन्होंने सुन-सुना के ही जमा रखी थीं। पर दो चीजें ऐसी थीं, जो उनके सिर पर चढ़के बोलती थीं और उन्हें गाते-गाते यह लगभग तय होता था कि वे पूरा नहीं गा सकेंगे, बीच में ही रोने लगेंगे। एक तो वही···'ऊधौ मोहि ब्रज बिसरत नाहीं' और दूसरा वह 'हो रसिया मैं तो शरण तिहारी···।' जाहिर है कि ऐसे आदमी से महफिलों में गाने की फरमाइश करना जितना अटपटा था, फरमाइश न करना भी उतना ही मुश्किल। गाते वे सिर्फ दसेक ही मिनट थे। पर शुरू होने के दूसरे मिनट में तबला और चौथे मिनट में हारमोनियम उनका साथ दे पाने में अक्षम सिद्ध हो जाते थे। बस एक बनारसी गुरु का मँजीरा ही अंत तक किसी तरह खड़खड़ाता रहता था।

मजे की बात यह थी कि स्वयं गायक को इसका पता नहीं चलता था। वे जब गाना शुरू करते थे तो पहले घड़ी पर निगाह डालते थे और फिर आँखों के साथ-साथ एक कान भी मूँद लेते थे। जब आखिरी पंक्ति पर आते थे, तभी आँखें खोलते थे और घड़ी में दस मिनट लगे, यह देखकर इतने मगन हो जाते थे कि खुद ही वाह! वाह! कर उठते थे। गनीमत थी कि पूरे समय उनकी आँखें बंद रहती थीं। अगर खुदा न खास्ता, बीच में ही कभी वे खुल पड़तीं तो अपने श्रोताओं को देखके उनके गायक को ज्यादा प्रेरणा मिलती या पहलवान को, कहना मुश्किल है। इतना जरूर था कि उनकी जिंदादिली और सामाजिक महत्त्व को मद्देनजर रखते हुए लोग उन्हें यह छोटा सा संतोष, गवैया होने का संतोष खुशी-खुशी बख्श देते थे। मानकर चलते थे कि जब आशा महफिल में आ ही गए हैं तो बिना अपना जौहर दिखाए जाएँगे नहीं। कितनी खुशामद करनी पड़ती थी उनकी! और काफी नखरेबाजी के बाद ही आशा अपना गला खँखारना शुरू करते थे। अगर कभी गल पस घसीट लाना भी कोई खास भारी नहीं पड़ता था। बस एक ही बात लोगों को खटकती थी, और वह यह कि अपनी गवास निबटा लेने के बाद वे चुपके से खिसक जाते थे।

आशा नि:संतान थे और विधुर भी। दूसरी शादी के लिए सुना, तैयार होके भी वे ऐन मौके पर बिदक गए थे। गिरस्ती उन्हें जंजाल लगती थी और बगैर जंजालवाली मोहनी-माया के लिए कस्बे के रसिक-संप्रदाय में कोई खास गुंजाइश नहीं थी। क्या इसीलिए आशा बजरंगबली के भक्त थे? आँधी हो, तूफान-ओले गिर रहे हों या मूसलाधार बारिश, वे हनुमान मंदिर की आरती में शामिल न हों, यह हो नहीं

सकता था। वे रोज नियम से अपने इष्टदेव को पाँच लड्डू चढ़ाते थे और पक्के साढ़े चार लड्डुओं का प्रसाद वसूल करके रास्ते भर बाँटते जाते थे। उनके दो भतीजे उनके साथ रहते थे, जो अखाड़ा चलाने में उनकी मदद करते थे और दुकान में भी थोड़ा-बहुत हाथ बँटाते थे। बदकिस्मती देखिए कि दोनों भतीजे पढ़ाई में तेज निकल गए और पढ़-पढ़ाके चलते बने। आशा अकेले रह गए। उनके जोड़ों में दर्द होने लगा तो अखाड़ा भी कुछ दिन लस्टम-पस्टम शागिर्दों के भरोसे चलके बंद हो गया। दुकान तो खैर, मुहल्लेवालों की मदद से बदस्तूर चलती रही और जलेबियों में भी कोई कसर नहीं आई। मगर इसी बीच एक ऐसा गुल खिला, जिसने मुहल्लेवालों को हैरत में डाल दिया। आशा भगत मुहल्ले के दो-चार रसिकों के साथ एक गाँव में नाच देखने गए और लौटके नहीं आए। लौटे हुओं की जबानी मालूम पड़ा कि आशा उस नाचनेवाली डोमनी पर जी-जान से फिदा हो गए हैं और अब उसी के साथ रहेंगे। यह भी कहलवाए हैं कि 'अब जब भी लौट के आएँगे, अपनी मोहनिया को साथ लेके ही आएँगे।'

यह एक चुनौती थी—खुली चुनौती, जिससे निबटने को पूरा मुहल्ला कमर कस के तैयार बैठा था··· "आने दो साले को और उस मोहनिया की बच्ची को। देखते हैं, कैसे इस मुहल्ले में घुसता है। मार-मार के भुरता निकाल देंगे साले का, उसने समझ क्या रखा है। शरीफों के मुहल्ले में चकला चलाएगा। अरे बेशर्मी तो देखो जरा। रंडी लेकर आएगा और हम उसकी आरती उतारेंगे। वाह रे भगत! हम तो पहले ही कहते न थे कि··· 'मुँह लगाए डोमनी नाचे ताल-बेताल'···अब अच्छा हुआ? और घुसाओ उसे अपने घरों में। और चढ़ाओ सिर पै। हम तो देख ही रहे थे इसके लच्छन शुरू से ही।"

खुद आशा की अंतरंग मंडली भी आशा से खार खाए बैठी थी। कोई सलाह-मशविरा नहीं, कुछ नहीं, बस फैसला करके चल दिया। बड़ा ब्रह्मचारी बनता था। हमें उपदेश-पै-उपदेश पिलाता था। और जरा सी में फिसल गया। पहले दाँव में ही चित्त हो गया। चलो, हो गया सो हो गया—लार टपक पड़ी तो टपक पड़ी। मगर लोकलाज भी कुछ होती है कि नहीं? एक तो मियाँ बावरे, तापर खाई भाँग। अब बड़े मजनूँ बने बैठे हैं। उसे घर में बिठाएँगे। हद हो गई।

पूरा मुहल्ला कोई महीने भर तक दम साधे इंतजार करता रहा कि कब आशा-मोहनिया दीखें और कब मुहल्ले की सरहद पर ही उनकी ठुकाई करके उन्हें वापस खदेड़ दिया जाए। मगर अफसोस कि इस सनसनी की नौबत ही नहीं

आई। मोहनिया ने ही आशा को लूट-लाट के महीने भर बाद चलता कर दिया। अपना सा मुँह लेके बेचारे एक दिन मुँह-अँधेरे अपने दड़बे में दाखिल हो गए। मगर जैसे ही उन्हें पता चला, मुहल्लेवालों ने उनके स्वागत की कैसी-कैसी तैयारियाँ कर रखी थीं, वे नथुने फड़काते हुए बीच बाजार में लाठी लेके खड़े हो गए और जोर-जोर से ललकारने लगे—"चलो आओ रे! आओ, आशा की ठुकाई करनेवालो! दड़बों में घुस के क्यों बैठे हो? दिखाओ अपनी बहादुरी। अब निकलते क्यों नहीं हरामियो! अरे बाहर तो निकलो जरा।"

मगर किसमें हिम्मत थी, जो इस ललकार को कबूल करता। बकबका के आशा वापस दड़बे में घुस गए। मगर मुहल्लेवालों का अपना ढंग था बदला लेने का, जिसकी आशा पहलवान के पास कोई काट नहीं थी। कुश्ती के दाँवपेच यहाँ बिल्कुल ही बेकार साबित होते थे। तिस पर बीमारी ने उन्हें धर दबोचा। वैसे भी, बीमारी से ज्यादा जो अंदरूनी चोट उन्हें लगी थी, उसका क्या इलाज था? भतीजों को बुलाया तो उन्होंने भी साफ मना कर दिया। कहा, वहाँ क्या रखा है तुम्हारा? यहीं क्यों नहीं आ जाते? पर सारी मलामती के बावजूद आशा शहर छोड़ के नहीं जाना चाहते थे। जिस सहज भाव से वे हमारे लिए खिलौने बनाते थे, मुफ्त जलेबियाँ बाँटते थे और जोर करना सिखाते थे, उसी सहज भाव से वे हमें अपने जोड़ों पर मालिश करने को या दवाई ले आ देने को या और भी कोई छोटा-मोटा काम कर देने को कह देते थे। मगर धीरे-धीरे पता नहीं कैसे, हम लड़के भी उनसे कतराने लगे "खबरदार, उस शराबी-कबाबी के यहाँ कदम रखा तो।" एक तो उनकी साख वैसे ही काफी गिर चुकी थी, तिस पर यह जो नई-नई शराब की लत उन्हें लग गई, शराब पीके जहाँ-तहाँ चिल्लाने और अनाप-शनाप गालियाँ बकने की। उसने उनका रहा-सहा भरम भी मिटा दिया था। यह नहीं कि मुहल्ले में और कोई शराब पीता ही न हो। यह भी नहीं कि और किसी का कभी कोई लफड़ा ही न हुआ हो। मगर आशा की बात और थी। आशा अंततः आशा भगत थे और कस्बे के जनमानस में उनकी एक मूर्ति प्रतिष्ठित हो चुकी थी—बजरंगबली के भगत के रूप में, लँगोटी के पक्के एक पहलवान के रूप में, निस्स्वार्थ जनसेवक और अक्खड़ आदर्शवादी के रूप में। अब यह उनका कर्तव्य हो जाता था कि वे उस मूर्ति को कहीं से भी खंडित न होने दें। खंडित मूर्ति का भला उपयोग ही क्या? उसकी जगह तो कूड़े में ही है। मुहल्ला दूसरों को बख्श दे तो बख्श दे, आशा भगत को कैसे बख्शे?

उस आशा को, जो बजरंगबली के भक्त थे और जिनकी बीमारी के बारे में लोग तरह-तरह की अटकलें लगाने लगे थे।

उस बीमारी के बारे में मुझे परमेश्वरी भी कुछ नहीं बताते। मैंने पूछा भी तो टाल जाते हैं। खुद आशा हमको गठियावात बताते थे और जोड़ों पै मालिश करवाते थे। चौबीस घंटे पवनपुत्र की तरह निर्द्वंद्व विचरनेवाले आशा के लिए यह बीमारी किसी वज्रपात से कम क्या रही होगी। वैसे भी अब वे न तो होली में स्वाँग कर सकते थे, न आतिशबाजी का इंतजाम कर सकते थे और न अपनी गाँठ से किसी की मदद कर सकते थे। मुहल्ले के कुछ लोगों का तो यही कहना है कि वे चोरी-छुपे आशा की खबर लेते ही थे और वह अघोषित सामाजिक बहिष्कार तो एक तरीका था उन्हें सुधारने का। अगर उनकी बात सही है तो कहना पड़ेगा कि इसका असर तो जरूर हुआ, मगर ठीक उलटा।

''कैसे-कैसे स्वाँग किए मैंने, कैसी-कैसी लीला दिखाई। तब तो किसी ने नहीं टोका। तब तो सब मजा लेते थे। अब क्यों नानी मरी जा रही है? कैसी-कैसी गालियाँ सुनाई हैं सालों को मैंने नशे में धुत्त होके और इसी उम्मीद में कि कोई तो साला अपनी माँ का लड़का सामने आके मुझे एक चाँटा मारेगा। किसी को नहीं पड़ी कि मैं बीच बाजार में गिरा हूँ कि नाली में पड़ा हूँ। हिम्मत ही नहीं सालों को, बेहोश हालत में भी समझते हैं कि मैं कहीं उनकी गरदन मरोड़ के न रख दूँ। लुच्चे साले! आया था एक बड़ी दया दिखाने। कहने लगा उस रंडी में तुमने क्या देखा? मन में तो आया कहूँ—'तेरी माँ देखी'। पर कुछ नहीं बोला। चुपचाप उसे उठाके दुकान के बाहर फेंक दिया। अरे, तुमने मुझे जब अपने दिल से ही बाहर फेंक दिया तो मैं क्या तुम्हें अपनी दुकान से बाहर नहीं फेंक सकता? इतनी कूवत अभी मुझमें है। अभी मैं मरा नहीं, जिंदा हूँ।''

नहीं मिली। मुहल्ले की आक्रामक आत्मीयता भी आशा को नहीं मिली और वक्त गुजरने के साथ-साथ आशा का आक्रोश भी मुहल्ले की दीवार से टकराते-टकराते चुक गया। उन्हें लगने लगा, अब उनकी चला-चली की बेला आ गई तो क्या ये मुहल्लेवाले उनकी मिट्टी उठाएँगे? नहीं-नहीं। वे ऐसा कभी नहीं होने देंगे।

अब जाकर पहली बार आशा भगत को इलहाम हुआ कि यह तो बिदेस है और उन्हें बिदेस में नहीं मरना चाहिए। स्वदेस में जाके मरना चाहिए। स्वदेस, यानी नजीबाबाद, जहाँ वे पिछले सालों में एक बार भी नहीं गए हैं। जिसे उन्होंने

दस बरस की उम्र में छोड़ दिया था, जब उनका बाप उन्हें लेके इस शहर में आया था। बाप भी यहीं मरा था और सबकुछ ठीक-ठीक रहता तो वे भी यहीं मरते। पर यहाँ मर के वे अपनी मिट्टी पलीत करवाएँ? उन्होंने नजीबाबाद जाने का फैसला किया।

और तभी, ठीक इसी फैसले की नोक पर परमेश्वरी का आविर्भाव हुआ। परमेश्वरी ने आशा के भीतर गड़े काँटे को देखा और समझ गया कि उसे क्या करना है। परमेश्वरी के मन में भी शायद ऐसा ही या इससे मिलता-जुलता काँटा गड़ा हुआ था। आखिर उसी काँटे की चुभन ने तो उसे यायावर बनाया था। पर वह आशाराम नहीं था, परमेश्वरी था। उसे स्वाँग की जरूरत नहीं थी। उसने भी समझ लिया था कि उसका आतंक धीरे-धीरे झड़ रहा है। इससे पहले कि लोग उसे भूल जाएँ—लोगों के दिलों पर उसकी कामरूप आजाद हस्ती की छाप धुँधली पड़ जाए, उसे कुछ तो करना ही था। उसका खुद का लड़का आवारा हुआ जा रहा था और उसमें परमेश्वरी को कहीं से भी वह कूवत नजर नहीं आ रही थी कि जो उसके बाद भी उसके करिश्मे का सिलसिला बनाए रख सके। जमाना बदल गया था। परमेश्वरी को भी अब स्वदेश लौट जाने में ही अपनी कुशल दिखाई दी।

शायद परमेश्वरी ने भी, जहाँ वह उस वक्त था, वहीं से अपनी रणनीति तय कर ली हो। लगता है वह वहीं से घर-घराट की सारी खबर रखता होगा। एक आशा ही तो था, जिससे वह अपनी तरह और अपनी शर्तों पर जुड़ सकता था। फिर आशा की दुकान किसी जमाने में उसी के बाप की दुकान थी और बड़े मौके की दुकान थी। वहीं से तो यह शहर का सबसे शानदार मुहल्ला शुरू होता था। या यों कहें कि वहीं पर तो मुहल्ला खत्म होता था। मुहल्ले की सरहद पर ठुँकी उस दुकान का अपना एक अलग ही बेहद दिलचस्प इतिहास था। परमेश्वरी, जिसने कभी पीछे मुड़कर नहीं देखा था, अब बार-बार उसी इतिहास को याद कर रहा था और उसी में से नया अवतार लेने के मंसूबे गाँठ रहा था।

अब शुरू हुआ आशा और परमेश्वरी का वह महान् प्रदीर्घ द्वंद्व, जिसकी कल्पना मुहल्लेवालों को तो क्या, खुद परमेश्वरी को भी नहीं रही होगी। जैसा कि मैं आपको बता चुका हूँ, आशा जोर के दाँवपेचों में सिद्धहस्त थे और उन्हें इसका सख्त मलाल था कि उन्हें पटखनी खिला सके, ऐसा एक भी शागिर्द वे पच्चीस साल तक खटते-खटते भी नहीं पैदा कर सके। और तो और, उनके असली दाँवपेच भी जिसको सिखा सकें, ऐसा एक भी धुनी सुपात्र उन्हें पूरे कस्बे में नजर नहीं

आता था। मगर मेरा खयाल है कि आशा की ये दोनों ही हसरतें, कुछ तो उनकी मोहनिया ने, कुछ उनकी बीमारी ने और रही-सही परमेश्वरी ने पूरी कर ही दी होंगी। विडंबना तो देखिए—वही परमेश्वरी, जिसने कभी भूल के भी उनके अखाड़े में कदम नहीं रखा होगा और जिसकी खुद भी उन्होंने कभी परवाह नहीं की थी, उसी परमेश्वरी के आज वे सौ-फीसदी मोहताज बने हुए थे।

मगर रुकिए, आशा जितने परमेश्वरी के मोहताज थे, क्या उतने ही परमेश्वरी भी आशा के मोहताज नहीं बन गए थे? कम-से-कम खुद परमेश्वरी की बातों से तो मुझे ऐसा ही लगा था। आखिर परमेश्वरी अब चारों धाम एक करनेवाले दिग्विजयी तो रह नहीं गए थे। अब तो वे एक शरणार्थी थे—अपने ही घर में शरणार्थी। आशा दुकान पर अपना कब्जा छोड़े तो परमेश्वरी को जमने की ठौर मिले।

मगर आशा को अपने महत्त्व का इस गिरी-पड़ी हालत में भी सही-सही अनुमान था। यह तो सभी को पता था कि आशा अपने को किसी से कम नहीं समझते हैं। एक बजरंगबली को छोड़कर और सभी उन्हें अपने सामने बौने नजर आते थे। मगर कहते हैं—जब अच्छा घोड़ा बिगड़ जाता है तो वह खासा खतरनाक हो जाता है। यह भी आपने सुना ही होगा कि जो सबसे कोमल और निष्पाप फूल होता है, उसी में सबसे पहले कीड़े पड़ते हैं। आशा दो-दो चोट खा चुके थे—एक तो वह गुम चोट, जो मोहनिया ने उन्हें लगाई थी और एक वो, जो मुहल्लेवालों की कृपा से उन्हें मिली थी। पहली चोट से वे शायद सँभल भी जाते, पचा भी जाते उसे। मगर यह दूसरी चोट असह्य थी। इसका कोई इलाज नहीं था। तो परमेश्वरी का आविर्भाव ऐसे वक्त पर हुआ, जब इन दोनों चोटों की बदौलत आशा के भीतर तेजाब-ही-तेजाब भर गया था, तल्खी ही तल्खी भर गई थी···उन्होंने जब देखा कि परमेश्वरी की करुणा भी आखिर एकदम बेगरज नहीं है, उन्होंने मौका ताड़ा और पूरा जोर लगाके उसे निचोड़ना शुरू कर दिया।

''पहले तो साले को दिन में एक पव्वा ही काफी होता था। अब हरामी के पिल्ले को दो-दो, तीन-तीन अद्धे भी कम पड़ने लगे। मेरी भी मति ऐसी भ्रष्ट हुई कि क्या बताऊँ? सारी कमाई उसके हलक में उड़ेलने लगा। अक्सर रात को जब वह तीसरा अद्धा खत्म करके बिस्तर में गिरता था, मुझे यही लगता था कि पता नहीं अब ये कल की सुबह भी देखता है कि नहीं। मगर मेरे उठने से पहले ही वो उठ जाता था और चाय-चाय चिल्लाना शुरू कर देता था। चाय भी साले को बिस्तर पै ही देनी पड़ती थी। चाय खत्म हुई नहीं कि साला मुसकराने लगता था,

'बेटा बजरंग, थोड़ी बची है क्या एकाध घूँट? देख तो जरा।' रोज शाम को साले को पीठ पै लाद के मंदिर ले जाना होता था। वहाँ भी वही थिएटर साले का! सिर पटक-पटक के रोता था—'अब काहे को जिला रहा है बजरंगबली। मेरी इत्ती सी दुआ भी कबूल नहीं करेगा? मुझे बुला क्यों नहीं लेता स्वामी! अब कौन सी फजीहत बाकी रह गई है? मेरी छुट्टी क्यों नहीं कर देता?'…मगर बजरंगबली को क्या पड़ी थी, जो उस हलकट की मिन्नत मानते और मेरी छुट्टी करते।''

''मगर परमेश्वरी चचा!'' मैंने बीच में ही उन्हें टोका, ''वह तो वापस नजीबाबाद जाना चाहता था न? क्या आपके आने से उसका दिमाग पलट गया?''

''भगवान् जाने,'' परमेश्वरी चचा ने बीड़ी का ठुड्डा खिड़की से बाहर फेंकते हुए कहा, ''साला जाने किस जनम की दुश्मनी निकाल रहा था। कुछ नहीं तो कम-से-कम दस बार सामान बाँधा होगा। ऐन मौके पर अकड़ जाता था।…'छोड़ यार परमेश्वरी, ये मुहूर्त अच्छा नहीं है। फिर कभी जाएँगे…।' वह मुहूर्त फिर कभी आता नहीं था। पता नहीं उस अभागे का यहाँ रखा क्या था? आँतें सड़ गई थीं। कभी-कभी मन में आता था कि करगेती कंपाउंडर से मिल-मिला के जहर की सुई दिलवा दूँ। इस कदर तड़पता था मेरे सामने, मुझसे देखा नहीं जाता था। हर दस-पाँच दिन में उसे लहर आती और कहता…'बस आज दुकान तेरे नाम पै लिख ही देता हूँ मेरी जान! बस तू मेरी मिट्टी उठवा देना। तू और तेरा लड़का, बस। किसी तीसरे ने हाथ भी लगाया तो देखना मैं अरथी में से हाथ बढ़ाके उसका गला टीप के धर दूँगा, समझे?'…और जब तक मैं वकील बुलाके लाता, तब तक साले का दिमाग फिर से पलटा खा चुका होता। किस कदर तड़पाया मुझे उस अभागे ने, मेरी ही आत्मा जानती है। कुछ नहीं तो बारह हजार के फेर में डाल दिया होगा मुझे।''

''मगर…परमेसरी चचा!'' मैंने डरते-डरते पूछा, ''बारह हजार रुपए उसके पीछे बरबाद करने की आपको ऐसी क्या पड़ी थी? इतने में तो आप कहीं और कोई भी दुकान ले सकते थे।''

परमेसरी चचा चुपचाप बीड़ी सुलगाते रहे। पर बीड़ी थी कि सुलगने में ही नहीं आ रही थी। बीड़ी समेत बुझी तीलियाँ खिड़की से बाहर फेंकते हुए बोले, ''अब यह मैं तुझे कैसे समझाऊँ? तू नहीं समझ सकता। मुहल्ले के लोग मुझसे बेहतर जानते होंगे। उन्हीं से क्यों नहीं पूछता! वे तुझे बताएँगे वो क्या है, विनाश काले विपरीत बुद्धि। है न? ऐसे ही हुआ होगा। मैं कुछ नहीं जानता। मैं किसी को

नहीं समझा सकता। और मुझे जरूरत क्या पड़ी है किसी को समझाने की?" परमेश्वरी चचा का चेहरा तमतमा आया।

"मगर आखिर वह मरा तो नजीबाबाद जाके ही न? सुना, आप ही तो ले गए थे उसे?"

परमेश्वरी चचा एकदम चौंक से पड़े। फिर इशारे से मुझे अपने साथ ऊपर अपनी बैठक में लिवा ले गए। दरवाजा भेड़कर मुझे पास बिठाते हुए बोले, "तू किसी से कुछ कहेगा तो नहीं? ऐसा है, दुकान में पच्चीस तरह के लोग आते रहते हैं।"

"विद्याकसम," मेरे मुँह से निकला, "मुझे क्या पड़ी है।"···मगर परमेश्वरी चचा का चेहरा मुझे एकाएक डरावना लगने लगा और मेरा मन किया, मैं भाग निकलूँ और कभी इस तरफ न आऊँ।

"देख, ऐसा है बिज्जू बेटा," परमेश्वरी चचा फुसफुसाए—"अभी तक ये बात मैंने किसी को नहीं बताई। अपने लड़के को भी नहीं। हो सकता है, इसे सुनके तू भी मुझसे नफरत करने लगे। कर लेना। आखिर किसी को तो सच बात बतानी ही चाहिए। तू ही सही। तो सुन। आशा को मैं नजीबाबाद ले तो जरूर गया था। पर वह वहाँ नहीं मरा। आशा हरिद्वार में जाके मरा। मतलब, मैं उसे हरिद्वार पहुँचा के आ गया···।"

"ऐं" मेरे मुँह से चीख निकलते-निकलते बची। "तो क्या?"

परमेश्वरी चचा का चेहरा अजीब तरह से ऐंठ गया, "तू तो यही समझ रहा होगा न, कि मैंने ही उसे मार डाला।"

"नहीं-नहीं, परमेश्वरी चचा! आप कैसी बात कर रहे हैं?" मेरा गला सूख रहा था। "सच्ची बात हर किसी को बताने की नहीं होती।" परमेश्वरी चचा की आवाज में एक अजीब तरह की घरघराहट थी। "सच्ची बात कौन सुनना चाहता है? पर मैं तेरे को बताना चाहता हूँ। वह न तो मरना चाहता था, न स्वदेश जाना चाहता था। वह चाहता क्या था, यह न उसे मालूम था, न मुझे। वह एक जिंदा प्रेत था। उसके जिंदा रहने की कोई वजह नहीं थी, फिर भी वह जिंदा था और जैसे उसे इच्छामृत्यु का वरदान मिला हुआ हो, इस तरह वह मुझसे जूझ रहा था। उसकी मुहल्लेवालों से क्या दुश्मनी थी—उसकी असल दुश्मनी तो जैसे मुझी से थी। जैसे वह मेरे ही आने की आस में अटका हुआ था और जैसे ही मैं उसके पास आया, उसने मुहल्लेवालों की बेरुखी का बदला मुझसे चुकाना शुरू कर दिया। उसे बहुत

तकलीफ होती थी, पर तीसरे अद्धे के बाद उसकी आँखें चमकने लगती थीं—वह एकदम चुस्त-दुरुस्त नजर आने लगता था और मुझसे कहता था—'परमेश्वरी, मुझे मेरे पाँवों पै खड़ा कर दे—मैं नाचूँगा परमेश्वरी, तूने मेरा नाच ही नहीं देखा तो क्या देखा?' फिर वह गाना शुरू कर देता था...'ऊधो मोहि ब्रज बिसरत नाहीं' और तब तक गाता रहता था, जब तक निढाल होकर गिर न जाए। होश में आने पर वह फिर शराब माँगता था। मैं पूरा अद्धा उसके हलक में उड़ेल देता था और वह एक अच्छे बच्चे की तरह सो जाता था।"

"फिर?...वह नजीबाबाद जाने को कैसे तैयार हो गया?" मैंने पूछा।

परमेश्वरी चचा इस विघ्न के लिए तैयार नहीं थे। चिड़-चिड़ाकर बोले, "क्या नजीबाबाद, नजीबाबाद चिल्लाए जा रहे हो? मैंने तुमसे कहा नहीं कि..."

"चलिए हरिद्वार ही सही।" मैंने कहा।

"नहीं!" परमेश्वरी चचा ने मुझे डपट दिया। "मैं ले तो उसे नजीबाबाद ही गया था। मगर नजीबाबाद पहुँचे तो साला प्लेटफार्म पर ही लमलेट हो गया। बोला, 'मुझे नहीं जाणा।' मैंने आव देखा न ताव, कसके एक झापड़ रसीद कर दिया। कैसी-कैसी गालियाँ उसकी खाई थीं मैंने महीनों। कभी चूँ भी नहीं किया था। मुझे खुद ही हैरत होती थी कि मुझे हो क्या गया है। जब वह हनुमानजी की देहरी पर माथा फोड़ के रोता था तो मुझे लगता था, यह आशा नहीं, मैं खुद अपना माथा फोड़ रहा हूँ, अपनी मौत माँग रहा हूँ। उसकी जिंदगी मेरी जिंदगी है, उसकी मौत मेरी मौत है। मैं तो जैसे एक मशीन हो गया था। कभी-कभी तो बिल्कुल ही भूल जाता था कि मैं क्यों उसकी खिदमत में लगा हूँ। उन छह महीनों में जाने कितनी बार मैं जनमा और कितनी बार मरा। न मुझे घिन लगती थी, न गुस्सा आता था। बस यही लगता था कि ये साला मर गया तो मैं करूँगा क्या?

"उस दिन उसे जाने क्या हुआ—मेरे कंधे पै चढ़ते ही बोला, 'बस बेटा परमेश्वरी, अपना परवाना आ गया। महावीरजी ने आखिर बोल ही दिया मुझसे कि तू यह शहर फौरन छोड़ और अपने मुलुक सिधार। वहीं तेरी सद्‌गति होगी।' मैं चुप रहा। ऐसे लटके वह एक-दो बार पहले भी मुझ पै आजमा चुका था। पर रात को खाना लेके उसके पास पहुँचा तो क्या देखता हूँ कि उसने खुद ही अपना सामान बाँध लिया है। मैंने कहा, 'यह क्या है आशा?' बोला, 'क्यूँ? मैंने कहा नहीं था तुझसे? कल सुबह-सुबह चल देना है। जा तू भी तैयार हो जा।'

"बस दूसरी सुबह हम बस में सवार थे। क्या बस में और क्या ट्रेन में, उसने

मेरी वो गत बनाई कि अब तुझसे क्या बताऊँ? बदबू छूटती थी। मुसाफिर मुझ पै अलग झल्लाए। एक तो गाली-गलौज पर ही उतर आया और सीधे मुझ पै चढ़ बैठा। बिरजू बेटा, तू सुन रहा है—एक-दो कौड़ी का आदमी मेरी छाती पर चढ़ा हुआ था और मैं लाश की तरह पड़ा था। मेरे हाथ-पाँव और दिल-दिमाग सब सुन्न पड़ गए थे। जैसे कुछ महसूस ही नहीं हो रहा था। मुझे हो क्या गया था? अपने बाप की भी परवाह नहीं की मैंने। जिसने जरा आँख दिखाई मुझे कि मैंने उसका भुरता बना के ही रख दिया। डर किसे कहते हैं, मैंने जाना ही नहीं था। मेरे मुँह लगने की आखिर किसको हिम्मत थी! वही मैं इस हरामी आशा की खातिर एक-दो कौड़ी के आदमी से मार खा रहा था और चूँ भी नहीं कर पा रहा था। किसलिए? अरे नहीं! पट्टा तो उसने पहले ही लिख दिया था। चलने के पहले ही। पट्टा लिखते ही वह मर गया था। पर उसे नजीबाबाद का मरघट चाहिए था। एक आखिरी फर्ज मुझे पूरा करना था कि नहीं?

''मगर वह तो प्लेटफार्म पर ही पसर गया और कहने लगा—'बस, एक ही चाँटे में मान गया? और मार मेरी जान! और कसके लगा। तेरे एक चाँटे में वो नशा है परमेश्वरी, जो एक अद्धे में भी नहीं है। मार मुझे, खूब कसके मार। मैं इसी नशे में मरना माँगता हूँ। तू ही मुझे खामखाह जिलाए जा रहा था। अब तू ही मुझे मार।'

''बिज्जू बेटा! वह कोई आध घंटे तक इसी तरह बड़बड़ाता रहा। आखिर में जब थक के चूर हो गया तो कहने लगा—'तू मुझे खामखाह यहाँ ले आया परमेश्वरी। मुझे यहाँ नहीं उतरना।' 'तो कहाँ जाना है तुझे उल्लू के पट्ठे, बोलता क्यों नहीं?' मैंने कहा। बोला, 'बस एक आखिरी आरजू मेरी पूरी कर दे बेटा, तुझे बहुत सताया। तू मुझे हरि के द्वार पर पटक आ बस। फिर तेरी छुट्टी। तू पीछे मुड़के भी मत देखना? तुझे मेरी कसम।'''

''तो फिर?'' मैंने पूछा। परमेश्वरी चचा बीच में ही कहीं गुम हो गए थे। मैंने उन्हें झकझोरा, ''तो फिर आप आशा को···।''

परमेश्वरी चचा ने एक लंबी साँस छोड़ी। ''और क्या करता! हर की पैड़ी पै उसे बिठाके मैं भाग आया। और जैसा उसने कहा था, मैंने एक बार भी पीछे पलट के उसे नहीं देखा। तू क्या समझता है—मैं अगर पीछे पलट के उसे देखता तो क्या मैं लौट के जिंदा वापस आ सकता था?···आखिर मैं कब तक उससे चिपटा रहता? तू क्या सोच रहा है?''

''मैं कुछ नहीं सोच रहा हूँ।'' मैंने कहा। मेरा माथा भन्ना रहा था। मैं फौरन

उठ खड़ा हुआ। मुझे लग रहा था, मेरा दम घुटा जा रहा है। मैं सीढ़ियों की ओर लपका। परमेश्वरी चचा मेरे पीछे-पीछे दुकान तक उतरे और मेरे कानों में फुसफुसाए— "अच्छा हुआ, तुझे बता दिया। पर तू किसी को मत बताना अच्छा।"

मैंने हाथ जोड़कर उनसे विदा ली और दुकान से बाहर निकल आया। भीड़ भरे बाजार में घुसते ही मुझे लगा, अब मैं खुल के साँस ले सकता हूँ।

□

मुहल्ले का रावण

नाम उनका कादिर मियाँ था, पर पूरे टिकुरिया मुहल्ले में उन्हें कोई इस नाम से नहीं पुकारता था। चिचिंडे के अलावा भी कोई नाम उनका हो सकता है, यह हमें शायद ही कभी सूझा हो। चिचिंडा एक सब्जी का नाम है, जो तोरई से ज्यादा लंबी और चमकीली होती है। अगर तोरई पर रंदा फेरके सपाट कर दिया जाए और रबड़ की तरह खेंच दिया जाए तो वह चिचिंडा की बहन बन जाएगी।

इस नामकरण की शुरुआत कैसे हुई, क्यों हुई और चिचिंडा नामक सब्जी तथा कादिर मियाँ की शख्सियत के बीच पुल किसने बाँधा, यह शोध का विषय है और मेरे बस का नहीं है। जहाँ तक इस सब्जी का सवाल है, उसका स्वाद मैं भी नहीं जानता और न जानने की इच्छा रखता हूँ। शुरू से ही मेरे दिमाग में यह बात बैठ गई है कि इससे ज्यादा रद्दी और नामाकूल सब्जी-सब्जियों की दुनिया में और कोई नहीं होगी। सुना, उसमें एक साबुनी चिकनाई होती है, जो तोरई में नहीं होती। रूप-रंग भी उसका जरा बिदकानेवाला होता है। पर शाम होते-होते उसका तोरई की आधी कीमत पर भी बिक पाना मुश्किल हो जाता है। मैं ये ब्योरे आपको एक 'इनसाइडर' की हैसियत से बता रहा हूँ, क्योंकि हमारे यहाँ सब्जियों का ही धंधा होता था और चिचिंडों की दुर्दशा का मैं चश्मदीद गवाह रहा हूँ।

पर जाने क्यों मुझे लगता है कि अगर इस अभागी सब्जी का नाम चिचिंडा नहीं होता तो इसकी यह दशा न होती। अगर तोरई के ही वजन पर ओरई या गोरई जैसा नाम इसका होता तो सारी चिकनाई और सफेद धारियों के बावजूद लोग इसे उतने ही चाव से खाते जैसे तोरई-लौकी खाते हैं। चिचिंडे में अंडे की और जाने किस-किस की बू आती है।

तो टिकुरिया मुहल्ले में ही हम लोग भी रहते थे और चिचिंडा-यानी कादिर

मियाँ भी। टिकुरिया मुहल्ले के तल्ले सिरे का मुआयना अगर आप पिछवाड़े की तरफ से करें तो आपको हर दरवाजे पर एक टाट लटका मिलेगा। पूरे बाजार में, जो आधा मील लंबा और औसतन समझ लीजिए दस फीट चौड़ा है और कुल नौ मुहल्लों से मिलकर बना है, इस तरह के टाटघर तो आपको इक्के-दुक्के दूसरी जगह भी दिखाई दे जाएँगे। पर एक साथ डेढ़ दर्जन टाटों की इतनी लंबी कतार आपको नहीं मिलेगी। कारण इसका यह कि हमारे टिकुरिया मुहल्ले से लगा हुआ जो नाई बाजार है, वहाँ सिर्फ दुकानें-ही-दुकानें हैं और उन दुकानों के दुकानदार इन्हीं टाटघरों में रहते हैं। और मुहल्लों में आपको टाट नहीं, चिकें मिलेंगी। टाट और चिक का फर्क आप समझते ही होंगे। अगर आप बाल काटने, बाल ढकने या खाल उतारने का धंधा करते हैं तो आप टाट ही लटका सकते हैं और अगर आपके पास 'पासिंग शो' या 'विल्स' की एजेंसी हो तो जाहिर है आपकी दुकान के ऊपर जो मकान है, वह आपका ही होगा और उसके खिड़की-दरवाजों पर चिकें जरूर पड़ी होंगी। चिकें तो यों वहाँ भी हो सकती थीं, जहाँ दरवाजा गली से सटा हुआ है; पर वहाँ थोड़ी बेमेल पड़ जाएँगी, क्योंकि टाट का रंग जमीन के रंग से जरा भी अलग नहीं दीखता। फिर सँकरी गली से सटे हुए दड़बों पर चिक ठोक के आप करेंगे भी क्या? बाजार की तरफ मुँह हो, कुछ देखने लायक चीजें हों तो चिक का कोई तुक भी है।

तो हमारे कादिर मियाँ भी शायद इन्हीं टाटों में से किसी एक के पीछे रहते होंगे। होंगे इसलिए कहना पड़ रहा है कि हालाँकि हमारा मकान उनकी दुकान की बगल में ही था, वह दुकान यानी मकान किसी और का था और उसका पिछवाड़ा भी टाटवाला नहीं था। यह भी तो मुमकिन है कि चिचिंडा महाशय अपनी छह वर्षीया पुत्री सूफिया के साथ उसी दुकान के अंदर रहते हों और इस तरह रहते हों कि टाट की भी गुंजाइश न हो।

और सचमुच कादिर मियाँ से जुड़ी जो भी आवाजें मेरे कानों में आज भी गूँजती हैं। वे सब उसी दुकान के भीतर से आती थीं और सुबह पाँच बजे से लेकर रात ग्यारह-बारह बजे तक आती थीं, यानी वह दुकान कभी बंद नहीं होती थी और यह तभी संभव है, जब दुकान ही मकान भी हो।

''सूफिया! ऐ सूफिया! कहाँ मर गई। हरामजादी! दो मिनट दुकान में बैठते जान निकलती है। मार-मार के भुरता बना दूँगा। कहाँ गई थी बदजात!''

''बेटा सूफी! चल खाना खा ले। अरे मेरी रानी बेटी! गुस्सा हो गई क्या?

अब अब्बा की खैर नहीं। अब अब्बा की शामत आ गई। रानी बेटी सूफिया अपने अब्बा को पीटेगी। फिर ये गुलाबजामुन कौन खाएगा? और ये रबड़ी कौन खाएगा? मेरा बेटा खाएगा। मेरा बेटा गरमागरम गुलाबजामुन खाएगा। ये देखो, आई हँसी, आई हँसी, आई हँसी, आई···।''

और इसके तुरंत बाद अगल-बगल के घरों में सूफिया के सचमुच खिलखिलाकर हँसने की आवाज का और कादिर मियाँ के बड़ी देर तक गूँजते अट्टहास का सुनाई पड़ना लाजिमी था।

अब आप शायद यह जानने को उत्सुक होंगे कि हमारे कादिर मियाँ काहे की दुकान करते थे। आपने सवाल पूछा और मेरी आँखों के आगे मुहल्ले का नक्शा झूलने लगा। भैरवथान और हमारे नेपाली घर के बीच भिंचा एक दुमंजिला दड़बा और तीन हाथ ऊँची कादिर मियाँ की दुकान, जिसकी छत से पाँच-छह रस्सियाँ लटकी हुईं···और उन रस्सियों पर झूलती लाल, हरी, सफेद, पीली रंग-बिरंगी टोपियाँ और नीचे कई चौकोर पेटियों में खुँपी सस्ती अँगूठियों की बहार···

□

जी हाँ, कादिर मियाँ टोपियाँ बनाते थे। सिवा उन गिने-चुने मौकों के, जब वे सूफिया-संवाद में निमग्न रहते या जब वे हाथ पीछे बाँधे हुए चूड़ीदार पाजामे और चुन्नटदार हरे कुरते में तेज-तेज कदमों से टिकुरिया मुहल्ले की लंबाई नाप रहे होते—कौतुक भरी आँखों से सबकी गतिविधियाँ भाँपते हुए और टिप्पणियाँ जड़ते हुए। वे हमेशा टोपियाँ सिलते दिखाई देते थे। उनकी सिलाई मशीन शायद ही कभी चुप बैठती। उसे आराम तभी मिलता, जब गले की मशीन चालू हो जाती। दिन में कम-से-कम दो शो इस दूसरी मशीन के होने लाजिमी थे। मैंटिनी फटकार शो और ईवनिंग पुचकार शो। ऐसा नहीं कि कादिर मियाँ टोपियों के अलावा और कुछ बनाना ही न जानते हों। हमने अपने बड़ों के मुँह से सुना है कि एक जमाना ऐसा था, जब हमारा कस्बा अपने थिएटर के लिए मशहूर था और साल में कम-से-कम साठ-सत्तर नाटक होते थे और उन नाटकों के लिए पोशाक बनाने का जिम्मा कस्बे में सिर्फ कादिर मियाँ का था। यह तो कादिर मियाँ की, बल्कि हमारे कस्बे की ही बदकिस्मती कहिए कि कोढ़ीखाने के पादरी के साले ने सन् 1931 में आके हमारे हनुमना में 'दरबार' सिनेमा क्या खोला, देखते-ही-देखते हमारे शहर के पचास साल पुराने थिएटर का पटरा बिठा दिया और कादिर मियाँ धीरे-धीरे बेरोजगार होते गए। बेरोजगारी भी दोतरफा। नाटकों के पात्रों की पोशाक सिलने के अलावा वे

उनमें माइनर रोल भी अक्सर ही कर लिया करते थे। मुझसे एक बार खुद कादिर मियाँ ने कहा था कि 'बाणासुर' नाटक मैं वे खुद बाणासुर बने थे। हाँ, याद गया, जब 'बाणासुर' फिल्म लगी थी और मैं स्कूल की तरफ से देखने गया था, तब मुझी से उसकी कहानी सुनके फिल्मवालों की माँ-बहन को याद करते हुए उन्होंने यह जानकारी, अपने अतीत की मुझे दी थी, जो न तो मुझे तब अतिरंजित लगी थी और न आज इतने बरसों बाद। मेरे बड़े भाई का तो यहाँ तक कहना था कि अगर कादिर मियाँ फिल्म में गए होते तो चंद्रमोहन को पीट के धर देते।

मुझे याद है, हमारे मुहल्ले का कोई आदमी जब पहले दाँव में कादिर मियाँ को चिढ़ाने में असफल हो जाता तो उसका दूसरा दाँव इस तरह का होता था—

''यार चिचिंडे! चल रहा है 'दरबार' में? 'लैला-मजनूँ' लगी है।''

''लैला-मजनूँ की···'' चिचिंडा एकदम बिफर जाते।

''अरे, मैं दिखाऊँगा यार। तेरी गाँठ ढीली नहीं होगी, तुझे पता है, उसमें तेरी सुरैया का डांस है। सहगल के गाने हैं।'' कादिर मियाँ नकली हैरत से अपने 'शैतान' को घूरते और सुरैया और सहगल को भी उसी बुलंदी से कोसते हुए आगे बढ़ जाते। सभी को मालूम था कि सामने-सामने कादिर मियाँ चाहे जितनी नफरत थूकते हों, रात के सेकंड शो में वे अपनी पसंद की फिल्में चुपचाप देख आते थे। जब मुहल्ले का कोई उन्हें देख लेता और अगले दिन पूछता—''क्यों चिचिंडे! मजा आया?'' तो वे तिलमिलाकर कहते—''तूने अपने बाप को देखा होगा। मैं और फिल्म! तेरी शामत आ गई क्या?''

मुहल्ले में कादिर मियाँ की इस रात्रिचर्या का पता सबसे पहले हमीं को चलता था। जिस रात देर तक सूफिया के सिसकने की आवाज आती, हम समझ जाते कि अब्बा फिल्म देखने गए। जिस दिन ऐसा होता, उसकी अगली सुबह और दोपहर कादिर मियाँ के चीखने-चिल्लाने की आवाज बिल्कुल नहीं सुनाई देती।

□

मुहल्ले में जो सबसे बड़ी दुकान थी—वह जिस आदमी की थी, वह हमारा ही बिरादर था। हालाँकि हमारी उससे बोलचाल तक नहीं थी। वह पूरा खानदान अपनी बदतमीजी के लिए मशहूर था और फटफटुवा के नाम से जाना जाता था। लगभग एक-तिहाई सदी से कादिर मियाँ अपना राशन-पानी इसी दुकान से खरीदते आए थे। माहवारी हिसाब चलता था। जरूरत की सारी चीजें उस एक दुकान में सुलभ थीं।

खाने-पीने की दुकान से उधार लेना तो समझ में आता है। पर दरजी से भी उधारी चल सकती है, यह आपने नहीं सुना होगा। मैंने आपको बताया कि कादिर मियाँ टोपियाँ बनाते थे। ठंडी, गरम, दुपलिया, सफेद-लाल-पीली-नीली हर तरह की टोपियाँ बनाते थे और मुहल्ले ही, क्यों शहर भर में नरमुंडों को कादिर मियाँ ही ढकते थे। उस जमाने में नंगे सिर रहना बदतमीजी समझी जाती थी। यह बारहमासी धंधा भी था और मौसमी भी। मुझे याद है, एक बार उनकी दुकान सफेद टोपियों से पटी रही थी लगातार कई महीनों तक। वह स्वतंत्र भारत का पहला चुनाव था और हनुमना का गढ़ कांग्रेस ने ही जीता था। फिर दुकान धीरे-धीरे तिरंगी हो चली थी। पर लाली के नीचे बाकी सारे रंग दब गए थे और सचमुच उस साल हमारे यहाँ से जो जीता था, वह सोशलिस्ट उम्मीदवार ही था। उससे अगली बार मैं लखनऊ से छुट्टियों में घर लौट के आया तो क्या देखता हूँ कि कादिर मियाँ की दुकान एकदम केसरिया हो गई है। शायद इसी को देखते हुए लोगों ने और कादिर मियाँ ने भी डंके की चोट पर भविष्यवाणी कर दी थी कि देखना, अबकी दीपकवाला जीतेगा और सचमुच वैसा ही हुआ।

और फिर भी इस मौसमी और सदाबहार धंधे के बावजूद कादिर मियाँ हमेशा खस्ताहाल ही नजर आते थे। लोगों का कहना था कि चिचिंडा के पास बहुत रकम है और वह सारा खजाना उसने अपनी बेटी के ब्याह के लिए जमा किया है। बीवी कभी की अल्ला मियाँ को प्यारी हो चुकी थी और सूफिया ही कादिर मियाँ का सर्वस्व थी। पर कादिर मियाँ के लँगोटिया यार लालू सेठ का कहना था—और मेरी राय भी यही थी कि चिचिंडा बहुत चटोर हैं और जो कुछ कमाते हैं, सब पेट के गड्ढे में डाल देते हैं। पैसे आए नहीं कि फूँके। मिठाई के बगैर उनसे रहा नहीं जाता था। खड़े-खड़े आधा सेर रबड़ी चाट जाते थे। कड़की के दिनों में भी उधारी जिंदाबाद, उनका वही ढंग रहता था। शराब वे पीते थे या नहीं, मैं कह नहीं सकता। पर पैसे उन्होंने कभी किसी के मारे हों, ऐसा कभी नहीं सुना गया।

मुहर्रम के दिनों में कादिर मियाँ टोपियाँ सिलना बंद कर देते थे और मिठाई का खोमचा लगाते थे। जन्माष्टमी के दिनों में जो पँजीरी का प्रसाद बनता था, वह मुझे बेहद पसंद था और यह मुहर्रम वाली मिठाई भी मुझे वैसा ही स्वाद देती थी, बल्कि कादिर मियाँ के हाथ की बनी वह ज्यादा ही स्वादिष्ट होती थी। पँजीरी में मेवे का तो सवाल ही नहीं और कादिर मियाँ अपनी उस खास मिठाई के अंदर ऐसे-ऐसे मेवे डालते थे कि दूसरे खोमचेवाले उनका सपना भी नहीं देख सकते थे।

इस खोमचे से उनकी क्या आमदनी होती होगी, यह तो वही जानें। पर जिस तरह खोमचा लगते ही हम बच्चे उन पर टूट पड़ते थे और आधे घंटे के अंदर सब साफ कर देते थे और एक हाथ की मुट्ठी में हमारे अधन्ने बटोर के जेब में डालते हुए कादिर मियाँ जिस उल्लास के साथ 'खेल खतम पैसा हजम' कहते हुए खोमचा समेटते थे, उसे देखते हुए हमें यही लगता था कि वे मदारी हैं। पूरे बाजार में सबसे बढ़िया ताजिया हमारे मुहल्ले में बनता था और दशहरे के दिन जो नौ रावणों के रथों का जुलूस निकलता था। उसमें भी हर साल पहला नंबर हमारे मुहल्ले के रावण का ही होता था। कई रातों की मेहनत इसके पीछे हुआ करती थी और आखिरी रात को कादिर मियाँ हम लोगों को ज़रा जल्दी ही खिसका देते थे। हम सबका यही खयाल था कि हमारे रावण के पहले नंबर पर आने का राज उस आखिरी रात की उस आखिरी कारगुजारी में ही निहित था। पूरा हनुमना कादिर मियाँ के इस हुनर का कायल था और खुद कादिर मियाँ को भी इसका पूरा अहसास था।

□

मामूली कहा-सुनी तो फटफुटवा और कादिर मियाँ के बीच पहले भी होती रही होगी। कौन यकीन करेगा कि जो आदमी अपनी बदमिजाजी के लिए मुहल्ले भर में बदनाम हो और आधे से ज्यादा लोगों को फूटी आँखों भी न सुहाता हो, ऐसे आदमी के साथ कादिर मियाँ जैसे चुहलबाज और नेकनीयत आदमी की एक-तिहाई सदी के दौरान कभी खटकी ही न होगी। पर उस दिन जो कुछ हुआ, वह कल्पनातीत था।

मुहल्ले में फटफुटवा की गिरी हुई साख का इससे बड़ा प्रमाण और क्या हो सकता है कि सबसे बड़ी दुकान होते हुए भी सिवाय एक कादिर मियाँ के कोई उसके यहाँ फटकता तक नहीं था। बदमिजाजी के अलावा उसके हिसाब की गड़बड़ियाँ भी आम चर्चा का विषय थीं। इसके बावजूद उसके यहाँ ग्राहकों की भीड़ लगी रहती थी। ये ग्राहक कुछ तो दूसरे मुहल्लों के लोग होते थे, पर ज्यादातर आसपास और दूरदराज के गाँवों के। जिन्हें लाला फटफटुवा की विशेषताओं के बारे में कोई खास इल्म नहीं हो सकता था।

वह इतवार का दिन था और मैं अपनी दुकान पर बैठा हुआ था। कोई बारह-एक का समय होगा। कादिर मियाँ ऊपर टेढ़ी बाजार से आते दिखाई दिए। पीछे से किसी ने चिढ़ाया—'चिचिंडे!' कादिर मियाँ ने पलट के देखा और जिधर से आवाज

आई थी उस तरफ मुँह करके चिल्लाए—'कौन कंबख्त सुबे-सुबे अपने बाप को रो रिया है?'···और मुसकराते हुए आगे बढ़ गए। इतने में मेरे सामने की दुकान के लाला भीकम सिंह ने भी अरहर तौलते हुए कादिर मियाँ को सुनाते हुए मुझे आवाज लगाई—'लल्ला, जरा दो चिचिंडे तो तौलना।' इस पर कादिर मियाँ ने कनखियों से मुसकराते हुए मुझे देखा और लाला के पास जाकर जैसे पुचकारते हुए फुसफुसाए—'दो क्या करेगा लाला? उससे काहे रो रिया है? मुझसे बोल—मेरा चिचिंडा हाजिर है तेरी खिदमत के लिए। निकालूँ?'···इससे पहले कि भीकम सिंह कोई जवाब लौटाए, खिलखिलाते हुए कादिर मियाँ अपना कुरता लहराते हुए आगे बढ़ लिये। और दिन वे बिना हमारी दुकान पर रुके आगे नहीं बढ़ते थे। चाहे दुकान पर मैं ही क्यों न बैठा होऊँ। पर उस दिन वे सीधे चले गए। एक मिनट बाद ही मेरे कानों में कादिर मियाँ की आवाज पड़ी—''चोप कद्दू की औलाद।''···मेरी समझ में नहीं आया कि इस रोजमर्रा के नाटक में मुहल्ले वालों को ज्यादा मजा आता है कि कादिर मियाँ को? टोपियाँ सिलते-सिलते वे कम-से-कम तीन-चार बार मुहल्ले के चक्कर जो लगाते हैं, वह क्या सिर्फ इसलिए कि लोग उन्हें चिढ़ाएँ और उन्हें भी हर बार एक नई गाली ईजाद करने का सुख मिले। उन्हें ऊब भी नहीं होती इस रोजमर्रा के थिएटर से?···अगर किसी एक दिन सहसा मुहल्ले के लोग तय कर लें कि उन्हें कादिर मियाँ को चिढ़ाना बंद कर देना चाहिए तो कादिर मियाँ क्या करेंगे?

थिएटर की बात से आप ऐसा न समझ लें कि कादिर मियाँ कभी सचमुच चिढ़ते ही नहीं थे। चिढ़ते न होते तो चिढ़ाए कैसे जाते। किसी-किसी मूड में उनका लीलाभाव भी बुझ जाता था। खासकर तब, जब कोई ऐसा आदमी उन्हें 'चिचिंडा' कहे, जिससे वे सचमुच नाराज हों या तब, जब वे सूफिया की खोज कर रहे या जब उनकी जेब बिल्कुल ही खाली हो। ऐसे मौकों पर उन्हें चिढ़ानेवाले की काफी बुरी गत बन सकती थी।

पर उस दिन तो उनका मूड काफी अच्छा लग रहा था और उक्त तीनों कारणों में से एक भी मौजूद नहीं था। उन दिनों एक बार फिर से कादिर मियाँ की दुकान सफेद टोपियों की फैक्टरी बनी हुई थी और शाम के वक्त बिला नागा उन्हें बाप-बेटी दोनों को—किसना हलवाई के यहाँ दूध-जलेबी उड़ाते हुए कोई भी देख सकता था।

मेरे पास से गुजरे उन्हें पाँच मिनट भी नहीं हुए होंगे कि एक जोरों का हल्ला

सुनाई दिया और कादिर मियाँ का चीखना। मैं उस वक्त सचमुच चिचिंडा तौल रहा था। एक सेकंड में मेरी समझ में आ गया कि चिचिंडा और फटफटुवा के बीच जोरों की ठन गई है। ग्राहक को निपटाकर मैं दुकान से कूदा तो क्या देखता हूँ कि दोनों फटफुटवा ब्रदर्स कादिर मियाँ पर पिले हुए हैं और तड़ातड़ उन्हें मारे जा रहे हैं और कादिर मियाँ अपने को सँभालने की कोशिश करते हुए गालियाँ बके जा रहे थे···अगले ही क्षण मैंने देखा कादिर मियाँ चीखते हुए अपनी दुकान की ओर भागे जा रहे हैं और एक फटफुटवा थोड़ी दूर तक उनका पीछा करके वापस लौट रहा है। मुहल्ले के सारे दुकानदार अपनी दुकानों के आगे खड़े तमाशा देख रहे हैं। सुरेंद्र की दुकान के आगे चार-पाँच लोग जोर-जोर से बहस कर रहे थे। मैं भी नजदीक जाके उनकी बातचीत सुनने लगा।

"देखो साले दो-दो चिपटे हुए थे हरामजादे।"

"गाली पहले चिचिंडा ने दी।"

"क्या गाली दी? फटफटुवा कहा होगा और क्या?"

"नहीं। चीनी लेने गया था। कहा, अरे फटफटुवा, डंडी तो मत मार। इस पर छोटे फटफटुवा ने कहा, जबान सँभाल के बोल बे चिचिंडे!"

"फिर?"

फिर चिचिंडे ने कहा, "चिचिंडा तेरा बाप होगा।" इतने में बड़ा भाई भीतर से निकलकर आया और बोला, "साले का सौदा बंद कर दो। चल साले, अभी इसी वक्त हमारा दो महीने का हिसाब चुकता कर।"

"अच्छा तो फिर चिचिंडा क्या बोला?"

"चिचिंडा सारे मुहल्ले को सुनाते हुए चीखने लगा—देखो साले, कल के छोकरे मुझे धौंस बता रहे हैं। अरे सालो, तुम्हारे बाप के जमाने से सौदा खा रहा हूँ। कभी एक पैसा भी तुम्हारा बकाया रखा हो, कोई कह के तो देखे जरा।"

"बड़े फटफटुवा से तो इसकी बहुत ही पटती थी।"

"फिर चिचिंडे ने चीनी का पूड़ा 'ऐसी की तैसी इस फटफटुवे की' कहते हुए दुकान में फेंक मारा। बस बड़ा भाई आपे से बाहर हो गया और बाहर निकल के उसने चिचिंडे को कॉलर पकड़ के इतनी जोर का धक्का मारा कि वह जमीन पर गिर पड़ा। उसने उठके उसे माँ की गाली दी और एकाध हाथ भी रसीद कर दिया। बस फिर दोनों भाई चिचिंडे पर टूट पड़े।"

"नाक से खून बह रहा था। तुमने देखा?"

"इतने सारे लोग खड़े तमाशा देख रहे थे? जब फटफटुवा ने धक्का दिया तो तुमने रोका क्यों नहीं?"

"मैं क्यों बीच में पड़ूँ? गाली खानी थी क्या?"

आँखों देखा, कानों सुना हाल इतना ही है। सुना, बाद में लोग एक-एक करके कादिर मियाँ के पास जमा हुए और हरेक ने उन्हें यही राय दी कि "थाने में रपट कर दो। फटफटुवा के मारे मुहल्ले में जीना हराम हो गया है। कुछ तो सबक मिले उसको।"

सुना, सबकी सलाह सुनने के बाद कादिर मियाँ ने लोगों से कहा, "ठीक है, मैं रपट लिखाता हूँ। आप लोग भी जिनने देखा है, मेरे साथ चलिए।"

"हाँ-हाँ, क्यों नहीं···क्यों नहीं" करते हुए सुरेन, महेन, भीकम सिंह, टीकम सिंह और सारे शुभचिंतक खाना खाने चले गए। कादिर मियाँ ने सफेद टोपियों का गट्ठर बाँधा और घंटा-दो घंटा इंतजार करके निकल पड़े। दिन भर सूफिया अकेली सिसकती रही। रात काफी देर में कादिर मियाँ लौट के आए और फटफुटवा को नींद से बाहर निकाल के उसका हिसाब चुकता कर दिया।

सुबह पूरे मुहल्ले ने आश्चर्यचकित होकर देखा—कादिर मियाँ की दुकान खाली पड़ी है और बाप-बेटी दोनों का कहीं पता नहीं है।

पता चला इस्माइल अलीगढ़वालों ने अपनी कोठी में एक कमरा खाली करके कादिर मियाँ को दे दिया है। इस्माइल अलीगढ़वाले हमारे कस्बे के रईसों में हैं। 'पासिंग शो' की एजेंसी है उनके पास।

उसके बाद हफ्तों तक कादिर मियाँ हमारे मुहल्ले में नहीं दिखाई दिए और एक दिन सबने सुना, वे अपनी सूफिया को ले के शहर छोड़ के चले गए।

इस्माइल साहब का कहना था कि कादिर मियाँ को उनके किसी रिश्तेदार ने काशीपुर में दुकान खुलवा दी है। पर मुहल्ले के लोगों का, खासकर लालू सेठ का कहना था कि इस्माइल अलीगढ़वालों से कादिर मियाँ की कभी पट ही नहीं सकती थी। कादिर मियाँ उस हादसे के बाद न तो मुहल्ले में रहना चाहते थे, न इस्माइल खाँ साहब का अहसान उठाना चाहते थे। लिहाजा उन्होंने शहर ही छोड़ दिया।

भगवान् जाने, सच्ची बात क्या थी। मुझे सिर्फ इतना याद है कि उस साल दशहरे में हमारे मुहल्ले का रावण नहीं बना। नौ की जगह सिर्फ आठ रावणों का जुलूस निकला।

□

डंक

कौन? अरे, आ गए? बड़ी जल्दी आ गए आप! और दिन तो, भूल गए आप? अब भी नहीं पहचाना? पचीसों मरतबा मैंने यहीं इसी खड्ड से आवाज दी है आपको···और हर बार आप आए हैं···देर-अबेर ही सही···बिला नागा आप आए हैं। अब सोच क्या रहे हैं? बस आँख बंद करिए और सीधे कूद पड़िए। एक सेकंड के अंदर आप यहाँ पहुँच जाएँगे···

देखा? आपने देखा? मैंने कहा क्या था आपसे? उफ! छुइए मत, देखिए, बस, हाँ इसी जगह···कितनी बुरी तरह काटा है! मुझे पता नहीं, मैं कब चीखा। चीखा भी या नहीं···यह तो आप ही जान सकते हैं। तब आपको क्या बताऊँ! जब तक डंक इतना तीखा नहीं होता कि खून का जर्रा-जर्रा तड़पने और बिलबिलाने लगे, तब तक मैं आपको आवाज देना तो दूर रहा, चूँ तक नहीं करता। मामूली चोटों की तो मुझे आदत पड़ गई है—मामूली से कुछ ज्यादा में भी बकबका के छुट्टी पा जाता हूँ या चुपचाप एक कोने में बैठा झींकता रहता हूँ। जुबान की लगाम बिल्कुल ढीली छोड़ देने से जो राहत मिलती होगी, उसका भी मैं आदी हो गया हूँ, ऐसा तो नहीं कह सकता।

मेरे एक दोस्त हैं, जो सुबह बिस्तर छोड़ने से लेकर रात बिस्तर हो जाने तक मुसलसल स्वगतभाषण करते रहते हैं। बस सामने कोई आदमकद दीखता रहे, इतना ही उनके लिए काफी है—वह चाहे उनकी बीवी हो, चाहे उनका लड़का हो। चाहे कोई दोस्त हो···आप उनके साथ पृथ्वी की परिक्रमा पैदल कर आइए तो भी उनकी भड़ास पूरी नहीं निकलेगी। आप रास्ते में ही ढेर हो गए तो वे आपकी लाश पर पाँव रख के तब तक बुदबुदाते जाएँगे, जब तक आप उनकी आत्मकथा सुनने के लिए फिर से जिंदा न हो जाएँ। अगर उनके मुँह से निकला हर शब्द हवा

में छप सकता तो मैं सच कहता हूँ, अभी तक यह अंतरिक्ष काला पड़ गया होता और आसमान की स्याही भी कभी की चुक गई होती।

माफ कीजिएगा, मैंने आपकी नींद खराब कर दी, जहाँ भी आप हों—पुआल पे या पलंग पे, गुदड़ी में या डनलप में, बाबू लेन में या बजरिया में, चाणक्यपुरी में या स्वर्गाश्रम में—आपको यह पूछने का पूरा-पूरा हक है कि मैं कौन हूँ, जो कभी भी किसी भी वक्त—जागते में, सोते में, खड़े में या पड़े में—कभी भी, किसी भी वक्त आपके सर पे आ धमकता हूँ। आप मेरे लगते क्या हैं?···अब आपको क्या बताऊँ, पहले दरवाजा खोलके मुझे अंदर तो कीजिए—महसूस तो करने दीजिए मुझे कि मैं चूहा नहीं, आदमी हूँ। तब न मेरी जबान खुलेगी? तब न बता पाऊँगा मैं आपको अपने बारे में कि मैं डरा हुआ नहीं हूँ, कि मैं भागा हुआ भी नहीं हूँ कि मुझे शरण या संरक्षण आपका कुछ भी नहीं चाहिए कि मैं आपका सबसे बड़ा दुश्मन और सबसे बड़ा दोस्त हूँ। यह देखिए मुझसे पहले ही वह यहाँ पहुँच गया और मेरी जबान पे चढ़ गया···मैं यह सब नहीं कहना चाहता था, कतई नहीं कहना चाहता था, मैं फिर कोशिश करूँगा—

क्या आप मुझे पहचान रहे हैं? कल रात आपको मय आपके सामान के स्टेशन से यहाँ तक किसने पहुँचाया था? क्या आपको मालूम है, इस शहर में साढ़े पाँच हजार रिक्शा हैं, देश भर में सबसे ज्यादा? क्या आपको मालूम है—सबसे कम किराया और सबसे ज्यादा होड़ भी यहीं है। आपका लड़का डिप्टी कलेक्टर के इम्तहान में बैठा है न इस साल? मुझे मालूम है, आपने कितनी मजबूरियों के बीच उसे यहाँ तक पहुँचाया है। मुझे मालूम है, आपको जिंदगी में पहली बार दस हजार रुपए घूस भी देनी पड़ी है। भगवान् करे आपका यह पाप फल ही जाए और आपका लड़का निकल ही जाए। एक सौ बीस जगहें और सात हजार उम्मीदवार···साढ़े पाँच सौ सवारियाँ और साढ़े पाँच हजार रिक्शे···! कैसे होगा? मगर होगा, जरूर होगा। आप बेफिक्र रहिए। उसे स्पेशल कोचिंग मिली है—उन दस हजार रुपयों से—वह जरूर निकल आएगा, आपका सारा दलिद्दर दूर करेगा···और ये जो आप कई महीनों से परेशान घूम रहे हैं, अपने आपसे मुँह छिपाते फिर रहे हैं—मैं आपसे कहना चाहता हूँ, यह बिल्कुल फिजूल बात है—मैं भी यही करता, मुझे भी यही करना चाहिए था।

मेरा भाई घर से भाग गया है, सुना वह भी कहीं रिक्शा चला रहा है। उसमें कहीं कोई कमी नहीं थी। उसे डिप्टी कलेक्टर तो कम-से-कम होना ही चाहिए

था। यह मेरी ही चूक थी, उसके बाप की जगह मैं था। मैं अपने लिए तो नहीं, मगर उसके लिए जरूर, कोई अच्छी जगह चाहता था। बस जरा सी एक बात थी, जो मुझे निभानी थी और वहीं मैं चूक गया। तब से मैं झुलस रहा हूँ एक ऐसे पश्चात्ताप में, जिसके बारे में दुनिया की कोई डिक्शनरी आपको कुछ नहीं बता सकती। मैंने उससे क्या कहा था—"जो मैं अपने लिए नहीं कर सका, वह तेरे लिए कैसे कर दूँ? किस मुँह से तुझे ऐसा बोलने की हिम्मत हुई?" पाँच साल गुजर गए, मेरे भाई का कोई अता-पता नहीं। मैंने उसे कभी हलकी डाँट तक नहीं पिलाई थी···जितनी मार आदमी अपनी पूरी जिंदगी में नहीं खाता होगा, उतनी तो मैंने अपने बचपन में ही खा ली थी, इसलिए मेरी खाल तो कछुए की खाल है, मगर वह! उसकी जिंदगी बिगाड़ने का मुझे क्या हक था?

भगवान् करे···मैं कहता हूँ, वह छोटा सा पाप, जो मैं नहीं कर सका और आप कर गुजरे···वह छोटा सा पाप आपके लिए भगवान् ही सिद्ध हो और आपका लड़का डिप्टी कलक्टर बन ही जाए। आप खामखाह अपनी नींद खराब कर रहे हैं। भगवान् आपकी मदद करेगा। हमारे पाप-पुण्य से उसे कुछ भी लेना-देना नहीं है। वह सबकुछ देखता-समझता है और एक गरीब आदमी का लड़का डिप्टी कलक्टर बन जाए तो उसे अच्छा ही लगेगा। वह झूठी अंतरात्मा थी, जिसने मुझमें ऐन मौके पे वो अड़ियलपन पैदा किया था। सच्ची अंतरात्मा तो यह है, जो आज मुझे तड़पाती है कि मैंने क्यों नहीं उसी वक्त मेडिकल बोर्ड के चीफ को दो सौ रुपए पिला दिए। पता नहीं वह कहाँ होगा, क्या खाता-पीता होगा और कैसे रहता होगा! हो सकता है उसने··· ! कुछ भी हो सकता है और इसका जिम्मेदार कौन है? आप बेफिकर रहिए। आप पकड़े नहीं जाएँगे। आपको पकड़नेवाले खुद ही डाकू हैं···और वे खड़गसिंह नहीं, और न आप ही बाबा भारती हैं।

एक छोटा सा पाप···इस पाप के महासागर में एक नन्ही सी बूँद!···आप खुद भी जी सकेंगे और दूसरों को भी जिला सकेंगे। जीत भी आखिर उसी की होती है, जो पहले कभी जीता हो। 'हार की जीत' गप्प है—इस भयानक होड़ में जो एक बार हारा, वह फिर कभी नहीं सँभल सकता। मुझी को देखो, मेरा पुण्य मुझ पर थूक रहा है। मेरी कमर टूट चुकी है। मैं अब कभी खड़ा नहीं हो सकता। मैं अपनी बीवी के दो नंबर नहीं बढ़वा सका, जबकि कॉपी मेरे प्रिंसिपल के पास थी और कहने भर की देर थी। उस जरा से जुमले के बदले मेरी बीवी को सेकंड क्लास मिल सकता था और मास्टरी मिल सकती थी और हम अच्छा मकान ले सकते थे,

दही–दूध भी खा सकते थे और अपनी बीमारियाँ भी घटा सकते थे। अब आप खुद सोचिए, एक स्कूल के मास्टर को मिलता ही क्या है? क्या आप भी स्कूल मास्टर हैं? मैं तो समझता था, आप ए.जी. ऑफिस के बाबू होंगे। नहीं?···तो फिर क्या हैं आप?···अफसर, पत्रकार, वकील, प्रोफेसर, विद्यार्थी, दुकानदार···कुछ तो आप होंगे ही—मुझे इससे मतलब नहीं। आप हैं, बस इतना ही मेरे लिए काफी है। मेरी बीवी कहती है, मैं आजकल बहुत बड़बड़ाने लगा हूँ। मगर यह झूठ है। मुझे तो लगता है, मैं गूँगा ही पैदा हुआ हूँ और यह मेरी गुँगलाहट ही मुझे आप से जोड़ती है। जो मुझे भी नहीं सुनाई देता, वह आप को सुनाई देता है। मुझे अच्छी तरह पता है, जब एक नंगे तार की तरह यह घर मुझे घूरता है, यह दुनिया मुझे घूरती है पागल कुत्ते की तरह और दाँत गड़ा देती है मेरे भीतर, बहुत भीतर···तब जो चीखता है इतनी जोर से, वह मैं नहीं, कोई और है।···और मैं उसका गुलाम हूँ···जर–खरीद गुलाम···जिसकी कभी छुट्टी नहीं होती···

अब देखिए वह आदमी, जिसका मैंने आपसे जिक्र किया था, वह···मेरा इतना खैरख्वाह, मुझ पे इतना मेहरबान···मुझे क्यों आखिर उससे इतनी कोफ्त होती है? जबकि अगर उसे किसी जादू के जोर से पता लग जाए कि मैं उसके बारे में क्या–क्या सोचता हूँ तो वह खुदकुशी कर लेगा। मुझ पर उसे जाने क्यों इतना भरोसा है कि उसके टूट जाने पर वह जिंदा नहीं बचेगा। उसकी कुल जिंदगी उसका कुलकुलान सिर्फ इस मुगालते पे टिका है कि वह आदमी नहीं, खुदा है। जबकि एक पिन चुभोने भर की देर है, वह बिलबिला उठेगा। उसकी कोई दोस्ती दो महीने से ज्यादा नहीं टिकती। फिर भी वह प्यार का सागर है और अगर आपको जानना हो कि पानी में डूबकर मरने से ठीक पहले कैसी और कितनी घुटन होती है तो वह आपको यह भी बखूबी सिखा सकता है। फिर भी वह प्यासा है और उसकी प्यास अनंत है। मैं उससे कहना चाहता हूँ—तुम ब्रेन–सिफलिस से मरोगे। कोई और दूसरी मौत तुम्हें बदी ही नहीं है।

कितनी वाहियात बात है कि मैं उसके बारे में यह सोचता हूँ, जिसने मुझे नौकरी दिलाई है और ऐसे–ऐसे अहसान किए हैं, जिनमें से एक–एक अहसान एक अहसानमंद आदमी की गरदन तोड़ देने को काफी है। मैं उससे कहना चाहता हूँ···जाने क्या–क्या कहना चाहता हूँ···पर वह मेरे गले की फाँसी है, मेरे हाथों की खुजली है, पाँवों की बेड़ी है। वह ज्योतिष भी जानता है। जाने कितने जोगियों से उसने मुझे मिलवाया है—जाने कितनी अजीबोगरीब सिद्धियों के बारे में उसने मुझे

बताया है···अभी थोड़ी देर पहले वह मुझसे एक नेपाली छोकरी का बखान करके गया है। यह उसकी दूसरी खोज है। इससे पहले तकरीबन एक साल तक वह किसी कमला के पास जाता था और दूसरे दिन सबेरे-सबेरे मेरे पास आके फिर नए सिरे से वे सारी बातें बताता था, जो वह दर्जनों बार पहले भी सुना चुका होता था। वह मेरा इस्तेमाल एक डायरी की तरह करता है और आगे भी करता रहेगा, जब तक हम दोनों में से कोई एक मर नहीं जाएगा। जब कमला चली गई तो ये महीने भर तक रोता-कलपता रहा। वो थी कर्नाटक यानी धारवाड़ की और इसका गुरु, जिससे इसने दीक्षा ली है, वह भी धारवाड़ का। मुझे एक लंबा लेक्चर पिलाया था इसने इसी बात पर कि देख लो, जो भूमि संतों की खान है, वही वेश्याओं की भी।

अभी पिछले दिनों एक बड़े नामी संगीतकार से मेरी मुलाकात हुई थी। वे भी धारवाड़ के थे। शहर के बड़े-बड़े नामी-गिरामी लोग जुटे हुए थे वहाँ। मैंने यही जुमला उनके सामने भी दुहरा दिया। सबके चेहरे फक पड़ गए—मुझे भी फौरन महसूस हो गया कि मैंने हद दरजे की गुस्ताखी कर दी है। मगर संगीतकार एकटक मुझे घूरते रहे और यकायक बोल पड़े, "आपने बिल्कुल सही कहा। मेरी खुद की मौसी, जो मुझे माँ से भी ज्यादा प्यार करती थी, वह भी वेश्या हो गई थी। उसने मेरी पढ़ाई के लिए पिताजी को बंबई से पैसे भिजवाए थे। पिताजी ने मनीऑर्डर वापस कर दिया था और उसे लिख दिया कि आइंदा कभी ऐसी जुर्रत न करे। मैं अनपढ़ ही रह गया और इस घटना के करीब साल भर के अंदर मेरी मौसी भी मर गई। मैंने अपने पिताजी को ही माँ से कहते सुना था कि उसे बड़ी खराब बीमारी हो गई थी।"

यह किस्सा सुनाते हुए उस महान् गवैए की आवाज डबडबा आई थी और आँखें भी···मंडली में काफी देर तक सन्नाटा छा गया था। खुद मैं भी सकते में आ गया था। हालाँकि महफिल उसके बाद भी जमी और खूब जमी। पर मेरा मन नहीं लगा।···मेरी कमबख्ती देखिए कि वह किस्सा मैं इस पाजी को भी, जाने क्यों सुना बैठा। अब यों तो इसका रोना भी मुझे उतना ही अश्लील लगता है, मगर इसका वह हँसना···ऐसी ग्लानि मुझे अपनी जिंदगी में कभी नहीं हुई। अभी मुझसे कह रहा था···ठीक उसी दिन जैसी वल्गर हँसी हँसते हुए···"तुम भी तो नेपाल के पड़ोसी हो यार, बिल्कुल तुम्हारे जैसी भोली और अल्हड़ है वह। एकदम फ्रेश, ताजा ककड़ी की तरह रोएँदार।···अरे, कमला तो भुट्टल थी इसके कंपैरिजन में।" कमला!···मैं सोचने लगा, क्या कमला भी किसी गवैए की मौसी रही होगी?

इसी ने तो मुझे बताया था कि ''कमला एक-एक करके पैसे जोड़ रही है। उसकी सबसे बड़ी तमन्ना है वापस अपने देश में जाके अच्छी तरह रहना और हो सके तो घर-गिरस्ती भी बसा लेना… ।''

''मैं आजकल दस की जगह बीस देने लगा हूँ उसे। वो भी पहले जैसा रुक्खड़ नहीं बोलती।…मगर आज वो बिफर गई…मैंने उसे रोज की तरह सहलाते हुए जब उससे कहा, तुम तो मेरी लक्ष्मी हो, उसने मुझे एक जोर का धक्का दिया और ही-ही करके हँस पड़ी। मैं तो सचमुच डर गया। कैसी डरावनी और भुतैली हँसी थी वह! बोली, 'फालतू बात मत करो। काम करो और भागो, और अपने घर में बको ये अंडबंड।' वो जितनी जल्दी गुस्सा होती, उतनी ही जल्दी ठंडी भी पड़ जाती है, जब मैं जाने लगा तो कहने लगी, 'जल्दी आना। तुम्हारे जैसा ग्राहक अपुन को कहाँ मिलेगा, जो बेकाम का पैसा देता है। तुम नाराज मत होना, हमारा टैम खराब होता है…फालतू की बात नहीं करने का, समझा?' मैं बीमारी से डरता हूँ, वह अच्छी तरह जानती है और फिर भी बुरा नहीं मानती। एक बार जाने उसका क्या दिमाग खराब हो गया कि उसने मुझे गंदी-से-गंदी गालियाँ दीं और धक्का देके गली में फेंक दिया।…वह समझ गई है कि मैं और कहीं नहीं जा सकता…अब मैं जो कुछ भी बकता हूँ, चुपचाप सुनती रहती है।''

मैंने कहा न, मैं इसका टेपरिकॉर्डर हूँ, वैसे तो इसकी बड़बड़ाहट से सभी लोग परेशान हैं, इसके घर के लोग तो सबसे ज्यादा। मगर मुझे तो परेशान होना भी नसीब नहीं है। मैं आकाश-पाताल कहीं भी जा छिपूँ, यह सुदर्शन-चक्र की तरह मुझे ढूँढ़ निकालेगा। नहीं! मैं इससे पीछा नहीं छुड़ा सकता। मैंने अपनी पूरी जिंदगी में सिर्फ एक आदमी का अहसान लिया है और उसका बदला चुका रहा हूँ। मेरे स्कूल का मैनेजर भी इसका दोस्त है—दोस्त क्या, वह भी इसका अहसानमंद होगा। दोस्त इसका कोई नहीं हो सकता। जाने क्या बात है कि सभी इसको मानते हैं। चाहे भीतर-ही-भीतर इससे कितना ही कतराते रहें। हो सकता है, मेरी ही तरह और लोग भी इससे घबड़ाते हों और सिर्फ इससे जान छुड़ाने के लिए ही इसका कहा कर देते हों। मैं तो और क्या कर सकता हूँ, सिर्फ इसकी बकवास सुन सकता हूँ…मेरे पास इसे देने के लिए अपने वक्त के सिवा और है भी क्या? सो यह मुझी को घेरता है।

दरअसल, मैं दब्बू हूँ। इस्तेमाल भी आखिर उसी का तो होगा, जो इस्तेमाल करने देगा। वह निरा लंपट होता या मैं ही निरा खरा होता तो ये नौबत ही क्यों

आती?…मैं आखिर क्यों ये सब बक रहा हूँ और किससे बक रहा हूँ? क्या मैं उससे भी गया-बीता हूँ? उसके सामने मैं होता हूँ; मेरे सामने कौन है? वह मुझे भी बकाता है, मुझसे भी उगलवाता है…हर बार उससे छूटने के बाद मेरा जी करता है मैं तड़ातड़ अपने मुँह पर तमाचे मारता जाऊँ…मैं कसम खाता हूँ कि अब से कभी उसके सामने मुँह नहीं खोलूँगा। मगर जैसे ही वह आता है, मैं फिर फिसल जाता हूँ। नहीं, उसका कोई कसूर नहीं। अहसान-वहसान सब धोखा है, वह अहसान नहीं जताता कभी। क्या मैं उसके लिए जरूरी हूँ? क्यों हूँ? क्या इसमें मेरा भी हाथ नहीं? क्यों मैं उससे उलझता हूँ? आप समझ रहे होंगे मैं बेकार हूँ, मजबूर हूँ। मैं झूठ बोल रहा था। मैं चाहूँ तो एक दिन बैठ के उसकी सारी हवा निकाल दूँ। वह कभी नहीं आएगा और कोई दूसरा खोज लेगा। इस शहर में उसके चाहनेवालों की कोई कमी नहीं है। मुझे अच्छी तरह मालूम है। मैं दो-टूक बोल सकता हूँ और उससे मुझे वैसा खतरा भी नहीं है। वह खुदकुशी भी नहीं करेगा। वह बाहर से जितना मुलायम और लिजलिजा है, भीतर से उतना ही भोथरा और सख्त है—उसे कोई नहीं पिचका सकता।

सच बात तो यह है कि मुझे उससे ईर्ष्या है। उसकी नैतिकता, वह चाहे जितनी गलीज हो, उसका अभेद्य कवच है, जबकि मेरी नैतिकता खुद मेरे लिए मखौल है। वह भगवान् से, वेश्या से, नगरसेठों से, फकीरों से, सबसे अपना उल्लू सीधा कर सकता है और उसकी आत्मा पर एक भी खरोंच नहीं पड़ती। वह अपनी नालायकी को भी अच्छी तरह भुना लेता है। वह अपनी ग्लानियों से भी आत्मविश्वास कमाता है और अपनी गलीज कमजोरियों को भी दूसरों पर चिपकाकर उनका लहू पी सकता है और इस सबके बाद भी खुद को यकीन दिला सकता है कि वह तो सिर्फ भगवान् की इच्छा का पालन कर रहा है।

आखिर मैं यह सब उसके मुँह पर क्यों नहीं कह सकता? इस सीले हुए, उखड़े पलस्तर की दीवारोंवाली कोठरी में मैं किसको यह सब सुना रहा हूँ? इससे उसका क्या बिगड़ता है? और मेरा क्या बनता है? वह अभी भी आराम से अपने सौ रुपए वसूल रहा होगा। वह जो कुछ बखानता है, उससे क्या मुझे घिन ही होती है? क्या वह मुझे नहीं जानता! उसके पास जो कारण है, मेरे पास तो नहीं है और फिर भी मुझे कुतूहल है—बेहद-बेहद कुतूहल है—मैं खुद जाके देखना और अनुभव करना चाहता हूँ कि वेश्या कैसी होती है, कैसे बोलती है और कैसे खुद को बेचती है और आदमी वहाँ जाते हुए या वहाँ से बाहर निकलते हुए कैसा

दिखाई देता है और कैसा अनुभव करता है। बिना यह जाने मुझे कल नहीं पड़ेगी।

मैं भी कैसी फालतू बातें सोचता हूँ! क्या यह सच नहीं कि उससे सुन-सुन के और कल्पना के सहारे मैंने जितना जान लिया है, वह खुद उसके जानने से भी ज्यादा है। बल्कि वह तो कुछ जानता ही नहीं···वह तो सिर्फ भोगता है, बल्कि जैसा वह बताता है, उस हिसाब से तो वह भोगता भी कहाँ है, सिर्फ खुजली मिटाता है। फिर मैं क्यों चाहता हूँ, वह एक दिन मुझसे कहे कि तुम भी मेरे साथ चलो उस नेपाली छोकरी के पास। जबकि मैं जानता हूँ, वह कभी नहीं कहेगा। वह मेरी सचमुच इज्जत करता है और मेरे पास इस तरह आता है, जिस तरह एक पापी एक पादरी के पास जाता होगा। जो असली पापी होता है, वह पादरी की जरूरत समझता है और उसका इस्तेमाल करना जानता है। ईर्ष्या अगर होती होगी तो पादरी को ही होती होगी। उसको क्यों होने लगी—उस पुराने पापी को? मगर मैं भी उल्लू का पट्ठा हूँ, उसे खामखाह चढ़ा रहा हूँ। वह पापी-वापी कुछ नहीं है।

मैं शर्त बद सकता हूँ कि अपनी पैंतालीस बरस की जिंदगी में उसने कभी एक क्षण के लिए भी यह नहीं सोचा होगा कि उसने कोई गलत काम किया है। गलत काम तो वह कर ही कैसे सकता है? सारे पाप-पुण्य तो उसके इर्द-गिर्द चक्कर काटते हैं। वह उनकी धुरी है। फिर वह मेरे पास क्यों आता है? क्या वह मुझे सिर्फ एक अच्छा आदमी समझता है और मेरी अच्छाई से अपने अहं की मालिश कराता है? याकि उसे सचमुच बहुत अंदर से मेरी जरूरत है? अगर ऐसा हो, तो इसका मतलब यही न हुआ कि उसमें भी कहीं छेद है, वह भी कहीं से रिसता और टपकता है। मैं तो उससे नहीं दबता। उसके बरताव से मैं ढूँढ़कर भी ऐसा कुछ नहीं निकाल सकता, जिससे मैं खुद को यह यकीन दिला सकूँ कि वह मेरा बुरा चाहता है। याकि मुझे निगलना चाहता है?

मैं कहाँ से उस पर चोट करूँ? वह कहीं से भी तो खुला हुआ नहीं है। जिरहबख्तर पहने है, वह अपने बारे में अपनी बहुत ऊँची राय का। और उससे ठीक उलटी मेरी हालत है। जो कुछ मुझे दीखता है, इसी खड्ड से दीखता है। यह बरदाश्त से बाहर है। क्या इसीलिए मैं चिल्लाता हूँ? क्या इसीलिए मुझे लगता है कि मेरी चिल्लाहट चाँद-तारों तक पहुँचती है?

जो हो, मुझे उस आदमी से नफरत करने का पूरा-पूरा हक है, क्योंकि वह मेरी भावनाओं का शोषण कर रहा है और अनजाने कर रहा है। वह कैसे जानेगा? जानने और महसूसने के सारे दरवाजे तो वह अपने ही हाथ से बंद करता जा रहा है

और एक दिन आएगा, जब वह हाथ-पैर भी नहीं हिला सकेगा—पत्थर हो जाएगा और मैं तब भी उसके आस-पास नन्हे तिनके की तरह लहराऊँगा। मुझे कोई नहीं मार सकता, क्योंकि मुझे हर कोई मार सकता है। मैं इतना निरीह हूँ कि मुझे हर कोई हलाल करना चाहता है। मैं वहाँ क्यों जाना चाहता हूँ—मुझे यहीं से सबकुछ दिखाई दे रहा है···वह नेपाली छोकरी और उसकी छातियों में मुँह गड़ाए जाने क्या-क्या बड़बड़ाता वह मेरा दोस्त···मुझे साफ दिखाई दे रहा है।

हो सकता है अबकी वह काफी आगे बढ़ जाए और वहीं पहुँच जाए, जहाँ कि उसे पहुँचना है। आखिर वह कमला जिस तरह से 'काम करो और भागो' कहती थी, वैसा तो यह नहीं ही कहेगी इससे। बहुत संभव है, वह सचमुच काम कर ही ले जाए। और···और किस कदर रोया था यह उस दिन वहाँ से लौट के···जब खोली पर ताला लटका मिला और पड़ोसी ने बताया कि कमला अब कभी नहीं आएगी। वह अपने देस चली गई है। मुझे तो यह अजूबा ही लगता है कि कोई वेश्या वापस लौट जाए और वह भी कमला जैसी, जिसने इसे एक दिन चाँटा तक जड़ दिया था, कि 'ये तेरा घर नहीं है। कोठे पे चढ़ा है तो कोठे जैसी बात कर।' ···वह कहाँ गई होगी आखिर? लौट के तो नहीं ही आई···क्या ऐसा भी हो सकता है? किसी दूसरी जगह गई हो तो एक बार हो भी सकता है। मगर अपने देस में···? भगवान् जाने। क्या पता वह भी किसी गवैए की मौसी हो! क्या उस गवैए जैसा दिल किसी और का नहीं हो सकता, जो उस कमला का कुछ लगता हो या नहीं भी लगता हो और कमला के संपर्क में ठीक वैसे ही आ गया हो, जैसे मेरा दोस्त आया था और उस आदमी में कमला को सचमुच वैसा कुछ मिल गया हो, जिसका गंदा थिएटर मेरे दोस्त ने उसे दिखाया था?

मुझे अपने दोस्त की इसी बेशर्मी से ईर्ष्या होती है। अगर मैं इसकी जगह होता—उतना ही जरूरतमंद और उतना ही अंधा···तो भी, उस चाँटे के बाद तो नहीं ही जाता···और यह उसके बाद भी साल भर तक उससे बुरी तरह चिपटा रहा। मैं इसे अच्छी तरह जानता हूँ और इसीलिए तो यह भी मुझसे सबकुछ उगल देता है, क्योंकि इसे भी मालूम है कि मैं इस सबके बावजूद इससे नफरत नहीं करूँगा। क्यों नहीं करूँगा आखिर?···इसका यह मुगालता मुझे तोड़ना ही पड़ेगा। कहीं वह नेपाली छोकरी···जैसा यह बताता है कि अभी एकदम फ्रेश है···कहीं वह इसके चक्कर में···नहीं मैं इसके साथ जरूर जाऊँगा एक बार कम-से-कम। फिर दुबारा मिलूँगा उससे अकेले में, सिर्फ एक बार। और उसे सावधान कर दूँगा।

यों तो इसकी जरूरत क्या है—ऐसे लोगों से निपटने का गुर उसे सिखाया ही गया होगा···फिर भी हो सकता है···यह मुझे बताता था उन दिनों कि कमला ही इसे जिंदा रखे हुए है।···मैं जाऊँगा, जरूर जाऊँगा···एक दिन उस नेपाली छोकरी के पास और इसकी पोल खोल दूँगा—बता दूँगा उसे कि देखो ये आदमी, तुम्हारे पास जितने लोग आते हैं, उन सबसे ज्यादा खतरनाक है, जो बिना कोई रिस्क उठाए सबकुछ पाना चाहता है और तुममें अपनी बीवी और प्रेयसी और माँ की, जाने किस-किसकी तलाश कर रहा है। इससे होशियार रहो और इसे मार डालो। ये तुममें काली का रूप देखता है, मगर अभी तक इसका सामना सच में किसी काली से पड़ा ही नहीं है। तुम तो इसे नंगा कर दो और ठीक वहीं पर निशाना लगाओ, जहाँ पर चोट लगने से ये मर सकता है। तुम्हीं इसे मार सकती हो, क्योंकि तुम्हीं इसका कवच हो। तुम अपना पेशा जानती हो, मगर उतना काफी नहीं है।

इस जोंक को सचमुच मार डालना इतना आसान नहीं है। यह उलटे सबको चूस लेता है और बखूबी बचा रहता है। यह इस कदर लिजलिजी है कि इसकी नस पकड़ना नामुमकिन है। मगर मैं तुम्हें बताऊँगा, इसकी नस कहाँ है। मुझे सब पता है, मगर मुझसे नहीं होगा। यह काम सिर्फ तुमसे होगा और मैं तुम्हारे साथ हूँ। क्योंकि इसने मेरे साथ भी वही सलूक किया है। बिना तुम्हारी मदद के मैं इसका कुछ भी नहीं बिगाड़ सकता। सिर्फ जब ये चला जाता है, मुझे इस खड्ड में फेंक के तब सिर्फ चिल्ला भर सकता हूँ—जैसे अभी चिल्ला रहा हूँ।

□

थिएटर

मेरा नाम विनोद है और मैं आपके शहर की इस नाटक मंडली में, जिसका नाम 'रंगावली' है, पिछले दस सालों से काम कर रहा हूँ। अभी कुछ ही दिन पहले हमने 'हैमलेट' किया था। शायद आप भी दर्शकों में रहे हों। उसमें होरेशियो का रोल मैंने ही किया था और हैमलेट बना था बकुल।

अब तक सैकड़ों नाटकों में अभिनय कर चुका हूँगा मैं। कभी तो किसी रोल ने मुझे इस तरह बदहवास नहीं किया। कभी तो किसी सीन या डायलॉग ने मुझे इस कदर नहीं जकड़ा। कितना भयावह था वह क्षण, जब यह वाक्य, जो मुझे बोलना था, मेरे हलक में ही फँसा रह गया था। सब ने यही समझा होगा कि मैं अपना डायलॉग भूल गया हूँ। पर मैं भूला-वूला कुछ नहीं था। क्या आप में से किसी ने मेरी उस लड़खड़ाहट को भाँपा था? 'बस थोड़े ही दिन और अपने को चिर-निद्रा के सुख से वंचित रखो और इस बेरहम दुनिया को मेरी कथा सुनाने के लिए किसी तरह साँस लेते रहो…' यह हैमलेट का आखिरी डायलॉग था, जिसके बाद मुझे खंजर वापस म्यान में रख लेना था और तब वह वाक्य बोलना था। मगर अचानक मैंने देखा, वहाँ हैमलेट नहीं, मैं था। हाँ, मैं था वहाँ मरता हुआ, और मैं ही जिंदा रहने का आश्वासन भी माँग रहा था। मगर किससे? मैं तो मर रहा हूँ। तो क्या मेरे मरने के साथ ही मेरी कहानी भी मर जाएगी? तब फिर यह कौन है, जो मेरे ऊपर झुका हुआ है और मेरी ही आवाज में मुझसे कह रहा है—'हाय! क्या इतने ऊँचे इनसान का यही हश्र होना था?'

हाँ, यही तो था वह वाक्य, जो मेरे हलक में फँस गया था। उफ! पसीना छूट गया था मुझे यह जुमला बोलते हुए। दरअसल, उस वक्त मेरे भीतर एक दूसरा ही डायलॉग बज रहा था—'नहीं बकुल नहीं। यह तुम कदापि नहीं हो सकते। यह तो

मैं हूँ, मैं। और मैं अभी मरा नहीं जिंदा हूँ—उसकी कहानी कहने के लिए, जो मेरा सगा और अभिन्न है। मगर यह मैं आखिर हूँ कौन?'

कैसा बदतमीज सवाल था यह, जो तब से मुझसे चिपका तो बस चिपका ही रह गया। मैं क्या करूँ इस सवाल का—जो हर कोई हूँ और कोई नहीं? क्या इसी को ' आइडेंटिटी क्राइसिस' कहते हैं? क्या बकुल सही कह रहा था? क्या मतलब हुआ इसका? पिछले दस सालों में जिसने कभी अपने बारे में सोचा तक न हो, उसके साथ इससे भद्दा मजाक और क्या होगा? नहीं-नहीं, ऐसे किसी संकट से मैं ग्रस्त होता सचमुच, तो क्या मुझी को पता नहीं चलता? बिल्कुल फिजूल बात है—बकुल की अपनी मनगढ़ंत। मुझे डिमॉरलाइज करने के लिए।

दरअसल, होरेशियो कोई और था। मेरा कोई रोल नहीं था इस नाटक में। बड़ी मुश्किल से मोहलत मिली थी मुझे इस नाटक को विशुद्ध दर्शक की तरह, बाहर से देखने-समझने की। मैंने माँग कर ली थी यह मोहलत। और कई हफ्तों तक मजा लेता रहा था रिहर्सल का। मगर मेरी बदकिस्मती तो देखिए कि असली होरेशियो का एक्सीडेंट हो गया ग्रैंड रिहर्सल के ठीक तीन दिन पहले। तो मजबूरी की हालत में मुझे उसकी जगह उतरना पड़ा। अब यों तो मजबूरी के ऐसे जाने कितने रोल मैं पहले भी निभा चुका हूँ। अपनी मंडली में जितने किस्म के रोल मैंने किए होंगे, उतने शायद ही किसी ने किए हों। मुझे इसी में मजा आता है। इस मजे को, इस सुकून को मुझसे ज्यादा कौन जानता है! मेरी तो दुनिया ही थिएटर है। यहाँ आने से पहले मैं कौन था, क्या था, थिएटर ने मुझे सब भुलवा दिया। मुझे अच्छी तरह पता है मेरी पीठ पीछे लोग मेरे बारे में क्या कहते हैं। पर मैं बुरा नहीं मानता। बुरा मानना किसे कहते हैं, मैं कभी का भूल चुका। दरअसल, मैं बहुत देर तक अपने में टिक ही नहीं पाता और अक्सर कोई और, कोई और ही होता हूँ, मानो आदमी नहीं, गीली मिट्टी का लौंदा हूँ—चौबीस घंटे चाक पर चढ़ा हुआ और नए-नए आकारों में ढलता हुआ। ऐसे में किसका बुरा मानूँ और कब तक? जब तक गुस्से में आकर कोई तल्ख बात कहने की सोचता हूँ, तब तक मूड ही बदल जाता है। मेरी जगह जैसे कोई मसखरा आकर बैठ जाता है और बिल्कुल ही अलग किस्म की हरकतें करने लगता है। अब इस दूसरेवाले 'मैं' के सामने पहलेवाले 'मैं' की ऐसी-तैसी न हो, तो क्या हो!

जाने क्या बात है कि मैं इससे कभी परेशान नहीं हुआ। सहज स्वाभाविक लगता रहा यह। याद आ रहा है, एक बार डायरेक्टर महंतजी ने मुझे खामखाह

सबके सामने जलील कर दिया था। मैं बुरी तरह भड़क गया था और वॉक-आउट कर गया था, मगर पाँच मिनट के भीतर ही फिर से वापस लौट आया था। इतना भी इंतजार नहीं किया था मैंने कि महंतजी को पहले खुद अपनी गलती महसूस हो और वे खेद प्रकट करें मुझसे। उस दिन यही बकुल इस बात पर मुझ पर कितना बिगड़ा था। सारी रात मुझसे उलझता रहा था। उसका कहना था कि महंतजी की तानाशाही को मेरे जैसे लोगों ने ही उकसाया है। जानवर तक विद्रोह कर बैठता है कभी-कभी, मगर मैं तो जानवरों से भी बदतर हूँ। व्यक्तित्व ही जिसका घपले में पड़ा हो, उसमें स्वाभिमान भी कहाँ से आएगा! थिएटर ने मेरे व्यक्तित्व को जगाने की बजाय, उसे उलटे बुझा दिया है, घपले में डाल दिया है। ऐसा उसका कहना था।

आज यह सोचकर मुझे कितना अजीब लग रहा है कि मैंने बकुल की उस बात का न केवल बुरा नहीं माना था, बल्कि उलटे उसे अपना परम आत्मीय समझकर अपना सारा रहस्य ही उसके सामने उघाड़ दिया था कि किस तरह थिएटर ने मुझे गड्ढे से निकाला, किस तरह वह मेरे लिए महज जीविका या 'कॅरियर' न होकर प्राणवायु बन गया है, जिसमें मैं साँस लेता हूँ। आज तक मैंने किसी के भी साथ इस रहस्य का साझा नहीं किया। तब फिर उस रात ही मुझे क्या हो गया था? और सबको छोड़ क्या एक बकुल ही रह गया था, मेरे लिए अपना राजदाँ बनाने को? हर कोई इस लायक नहीं होता और बकुल तो बिल्कुल नहीं, जिसके पेट में कोई बात कभी पचती ही नहीं। फिर क्यों दिया मैंने दुबारा यह मौका उसे मुझे डिमॉरलाइज करने का, मुझे खंजर भौंक देने का?

जैसा कि मैं आपको पहले ही बता चुका हूँ, मुझे होरेशियो का रोल मिलना एक निरा संयोग भर था। कुछ लोग होते हैं, जो ऐसे वाहियात संयोगों में भी नियति का संकेत पढ़ लेते हैं। इन सिरफिरों का यकीन करें तो हम अपने माँ-बाप भी खुद चुनते हैं। उनकी उलटी खोपड़ी के मुताबिक हमारे साथ जो कुछ भी घटता है, सबकुछ पहले से नियत होता है। यानी यह भी मेरी नियति थी कि होरेशियो की भूमिका, जो लड़का महीने भर से कर रहा था, उसका एक्सीडेंट हो जाए और वह भी ऐन मौके पर, ताकि मैं ही पकड़ा जाऊँ। इसलिए कि मैं ऐसे ही मौकों पर काम आता हूँ। यों भी मैं आपको बता दूँ—मैं कभी किसी के आड़े नहीं आता, कभी किसी बात पर मुँह नहीं फुलाता, अपनी पसंद-नापसंद भी कभी नहीं जताता। एक बार, हाँ, सिर्फ एक बार, मैंने अपनी पसंद जताई थी—पता नहीं क्यों। स्कंदगुप्त का रोल करने की। मजे की बात यह कि मैं नहीं भी जताता तो भी कोई फर्क नहीं

पड़ता, क्योंकि उस रोल के खरीददार कोई थे नहीं। काफी पहले की बात है यह; कब की? अरे, पिछले साल की ही तो। आपने भी देखा हो शायद वह नाटक। पूरे तीन हफ्ते चला था वह।

मजे की बात यह है कि खुद महंतजी पहले बकुल को ही स्कंदगुप्त की भूमिका सौंपना चाहते थे। वह तो मैंने अपना दावा पेश करके बकुल को फजीहत से बचा लिया। उसका बिल्कुल मन नहीं था। मगर डायरेक्टर महंत को, जो उसके गुरु रह चुके थे, एन.एस.डी. में, उनको साफ साफ कहने में वह झिझक रहा था। बकुल को मेरी इच्छा का पता था और मुझे उसकी अनिच्छा का। इच्छा-अनिच्छा ने मिलकर एक चाल चली। नकली विवाद का खूब रिहर्सल करके हम महंतजी के सामने ही बुरी तरह भिड़ गए। यह ट्रिक काम कर गई। मैं स्कंदगुप्त का रोल पा गया और बकुल भटार्क पर छूट गया। बाद में, मगर यही बकुल बेहद पछताया। शायद उसका खयाल था इस नाटक में रखा ही क्या है, फ्लॉप तो इसे होना ही है। तब फिर मैं क्यों इसमें जान खपाऊँ और अपनी अच्छी-खासी 'इमेज' चौपट करवाऊँ। दुर्भाग्य से, जब उसकी आशा के विपरीत 'स्कंदगुप्त' हिट हो गया और मेरा भी झंडा गड़ गया तो वह अपने-आप इस निष्कर्ष पर पहुँच गया कि मैंने जानबूझकर उसे रास्ते से हटाने के लिए ही सारा षड्यंत्र रचा था। मैं तो उससे जलता हूँ, उसे नीचा दिखाने का मौका तलाशता रहता हूँ इत्यादि ''इत्यादि। अब यों तो भटार्क का रोल उसने भी अच्छा ही किया था। मगर उससे उसे क्या संतोष होता। हीरो से कम कोई भी रोल उसे रोल ही नहीं लगता तो वह भी क्या करे! बकुल एम.ए. इंग्लिश है, एन.एस.डी. स्नातक ऊपर से। ठसक से रहता है। कोई 'रंगावली' से ही बँधा भी नहीं है, जैसे कि मैं बँधा हुआ हूँ। शुरुआत ही उसकी 'ए' ग्रेड से हुई थी, जबकि मैं तो 'सी' ग्रेड से शुरू हुआ और 'ए' तक पहुँचते-पहुँचते छह साल लग गए थे मुझे। मेरे साथ ही भरती हुए लड़के कहाँ के कहाँ पहुँच गए। मैं तो 'रंगावली' से अलग अपने अस्तित्व की कभी कल्पना भी नहीं कर पाया।

मगर क्यों नहीं कर पाया? यह सवाल पहली बार पछतावे की शक्ल में क्यों मेरे मन में घुमड़ने लगा है? अनवर को प्रोजेक्ट मिला—आठ साल हो गए, अभी भी चल रहा है। क्यों नहीं मैंने उसका साथ दिया? देश-विदेश कहाँ नहीं घूम आया वह! मैं जहाँ का तहाँ बैठा रहा और 'वंस ए क्रिमिनल, ऑलवेज ए क्रिमिनल' की तर्ज पर 'वंस एन ऐक्टर, ऑलवेज एन ऐक्टर' का राग अलापता रहा। आज

अचानक क्यों यह सब मुझे सेंटीमेंटल लगने लगा है? मुझसे कम-से-कम पाँच साल छोटा होगा बकुल। मगर हर मायने में पाँच साल आगे है मुझसे। सुनने में आ रहा है कि सुनंदा से उसकी शादी भी पक्की हो गई है। वही, जिससे हैमलेट की रिहर्सल के दौरान उसका रोमांस चल रहा था। वही, जिसके साथ 'स्कंदगुप्त' की रिहर्सल के दौरान विनोद बाबू का, यानी खुद मेरा भी रोमांस चल रहा है, ऐसी अफवाह उड़ी थी। तब वह विजया थी, अब वह ओफीलिया है। हमारे यहाँ अभिनेत्रियों का अकाल ही पड़ा रहता है। अक्सर उन्हें बाहर से ही लाना पड़ता है। मगर···कमाल है, तब तो ऐसी कोई बात नहीं लगी थी मुझे। उस लड़की की अभिनय-क्षमता का मैं भी कायल रहा हूँ। क्या सचमुच हैमलेट की एक्टिंग ने उसे इस कदर पिघला दिया? ओफीलिया का रोल करते-करते वह सचमुच ओफीलिया बन गई? ये लड़कियाँ इतनी बेवकूफ क्यों होती हैं? फालतू बात है यह, एक्टिंग से कुछ नहीं होता और भी दूसरे 'प्लस पॉइंट' होते हैं, जिनकी लड़कियाँ खूब खबर रखती हैं और रखनी ही चाहिए। क्यों नहीं रखनी चाहिए? थोड़ी देर के लिए मान लो, हैमलेट की भूमिका मैंने की होती। तो क्या यह संयोग बकुल की बजाय, मेरे साथ घट जाता? पूछा तो महंतजी ने पहले मुझसे ही था। बकुल उनका मुँहलगा है, फिर भी पहला ऑफर तो उन्होंने मुझी को दिया था। मेरी अक्ल मारी गई थी क्या? क्यों मना कर दिया मैंने हैमलेट का रोल करने से? क्या इसलिए कि मुझे विदेशी नाटक और उनके फूहड़ अनुवाद रास नहीं आते? हाँ, कहा तो मैंने यही था उनसे और इससे वे थोड़ा उखड़े भी। मगर ईमानदारी की बात यही है कि यह असली कारण कतई नहीं था।

असली कारण इकहरा नहीं, दुहरा था। एक तो मन में छुपा यह डर, कि इतना इंटरनेशनल, इतना पेचीदा रोल कहीं मुझसे नहीं सँभला तो? दूसरे, मुझे मालूम हुआ था कि बकुल यह रोल चाहता है। उसने जैसे मेरे लिए 'स्कंदगुप्त' छोड़ दिया था, वैसे ही अगर मैं स्वेच्छा से हैमलेट का रोल उसके लिए छोड़ दूँ तो यह मेरी उदारता तो होगी ही, उसका भी तुष्टीकरण हो जाएगा। तब मुझे क्या पता था कि ऐसी नौबत आएगी और मुझे खामखाह होरेशियो के रोल में उसका पिछलग्गू बनना पड़ेगा। ग्रैंड रिहर्सल के दिन ही यह बात मेरे मन में उपजी। सचमुच का पछतावा भी, कि क्यों नहीं मैंने हैमलेट का रोल खुद किया? ईर्ष्या जैसी भावना भी मेरे भीतर उठ सकती है, इसका पता भी मुझे उसी दिन चला। बकुल सचमुच बेहद फब रहा था हैमलेट के रोल में।

मगर कई जगह मुझे लगा, मैं जिस तरह हैमलेट के घट में पैठ सकता था, उस तरह बकुल नहीं पैठ पा रहा है। मगर अब हो क्या सकता था। अब तो वही हैमलेट था और मैं उसका पिछलग्गू। अचानक अपना साइड रोल मुझे एकदम ही बेमेल और वाहियात लग उठा। जीवन में पहली बार मैंने पाया कि मैं सहज अभिनय नहीं कर पा रहा हूँ। अजीब ढंग से सेल्फकांशस और नर्वस महसूस कर रहा हूँ। फिर तो वही होना था जो हुआ। पहले ही शो के दिन मैं सबसे नाजुक और निर्णायक बिंदु पर निहायत शर्मनाक ढंग से लड़खड़ा गया।

और जैसे इतना ही काफी न हो, दूसरे दिन मिलने पर उसने बिना कोई बात छिड़े खामखाह मेरे सिर पर अपना वही फॉर्मूला दे मारा। इससे बढ़िया मौका उसे भला कब मिलता। वह तो जैसे इसी की ताक में बैठा हुआ था। भाँप लिया था उसने कि इस वक्त मेरा मनोबल काफी गिरा हुआ है। मैं तो सन्न रह गया। मुँह से बोल ही नहीं फूटा। जबकि मेरा रोम-रोम उसकी बात का प्रतिवाद कर रहा था। 'यही है आइडेंटिटी क्राइसिस', उसने मुझसे कहा था—'यही है तुम्हारा असली रोग, जो तुम्हें महसूस तक होना बंद हो गया था। मुझे मालूम था—एक-न-एक दिन तुम्हारा ही स्नायुतंत्र जब खतरे की घंटी बजाएगा, तभी तुम्हें पता चलेगा। कल रात यही हुआ और बहुत अच्छा हुआ। तुम्हें इसी शॉक की जरूरत थी।'

क्यों? क्यों नहीं कर सका मैं उसका मुँह बंद, अगर वह सचमुच गलत है तो? चुप क्यों लगा गया मैं? कैसे झेल गया मैं चुपचाप उसके इस आरोप को कि थिएटर के साथ मेरा रिश्ता ही बहुत गलत यानी 'मॉरबिड' है? क्या मतलब हुआ इसका?

नाटक आदमी खुले में खेलता है। खुले मंच पर ही वह उसको देखता भी है। मानसिक रंगमंच को कोई नहीं देखता। फिर मैं यह कर क्या रहा हूँ? किससे बात कर रहा हूँ? क्या मैं उबा नहीं रहा हूँ, खामखाह आपको, अपने दर्शक को? क्यों मैं खामखाह अपने दर्शक को पाठक बनाने पर तुला हुआ हूँ इतनी देर से? हैमलेट अभी भी चल रहा है। आपके शहर में रोजाना। आप मुझे देख सकते हैं—अब भी उसमें होरेशियो के रोल में। मैं यकीन दिलाता हूँ आपको, अब मैं बिल्कुल नहीं लड़खड़ाऊँगा। अब मैं होरेशियो हूँ सौ फीसदी। मगर···होरेशियो, आप कहेंगे—होरेशियो तो फिलॉसफर था—खुद अपने अभिन्न की नजरों में। और उसे उसी की कथा सुनानी है, अपनी नहीं। फिलॉसफर कथावाचक बनेगा? यह कैसी उलटबाँसी है?

हाँ, तो मैं आपको बता रहा था न, कि अगर मैंने महंतजी का कहना मानकर हैमलेट का रोल खुद ही ले लिया होता तो यह नौबत ही नहीं आती। तब फिर उस रात उस तरह लड़खड़ाने का कोई सवाल ही पैदा नहीं होता। मगर मैंने क्यों नहीं लिया वह रोल? क्या मुझे भरोसा नहीं था अपने ऊपर, महंतजी को तो था, मगर मुझे नहीं था? मुझे बकुल पर भरोसा था। क्यों? तो क्या बकुल सही कहता है? और जिसे इतने बरसों से मैं आत्मविश्वास समझता आया था, वह मात्र आत्म-विस्मरण था? पर मेरे पास स्मरण रखने लायक आखिर था ही क्या? बकुल और अनवर के फैमिली बैकग्राउंड से जब अपने फैमिली बैकग्राउंड की तुलना करता हूँ तो एक ही बात समझ में आती है—वह यह कि आदमी का 'सेल्फ-मेड' होना कतई काफी नहीं है। असली आत्मविश्वास उस प्यार और भरोसे से पैदा होता है, जो बचपन में हमें अपने माता-पिता से मिलता है। तब वह अगर नहीं मिला तो फिर कभी नहीं मिल सकता। तब जो गाँठ मन में पड़ जाती है, वह खुलकर भी नहीं खुलती। माना मैंने पढ़ने से हमेशा जी चुराया; माना मेरे दोनों भाई बेहद होशियार निकले; माना मैं बचपन से ही बहुत बुरी सोहबत में पड़ गया था; माना मैंने अपने माँ-बाप को बेहद सताया। मगर क्या इस सबके लिए एक मैं ही जिम्मेदार था? स्कूल से अगर भागता था तो इसमें स्कूल का कसूर नहीं था? लगता है, जैसे अक्षरारंभ भी मेरा 'रंगावली' में ही हुआ और एम.ए., पी-एच.डी. भी मैं वहीं से हूँ। क्या यही मेरी नियति थी कि बीस बरस की उम्र में मेरी जिंदगी की शुरुआत हो और वह भी थिएटर में?

'आइडेंटिटी क्राइसिस' अगर थी तो वह थी, जिससे महंतजी ने और उनके थिएटर ने मुझे उबारा। कितने आश्चर्य की बात है कि मुझसे मेरे पिता को कोई उम्मीद नहीं रह गई थी और फिर भी मेरा 'नौटंकी' में जगह पा जाना उन्हें इस कदर नागवार गुजरा कि उन्होंने त्याग ही दिया मुझे। हाँ, थिएटर उनके लिए नौटंकी था और इस शब्द को वे अपने मुँह से इस तरह से निकालते थे—जैसे कोई भद्दी-से-भद्दी गाली निकाल रहे हों। वो तो फिर भी गनीमत थी, बाप का अन्याय शायद झेला भी जा सकता है; मगर माँ की क्षुद्रता, माँ का पक्षपात झेलना आदमी के बच्चे के वश की बात नहीं। उसने ऐसा क्यों किया? वह सौतेली माँ तो थी नहीं। अपने जीवन की इस सबसे त्रासद पहेली की गाँठ को मैं छूने से भी डरता हूँ। क्या मैं सचमुच एक अनमेल और प्रेमविहीन विवाह की उपज था? परंतु मेरे बाकी दो भाइयों के साथ तो वह वैसी रूखी नहीं रही। मैंने उसका क्या बिगाड़ा

था? मुझी से उसकी क्या दुश्मनी थी? क्या सचमुच मेरा समूचा बचपन एक 'कोल्ड वार' की भेंट चढ़ गया? पाँच-छह साल लग गए मेरी माँ को मेरे पिता के साथ सुलह-समझौता कर पाने में?

अगर पिताजी माँ को पसंद नहीं थे सचमुच, अगर जैसा कि मेरे बचपन की ननिहाल की यादें बताती हैं, वह एक अमीर और अकड़बाज घराने की लड़की थीं और मेरे पिताजी एक दरिद्र और दब्बू घर की पैदाइश थे और यह शादी, पता नहीं किस रिश्तेदार द्वारा रचे गए षड्यंत्र और गलतफहमी के कारण हो गई थी, तो इसमें विनोद बाबू का क्या अपराध था? क्यों अपनी गड़बड़ी की सजा भुगतने के लिए विधाता ने विनोद बाबू को ही चुना? विनोद बाबू अंधाधुंध क्यों पिटने लगे? वे उजड्ड, बदतमीज और आवारा कैसे बन गए? उनमें 'क्रिमिनल टैंडेंसीज' क्यों देखी जाने लगी? कुछ वजह तो होगी आखिर इस सबकी? उसे समझने की कोशिश क्यों नहीं की गई? क्या वे सचमुच अवांछित संतान थे? क्या यही था वह आत्म-बिंब, जो उनके जन्मदाताओं से उन्हें प्राप्त हुआ और जिसके अनुरूप वे स्वयं भी अपने को ढालते चले गए?

विनोद बाबू रंगावली में भरती क्या हुए, घर से बाहर ही कर दिए गए। कोई खास तकलीफ उन्हें नहीं हुई। अनवर का आउट हाउस उन्हें अपने घर के अनाथालय से कहीं बेहतर लगने लगा था। क्या उम्र होगी उनकी अब? इकतीस या बत्तीस साल हद-से-हद। उन से पाँच साल छोटा इंजीनियर भाई इसी बीच शादी करके माँ-बाप से अलग भी हो गया। उससे छोटावाला विदेश चला गया। काल की महिमा अपरंपार है। लोग पुनर्जन्म की बात क्यों करते होंगे—विनोद बाबू सोचते हैं। क्या हम एक ही जन्म में कई-कई जन्म नहीं भुगत लेते? कभी-कभी ऐसा ही लगता है उन्हें। हाँ, अब वे आउट हाउस में नहीं रहते, अपने घर में, अर्थात् अपने पिता के बनाए घर में रहते हैं, उनके काफी नजदीक। खाना भी घर से ही आता है। पिताजी का नौकर पहुँचा जाता है। तीज-त्योहारों पर पकवान लेकर माताजी खुद चली आती हैं और तब तक सिर पर खड़ी रहती हैं, जब तक थाली चट नहीं हो जाती। माता और पुत्र के बीच संवाद अभी तक आरंभ नहीं हुआ, यह आश्चर्य है। पर हो ही जाएगा, ऐसे कब तक चलेगा! मूकाभिनय की भी अपनी सीमाएँ हैं कि नहीं?

कैसा विचित्र अनुभव हुआ विनोद बाबू को उस रात, यानी अपनी उस लड़खड़ाहट की रात—जब मंच पर हैमलेट होरेशियो को अपने पिता का प्रेत

दिखाने की कोशिश कर रहा था और होरेशियो कह रहा था—'कहाँ है' राजकुमार? मुझे तो वे कहीं भी नहीं दिखाई दे रहे···' और इतना कहते-कहते अकस्मात् उसकी आँखों में उसके अपने माता-पिता की युगल छवि मूर्तिमान हो आई थी। कल्पना में नहीं, सचमुच। सचमुच ही विनोद बाबू के माता-पिता वहाँ दर्शकों के बीच विराजमान थे। तो क्या अब जाकर इस बुढ़ापे में उनके पिताजी को नौटंकी का शौक चर्राया है? और वह भी सपत्नीक? विनोद बाबू का चकराना स्वाभाविक था। उनकी माँ को सिनेमा-थिएटर से उतनी ही एलर्जी थी, जितनी उनके बाप को। शायद सहमति का इकलौता बिंदु ही दोनों के बीच यही था। थिएटर और वह भी साथ? क्या सूझी होगी इन्हें बुढ़ापे में यह एक और रिकॉर्ड बनाने की। अरे हाँ, विनोद बाबू तो क्या बताएँगे, मुझे ही आपको बतानी पड़ेगी एक और मजेदार बात कि 'स्कंदगुप्त' की तारीफ किसी अखबार में पढ़ने के बाद विनोद बाबू के पिताजी ने अपने पुत्र को एक लंबी चिट्ठी लिखी थी। चिट्ठी क्या थी, पूरा अखबार था। क्या वहीं से बर्फ पिघलनी शुरू हुई होगी? मैं कह नहीं सकता। विनोद बाबू भी, मेरा खयाल है, शायद ही बता पाएँ। उन्हें क्या लगा होगा माता-पिता को साथ देखकर और वह भी थिएटर में—यह भी वही जानें। कहीं वे इस उम्मीद में तो नहीं आए थे कि 'स्कंदगुप्त' का हीरो 'हैमलेट' में भी हीरो ही होगा! खासी निराशा हुई होगी तब तो उन्हें अपने पुत्र को 'हीरो' के रूप में न देखकर।

'ओह, व्हॉट ए नोबल माइंड इज हियर ओवरथ्रोन!' (हाय! क्या इतने ऊँचे इनसान का यही हश्र होना था!···) यही न था वह वाक्य, जो उस रात मेरी जुबान पर लड़खड़ाया था? क्या इसी वाक्य को सुनने के लिए तड़प रहा था हैमलेट? क्या यही थी उसकी वह अंतर्कथा, जिसे दुनिया को सुनाने के लिए होरेशियो का जिंदा रहना जरूरी समझा गया?···मैं तबसे इसी सोच में पड़ा हुआ हूँ कि हैमलेट को इतना तो पता ही था कि होरेशियो उसके बारे में क्या सोचता है। दुनिया को बताना क्यों जरूरी था? दुनिया की ऐसी की तैसी। दुनिया की राय की आखिर इतनी फिक्र क्यों थी हैमलेट को? क्या यह एक महा दयनीय मोह ही नहीं है—अपनी 'इमेज' बचाए रखने का मोह? मरते-मरते भी आदमी इस मोह से नहीं उबर सकता?

विनोद बाबू क्या सोच रहे हैं? जब सोचना शुरू कर ही दिया तो वे यह भी सोच सकते हैं कि क्या मेरी भी कोई इमेज है, जिसे बचाने की फिक्र मुझे हो सकती है? वे यह भी सोच सकते हैं कि कितना अच्छा हो, इसी 'रंगावली' का

कोई नाटक करते हुए किसी त्रासदी या प्रहसन के बीचोबीच सैकड़ों दर्शकों को हँसाते और रुलाते हुए वे अचानक विदा ले लें। उन्हें पता तक न चले और वे एक जगमगाते हुए मंच से सीधे ऊपर स्वर्ग की उड़ान भर लें। उन्हें मौका ही न मिल पाए किसी होरेशियो से चिरौरी करने का कि 'बस एक तुम्हीं हो, जो मेरी कथा इस क्रूर संसार के सामने पेश कर सकते हो और मेरी छवि चमका सकते हो?' अव्वल तो उन्हें होरेशियो मिलने से रहा। ज्यादा-से-ज्यादा उन्हें कौन मिल सकता है? भटार्क, यानी बकुल ही न?

अच्छा ही हुआ, जो मैं हैमलेट नहीं बना। वरना क्या पता, यही बकुल होरेशियो बनकर मुझ पर झुक जाता और जब मैं उससे वह अपना आखिरी संवाद बोलता, तो वह भी मेरी तरह क्षण भर को अपनी ओढ़ी हुई भूमिका भूल जाता और अपने मन की बात बक देता। यही कि तुम्हारी कहानी मैं क्या सुनाऊँगा! तुम तो 'आइडेंटिटी क्राइसिस' हो, जिसका व्यक्तित्व ही घपले में पड़ा हुआ हो, जिसकी अपनी कोई पहचान ही न हो, उसकी इमेज क्या और स्टोरी क्या!

□

गेटकीपर

पता नहीं उसका क्या नाम था। कुंदन सिनेमा में गेटकीपरी करता था, इतना जरूर याद है। सिनेमा का गेटकीपर—वह भी एक छोटे से कस्बे का, एक बाजारू लड़के के लिए काफी महत्त्व रखता है। वह भी ऐसा, जैसे कोई ट्रैजिक हीरो ही रोल करते-करते परदे से टपक पड़ा हो। उस जैसा धीर और गंभीर गेटकीपर शायद ही आज तक किसी सिनेमा हॉल को मिला हो। कम-से-कम मुझ पर तो उसकी ऐसी ही छाप पड़ी हुई है, जो इतने बरसों बाद भी अभी तक ज्यों-की-त्यों बरकरार है। पता नहीं, क्यों इन्हीं दिनों बार-बार वह मेरे दिमाग पर दस्तक दे रहा है। मैं समझ नहीं पा रहा हूँ? वह क्यों इस कदर मेरे पीछे पड़ा हुआ है। क्या लेना-देना है उसे मुझसे? क्यों चाहता है वह, कि मैं उसका बाकायदा आह्वान करूँ, जैसे सुना है कुछ लोग मृतात्माओं का करते हैं।

वह बहुत ही कम बोलता था और जब बोलता था तो ऐसा लगता था, जैसे बोलने में उसका मुँह दुख रहा हो। आवाज भी उसकी सचमुच के गले से नहीं, किसी गहरे कुएँ से आती प्रतात होती थी। दूर से यों वह खासा लंबा दीखता था, पर जैसे-जैसे वह पास आता-जाता—वैसे-वैसे उसका कद सिकुड़ता जाता। हाथ की उँगलियों के बीच हमेशा जलती सिगरेट होती। सिगरेट नहीं तो चाय का गिलास। जैसे अन्न खाकर नहीं, सिगरेट और चाय पी-पीकर ही वह इतना बड़ा हो गया हो—कुछ ऐसी उसकी काठी थी। ऐसी अतल उदास आँखें और हमेशा भिंचे रहनेवाले होंठ मैंने और कहीं देखे हों, मुझे याद नहीं पड़ता। हालाँकि यह लिखते-लिखते उसका हुलिया और प्रसिद्ध चित्रकार रामकुमार की एक शुरू के दिनों की पेंटिंग अनायास एक साथ आँखों में उभर रही है। मैं अलग नहीं कर पा रहा हूँ दोनों को एक-दूसरे से पता नहीं क्यों? एक खड्ड सा खुला जा रहा है—मेरी याददाश्त के

बीचोबीच...और वह उसमें धँसा जा रहा है मुझे भी अपने साथ लेकर। नहीं! मैं उसे धँसने नहीं दूँगा। बमुश्किल कितनी मुद्दत बाद तो वह मेरी पकड़ में आया है। मैं कैसे उसे फिर से गुम हो जाने दूँ?

वह आ रहा है...कुंदन सिनेमा की ड्यूटी पूरी करके जब वह जौहरी बाजार की ओर आता है, तब ऊपर गंगोला मुहल्ले के मोड़ पर मुझे वह इस तरह प्रकट होता दिखता है, जैसे वाकई जमीन के भीतर से निकल रहा हो और धीरे-धीरे ऊपर आ रहा हो। उसकी चाल-ढाल कुछ ऐसी है, जैसे सचमुच का जीता-जागता आदमी नहीं, एक तसवीर चल रही हो अपनी चौखट समेत। बस वही एक कत्थई कॉर्डराय की पैंट, वही एक धारीदार कमीज और वही एक स्वेटर...फिर भी कितना सुघड़ और सलीकेदार! कौन कहेगा वह गेटकीपर है! वह तो मालिक है उस जादूघर का। जो मालिक कहलाता है, वह जरूर गेटकीपर लगता है। मैं उसका इशारा समझता हूँ और गेट पर पहुँच जाता हूँ। खेल शुरू होने के कुछ मिनट बाद। ऐसा कम ही होता है कि मुझे बिना खेल देखे वापस लौटना पड़े। साढ़े पाँच आनेवाली एक सीट वह मेरे लिए कैसे मुफ्त बचा लेता है, यह राज मैं किसी को क्यों बताऊँ? यह मेरे और उसके बीच की बात है। इसमें मेरे स्कूल और मुहल्ले के दोस्त कहाँ आते हैं! मैं चाहूँ तो फिल्मों के बारे में उन्हें ऐसी-ऐसी बातें बता सकता हूँ, जिन्हें सुनकर उनकी जान जल जाए। यह मैं चाहता भी हूँ—उनकी जान जलाना—मगर इसमें मेरा भेद खुल सकता है। मेरे दोस्त को भी परेशानी हो सकती है। क्या मैं इतना भी नहीं जानता?

यह कुंदन सिनेमा की बात है, जो हमारे जौहरी बाजार से कोई फर्लांग भर की दूरी पर ऊपर पलटन बाज़ार में पड़ता है। पर मेरे हीरो का कार्यक्षेत्र वहीं तक सीमित नहीं है। जौहरी बाजार यानी सुनार मुहल्ले के बीचोबीच, जहाँ मेरा घर है, उसी के दुमंजिले की खिड़की पर लगे कैमरे की आँख अब जिस जगह पर केंद्रित है, वहाँ पत्थरों से पटे बाजार के फर्श पर वह सिगरेट पीता खड़ा है। उसके पाँवों के पास कई छोटी-छोटी ढेरियों में सजी छोटी-छोटी किताबें हैं। अभी थोड़ी ही देर पहले उसकी जगह मैं था। वह चूँकि सिनेमा का गेटकीपर है, इसलिए गेटकीपरी से बची फुरसत की घड़ियों में वह ये किताबें बिछाकर बैठता है। नहीं; बैठा हुआ तो उसे कभी नहीं देखा गया। बैठने का काम मेरा है। या किताबें हैं, जो बैठी रहती हैं। वह तो सिगरेट या चाय पीता हुआ पास ही खड़ा रहता है। या टहलता रहता है मेरे इंतजार में। बीच-बीच में वह एक नजर कलाई पर बँधी घड़ी पर डाल लेता है और एक नजर

मेरी दुमंजिलेवाली खिड़की पर।

यह चलती-फिरती दुकान है। शाम का शो शुरू होने के वक्त यह दुकान यहाँ से उठकर कुंदन सिनेमाहॉल के बरामदे में तीसरे दरजे के गेट के सामने चली जाएगी। 'अनमोल रतन', 'अछूत कन्या', 'रामराज्य', 'डॉक्टर कोटनिस की अमर कहानी',…फिल्मी गानों की किताबें। इन गानों की किताबों के अलावा दो-तीन ढेरियाँ और होती हैं, बिल्कुल अलग तरह की किताबों की। ये अलग तरह की किताबें सिनेमा के गानों की किताबों की तरह नई न होकर सेकिंड-हैंड होतीं। लोग आते और उन्हें उलटते-पलटते। पर बस उलटते-पलटते। खरीददार कोई बिरला ही होता। उनके दाम भी चार आने से लगाकर एक रुपए तक हुआ करते थे। हाँ, अब याद आया, पहले ये किताबें किराए पर दी जाती थीं। पर वह घाटे का सौदा साबित हुआ। लोग ले जाते और फिर लौटाते नहीं। इस तरह कई किताबें गायब हो गईं, जिन्हें, जैसा कि उसने काफी बाद में मुझे एक दिन बताया, वह किसी भी कीमत पर नहीं बेचता। तब फिर उनकी नुमाइश लगाने की क्या तुक थी? बस इतना ही, कि देखें लोग कुछ पढ़ते भी हैं कि नहीं। उसे इस बारे में कोई मुगालता नहीं कि जो लोग किताबें लेकर नदारद हो गए, वे सचमुच उनके प्रेमी थे। प्रेमी वह, जो प्रेम की कीमत चुकाने को तैयार रहे। ये पढ़े-लिखे अनपढ़ क्या जानें, क्या असली है, क्या नकली। सोचते होंगे, इस आदमी के लिए तो ये रद्दी है, कबाड़ है। अरे, अगर ऐसा ही होता तो मैं नाममात्र का किराया लेकर लाइब्रेरी क्यों चलाता?

मैं शायद उसके मन की बात को अपनी तरह से समझा रहा हूँ। मुझसे वह इतना बोलता ही कहाँ था! पर मुझे यकीन है—पक्का यकीन कि मैं उसकी मन की बात को समझने और समझाने में कोई गलती नहीं कर सकता। इस यकीन की वजह आप मुझसे पूछें तो मैं वह भी साफ नहीं बता सकूँगा। मैं, यानी एक सातवें दरजे में पढ़नेवाला लड़का, जो उसकी गैरहाजिरी में उसकी उस दुकान की देखभाल किया करता था। पता नहीं कैसे करता था! आखिर उसे स्कूल से लौटते-लौटते साढ़े तीन या चार तो बज ही जाते होंगे। दिन का शो चूँकि तीन बजे शुरू होता है, इसलिए ढाई बजे से तो वह गेट पर तैनात हो ही जाता होगा। उस बीच कौन उसकी किताबों की देखभाल करता था? इंटरवल के दौरान भी तो बाहर जाने का पास बाँटने को वह गेट पर मौजूद रहता ही था। उस वक्त जरूर वह दुकान मेरे जिम्मे होती थी और शाम के शो के वक्त भी।

बस थोड़े से अधन्ने, थोड़ी सी इकन्नियाँ और दो-चार दुअन्नियाँ। उसके आने

का समय भी हो ही रहा है। अक्सर दो रुपया भी पूरा नहीं होता। लड़के को बहुत ही शर्म आती है, बहुत ही बुरा लगता है, जिस दिन यह रकम एक रुपए तक भी नहीं पहुँच पाती। पर गेटकीपर के चेहरे से कुछ भी पता नहीं चलता। बिक्री ज्यादा हो या बहुत कम हो, वह उसी निर्विकार मुद्रा में लड़के के पास से पैसे लेकर उन्हें गिने बगैर, एक नजर तक उन पैसों पर डाले बिना उन्हें अपनी पैंट की जेब में डाल लेता है और एक इकन्नी निकालकर लड़के की ओर बढ़ा देता है? पर यह क्या? लड़का 'नहीं-नहीं' क्यों कर रहा है। इधर-उधर क्यों हो रहा है? यह उसकी मेहनत की कमाई है आखिर। जितनी देर वह वहाँ गेटकीपरी करता रहा था, उतनी देर उसकी इस जागीर की देखभाल करने की कीमत। क्या उसे झेंप लग रही है? किस बात की झेंप? उसकी गाढ़ी कमाई के इन थोड़े से पैसों में भी अपना हिस्सा वसूल करने की झेंप? यानी मुफ्त सिनेमा देखने के अहसान के ऊपर इस दूसरे अहसान का भी बोझ न उठा पाने की झेंप?

उस लड़के की भी तो एक अपनी दुकान है, उसके पिता की सब्जी की दुकान उसी मुहल्ले में। शाम को कभी-कभी उसे वहाँ भी तो बैठना पड़ता है। बादामी रंग की एक मोटी सी कॉपी में उनका हिसाब दर्ज है। महीने की पहली तारीख से दसवीं तारीख के बीच उधारी होती है। पर लड़के को पता है, कम-से-कम आधे ग्राहक हिसाब नहीं करते। और पिता की हिम्मत नहीं कि पैसे चुकाए बिना उन्हें सब्जी देने से इनकार कर दें। रोज शाम को लड़का जब अपने पिता के सामने खड़ा होता है तो पिता उसके हाथ में एक छेदवाला ताँबे का सिक्का पकड़ा देते हैं, जिससे सिर्फ सिंगडुवा लाला के यहाँ की गुड़ की चाशनी को फेंटकर खींचो गई एक पतली सी लालरंग की लमलाकड़ी भर खरीदी जा सकती है और कुछ भी नहीं। इकन्नी से बड़े-बड़े काम हो जाते हैं। इकन्नी में चार गरम जलेबियाँ आ जाती हैं। इकन्नी में आलू-मटर की प्लेट आ जाती है। इकन्नी में दानसिंह के बक्से के भीतर मोटे ऊनी कपड़े में लिपटी और चाकू से काट-काटकर पांगर के पत्ते पर परोसी हुई मलाई बरफ भी खाई जा सकती है। जाहिर है कि अगर लड़के ने ये सारे ऐश किए हैं तो गेटकीपर के सौजन्य से प्राप्त उन इकन्नियों के बूते पर ही। फिर क्यों इधर हाल-हाल में वह इतने नखरे करने लगा है? लेता क्यों नहीं चुपचाप अपनी मजदूरी?

जरा इस दृश्य को तो देखिए, जिसमें वह कत्थई पैंट और धारीदार कमीज वाला आदमी अपना इकन्नी वाला हाथ उसी तरह लड़के की ओर बढ़ाए चुपचाप खड़ा रह गया है और लड़का उसकी गिरफ्त से छूटकर तेज भागता हुआ सामने

अपने घर में दाखिल हो गया है। अब वह दुमंजिले की अपनी कोठरी की खिड़की पर झूलती बाँस की चिक के पीछे छुपा हुआ अपने हीरो दोस्त की हैरान मुखमुद्रा का मजा ले रहा है। अब यों तो वह आदमी भी उसी ओर देख रहा है। परंतु लड़के को पता है कि वह उसे खुद नहीं दिखाई देगा। यह भी एक सिनेमा है—कितना मजेदार सिनेमा! कि आप तो सबकी एक-एक हरकत देख रहे हैं, मगर आपको कोई नहीं देख पा रहा है। लगता है, गेटकीपर की हैरान मुखमुद्रा, उसके सख्ती से भिंचे हुए होंठ भी अब कुछ ढीले पड़ गए हैं, पिघल रहे हैं। क्या वह मुसकरा रहा है? गौर से देखने पर लड़के को तो यही लगता है कि वह मुसकरा रहा है।

हालाँकि कोई और इस मुसकराहट को नहीं भाँप सकता। सिर्फ लड़का है जो भाँप रहा है। और उस मुसकराहट का जो भी मतलब है, उस मतलब को भी बखूबी समझ रहा है। हालाँकि उस आदमी को मुसकराते हुए कभी किसी ने नहीं देखा होगा। उसके माँ- बाप तक ने नहीं। क्या यह अचरज की बात नहीं कि इस पूरे मुहल्ले में उसकी किसी से दोस्ती नहीं! दोस्त के नाम पर, संगी-साथी के नाम पर जो कुछ है, बस यह लड़का है। और इस दोस्ती का श्रेय भी इन दोनों में से किसी को नहीं, सिर्फ इन किताबों को है। न ये किताबें होतीं, न लड़का इनके आसपास मँडराया होता; और न इस तरह इस आदमी का ध्यान ही लड़के की ओर आकर्षित हुआ होता। पता नहीं कब लड़के ने अपने आप ही उसकी गैरहाजिरी में उसकी किताबों की चौकीदारी सँभाल ली। उसके बाद भी तो बहुत दिनों तक वह इस लड़के के साथ एक अवाक् चित्रपट की तरह ही पेश आता रहा था। नहीं? यह तो अभी हाल की ही बात है कि उसके वे भिंचे हुए होंठ भी हरकत करने लगे हैं और लड़के के साथ इन दिनों वह कुछ अजीबोगरीब, मगर बेहद दिलचस्प बातों का भी साझा करने लगा है। खासकर तब से, जब से लड़के ने अपनी इकन्नी ठुकराने का सिलसिला शुरू किया है।

लड़के के पास कई रीलें हैं फिल्मों की। आदमी की दी हुई। फिल्म कैसे बनती है, यह भी उस आदमी ने उसे समझाने की कोशिश की है, हालाँकि कहना मुश्किल है—वह समझा भी कि नहीं। पर ये जो सिनेमा के गानों के अलावा दो-तीन ढेरियाँ हैं किताबों की, उनकी बदौलत अब एक दूसरी ही दुनिया उसके भीतर खुल रही है, जो उसे उन रीलों से भी ज्यादा दिलचस्प लग रही है। एक खाली बोरा ले आता है वह रोज अपने घर से। और उस पर बाजार के फर्श पर घंटों बैठा रहता उन किताबों को उलटता-पलटता।

बाजार से ज्यादा दिलचस्प और आँख-कानों को रिझानेवाली भला और क्या चीज हो सकती है! खुले उजाले में कई-कई परदों पर एक साथ चलनेवाला सिनेमा। सिनेमा की रील तो हद-से-हद ढाई-तीन घंटे चलती है। मगर बाजार तो सुबह से शाम तक चलनेवाला अखंड सिनेमा है। कभी एक पल के लिए भी न रुकनेवाला। लड़का आखिर इसी बाजारू मिट्टी में उगा-पला-बढ़ा है। घंटों अपनी खिड़की पर या नीचे अपनी दुकान पर बैठा-बैठा वह इस सदाबहार लीला को देखते रहने का अभ्यस्त है। उसका प्रिय खेल—'सेवंन टाइम' का खेल भी अक्सर शाम को इसी बाजार में संपन्न हुआ करता है। उतनी देर को उसे अपनी यह किताबों की दुकान भी समेटकर एक कोने में या किसी दुकान के भीतर रख देनी पड़ती है। साल में कम-से-कम तीन-चार बार रास-मंडली और नौटंकीवाले भी यहीं अपना कार-बार जमाते हैं। मील भर लंबी पत्थरों की बाजार का सबसे सपाट और चौड़ा हिस्सा यही तो है। इससे बढ़िया रंगमंच और कहाँ मिलेगा!

मगर यह भी क्या बात हुई कि अचानक इस रोजमर्रा की सदाबहार लीला को एकबारगी परे धकेलकर एक दूसरा ही करिश्मा लड़के के सामने खड़ा हो गया, जिसने जैसे रातोरात उसकी दुनिया बदल डाली। इन ढेरियों में आखिर उसे ऐसा क्या मिल गया, जिसके आगे मलाई-बरफ फीकी है, आलू-मटर की चाट भी बेस्वाद है, घर और स्कूल और खेल की जानी-पहचानी दुनिया भी जाने कहाँ बिला गई? बस यह किताब है और वह है। बल्कि वह भी कहाँ है! सिर्फ यह क़िताब के भीतर की, किताब के ही जादू पर टिकी हुई दुनिया है, जिसके भीतर दाखिल होते ही बाहर की दुनिया एकदम बाहर ही रह जाती है। बेशक सिनेमा में भी यही होता है। मगर ''सिनेमा की बात कुछ और है; इसकी बात कुछ और है। सिनेमा पहली बार देखा, तब जैसा जादू लगा था, अब वैसा नहीं लगता। सब एक जैसे ही लगते हैं। नहीं, यह सिनेमा का जादू नहीं है। कोई और ही जादू है, जिसमें रील-फील, हाल-फाल, परदा-फरदा कुछ भी नहीं चाहिए। जिसमें फर्स्ट क्लास, सेकिंड क्लास, थर्ड क्लास कुछ नहीं। बोरे पर बैठकर भी बालकनी का मजा आता है। काहे का टिकट और काहे का गेटकीपर!

वह आदमी कब का अपनी ड्यूटी पूरी करके कुंदन सिनेमा से जौहरी बाजार तक का दो फर्लांग का फासला अपनी लड़खड़ाती चाल से नाप चुकने के बाद उसके पास आकर खड़ा है और इस बीच दो-तीन ग्राहक और एक गिलास चाय भी निपटा चुका है। पर लड़के को इसका जरा भी होश नहीं। इस बीच दो-दो बार खिड़की के

पीछे से माँ उसे बुला चुकी है। छोटा भाई अलग जाने कब से चिल्ला रहा है। पर उसे कुछ भी नहीं सुनाई दिया। सुबह का बासी भात, जो उसके लिए गरम करके रखा था, वह भी ठंडा हो गया होगा। सिगरेट हाथ में लिये उसके सिर पर खड़ा वह आदमी हैरान है। क्या इसे भूख भी नहीं लग रही है? नहीं, इसमें हैरानी की क्या बात है? वह इस वक्त डॉन क्विकजोट है, जो जी-जान से समझाने में लगा हुआ है अपने साथी सांकोपांजा को, कि वे पनचक्कियाँ नहीं, सचमुच के राक्षस ही थे, जो कैद करके रखे हैं राजकुमारी को। और उसका उन पर टूट पड़ना बिल्कुल ठीक था। क्या हुआ, जो तलवार के टुकड़े हो गए! सच्चे सूरमा क्या ऐसे विघ्नों की परवाह करते हैं? बेवकूफ सांकोपांजा! जिसे पनचक्कियों में पनचक्कियों के अलावा कुछ भी नहीं दिखाई देता। जिसे कभी भी भूख लग आती है, कभी भी प्यास लग आती है। क्या डॉन क्विकजोट को भी कभी भूख-प्यास सताती है? क्या लेना-देना है डॉन क्विकजोट को ऐसी फालतू बातों से?

मगर अफसोस, कि उसी फालतू दुनिया की एक निहायत फालतू आवाज आखिरकार लड़के की जादुई दुनिया का घेरा तोड़कर उसके भीतर दाखिल हो ही गई। कितनी कर्कश आवाज है यह? लड़का झुँझलाकर सिर उठाता है और अपने भाई की जगह उसे उस आदमी का चेहरा दीखता है—एक नया ही चेहरा। जैसे पहली बार देखा हो। मुसकराता चेहरा। एक ऐसी मुसकराहट, जो अब तक उस सफेद परदे जैसे चेहरे पर कभी नहीं दिखाई दी थी। वह सचमुच मुसकरा रहा है और उसके मुसकराते होंठ कुछ बुदबुदा भी रहे हैं।...'आराम से पढ़ना इसे घर पर। ले जाओ।'

किताब को कलेजे से चिपकाए लड़का अपने घर में घुस रहा है। और भी तो कुछ कहा था उसने। क्या? ठीक से पल्ले नहीं पड़ा।

'...अरे रुक जा। फिर से गरम कर देती हूँ। ठंडा भात क्यों खा रहा है?'...

'नहीं माँ, गरम है।' कितना झूठ! जल्दी-जल्दी भात गटककर वह अपनी कोठरी में घुस गया है। क्या दुर्गत हो रही है बेचारे डॉन और सांकोपांजा की! कैसा कसाई है यह सराय का मालिक? कितने धूर्त-बदमाश हैं उसके नौकर, जो बेचारे डान क्विकजोट और सांकोपांजा को कंबल पर गिराकर बेरहमी से उछाल रहे हैं, जैसे वे आदमी न हों, गेंद हों। लड़के को हँसी भी आ रही है। रोना भी आ रहा है। अब क्या होगा? इस कंबलकांड के बाद अब इनका क्या होगा?

लो, अब तो कुछ दिखाई भी नहीं दे रहा है। इतनी जल्दी अँधेरा कैसे हो

गया!'...'क्यों रे आँख क्यों फोड़ रहा है? जा, जरा दुकान से कटहल तो ले आ। 'कल्याण' आ गया हो तो वो भी ले आना।'...माँ ढिबरी जलाकर रख गई है। वह खीझता हुआ उठता है। दुकान से कटहल और 'कल्याण' लाकर पलट आता है और ढिबरी के उजाले में किताब फिर से खोलकर बैठ जाता है। यहाँ डॉन क्विकजोट पिट रहा है। इन्हें 'कल्याण' की पड़ी हुई है।

डॉन क्विकजोट और सांकोपांजा उसकी डेस्क के भीतर दुबके बैठे हैं। एक नए अभियान की तैयारी में। साइंस की क्लास चल रही है। फलालैन के कपड़े से काँच की छड़ को रगड़ रहे हैं मास्टर साहब। "ये देखो—ये हुआ पॉजिटिव चार्ज" लड़का देखता है—कागज की चिंदियाँ काँच की छड़ से जा चिपकी हैं। "अब देखो निगेटिव। ये आबनूस की छड़। इसे रेशम के कपड़े से रगड़कर बेलजार के पास ले जाते हैं। देखो, ये सोने की पत्तियाँ एक-दूसरे से चिपकी हुईं। छड़ को छुआते ही पत्तियाँ अलग हो गईं कि नहीं? क्यों हो गईं? लाइक पोल्स रिपैल ईच अदर, अनलाइक पोल्स अट्रैक्ट ईच अदर। ये हुआ विद्युत् का नियम। समझे? ऐ लड़के, खड़ा हो जा। विद्युत् का नियम क्या होता है—जरा बता तो?"

"सर, लाइक पोल्स रिपैल ईच अदर...नहीं-नहीं, लाइक पोल्स अट्रैक्ट ईच अदर। ऐंड अनलाइक पोल्स रिपैल ईच अदर!"

"खड़ा हो जा बेंच के ऊपर। गधा कहीं का!" कृपाशंकर मास्टर चिल्लाते हैं। लड़का जैसे ही बेंच पर खड़ा होने को होता है, वैसे ही जाने कैसे वह किताब डेस्क के भीतर से खिसककर नीचे गिर पड़ती है। कृपाशंकर मास्टर साहब झपटते हुए आते हैं। किताब को जमीन से उठाकर देखते हैं। '...अच्छा तो ये पढ़ाई हो रही है तेरी! गेट आऊट! तेरे बाप को दिखाऊँगा ये किताब।' तड़ से एक तमाचा उसके गाल पर रसीद कर दिया है मास्टर साहब ने। फिर दूसरा। अब क्या होगा?

'गेट आउट, आई से!' फिर से दहाड़ते हैं कृपाशंकर मास्टर साव। 'सर प्लीज...आइंदा कभी नहीं लाऊँगा। यह किताब मेरी नहीं है। आज ही वापस करनी है।' लड़का बुरी तरह बिलख रहा है। हिचकियाँ बँध गई हैं उसकी रोते रोते।

कृपाशंकर मास्टर साहब उसे इतनी जोर से धक्का देते हैं कि वह सचमुच कमरे से बाहर फिंका गया है। पीछे से किताब उसके सिर से आ टकराती है। जैसे किताब नहीं, पत्थर हो। किताब लगते ही उसकी हिचकियाँ थम गई हैं। किताब उठाकर वह हिरन की तरह कुलाँचें भरता हुआ सीधे मालरोड की तरफ दौड़ा जा रहा है। यह आखिरी घंटा नहीं है। अभी तो संगीत की क्लास बाकी है। मगर कोई

बात नहीं। ऐसी-तैसी संगीत क्लास की।

मुश्किल से पचीस-तीस पन्ने बाकी होंगे। पदिया बादशाह के होटल में तेल की गरमागरम बूँदी छन रही होंगी। वहाँ पांगर के पेड़ के नीचे बेंच पर बैठकर पढ़ने में मजा आएगा। अभी भीड़ भी नहीं होगी। लड़के की जेब में आज एक इकन्नी है। कल जबरदस्ती डाल दी थी जेब में उसी आदमी ने। उससे मना करते नहीं बना। कितने दिन…नहीं, कितने महीने हुए होंगे बूँदी का स्वाद चखे। 'इतना मत पढ़ा करो!' पदिया बादशाह उसके हाथ में बूँदी की प्लेट थमाते हुए कह रहा है, 'सुबह जल्दी उठकर पढ़ाई करनी चाहिए।'

'अरे कोर्स की किताब नहीं है। उपन्यास है—उपन्यास। समझे!' लड़के को पदिया बादशाह की अक्ल पर सचमुच तरस आ रहा है। इस पदिया को क्या पता, उपन्यास होता क्या है?

किस तेजी से उपन्यास खत्म हुआ जा रहा है। यह लो, खत्म भी हो गया। यह कैसा अंत है? क्या सारे उपन्यास इसी तरह अंत होते हैं! कुछ गड़बड़ जरूर है। यह कहानी इतनी जल्दी खत्म नहीं हो सकती। मगर पन्ने तो पूरे हैं। कहीं से फटी भी नहीं लगती। अचानक कुछ याद आ गया है। लड़के को अभी तक कैसे याद नहीं आई यह बात?

'यह दुनिया की सबसे मशहूर किताबों में से एक है। इससे कम-से-कम पाँच गुना बड़ी होगी। यह तो बहुत छोटा करके छापा है। हिंदी तरजुमा!'

इसका मतलब…उस आदमी के पास ऐसी और भी किताबें होंगी। मगर घर में होंगी। दुकान में नहीं। दुकान की ढेरियाँ तो सभी उलट-पलट डालीं। एक भी तो ऐसी नहीं। एक वह क्या थी, जिसे उस दिन पढ़ना शुरू भर किया था कि पीछे से आदमी ने चुपके से आकर उसके हाथ से छीन लिया था और कहा था, 'तुम्हारे पढ़ने लायक नहीं है। अच्छे लड़के ऐसी किताबें नहीं पढ़ते।'

'क्यों? क्यों नहीं पढ़ते? इसमें ऐसी क्या बात है? क्या तुम भी नहीं पढ़ते? फिर रखते क्यों हो ऐसी किताबें?'…लड़का पूछना चाहता था। मगर पूछ नहीं सका। कभी-कभी आदमी का चेहरा इतना सख्त और भावहीन हो जाता था कि उसे डर सा महसूस होता था।

मगर जब उसके दूसरे या तीसरे ही दिन किताब को पूरी अठन्नी चुकाकर एक मुहल्ले का ही आदमी उठाकर ले गया तो उससे रहा नहीं गया। पूछ ही तो लिया उसने, 'आप ऐसी गंदी किताबें क्यों लाते हैं?'

आदमी ने घूरकर देखा था—'ये तो तुम उस आदमी से जाकर पूछो। मुझसे पूछने का क्या मतलब?'

लड़का उल्लू की तरह उसे ताकता रह गया। आदमी ने हाथ की सिगरेट नीचे फेंककर उसे जूते से कुचला और उसे बाँह से पकड़कर खींचने लगा—'चलो दिखाता हूँ तुम्हें, मैं कैसी किताबें लाता हूँ।' वह उसे अपने डेरे में घसीटकर ले गया। पहली बार।

दिन-दोपहर अँधेरा छाया हुआ था वहाँ। ऐसी सीलन लगी और बदबूदार कोठरी थी वह कि उसमें घुसते ही लड़के को उबकाई सी छूटने लगी। उसने कल्पना भी नहीं की थी कि उसका हीरो ऐसे नरक में रहता होगा। इससे तो वह अपने घर का गाय का गोठ क्या बुरा है, जहाँ दानसिंह मलाई बरफवाला अपनी मशीन के साथ रहता है।

आदमी ने टॉर्च जलाई और कहा, ''देखो अपनी आँख से और बताओ।'' कोठरी के ऊपर से नीचे दाएँ-बाएँ सब ओर किताबें-ही-किताबें ठुसी पड़ी थीं। ''देखो, गौर से देखो!'' वह आदमी कह रहा था, ''मेरा एक ही शौक है। किताबें जमा करना। पिछले दस सालों की मेरी बस इतनी ही कमाई है—सब कबाड़ीबाजार से खरीदी हुई। कौड़ी के मोल। मगर मुझे अच्छी तरह पता है—ऐसा खजाना किसी के पास नहीं है। ज्यादा पढ़-लिख नहीं पाया तो क्या हुआ? किताबों के बारे में कभी धोखा नहीं खा सकता, समझे? बड़ा नाम सुना था तुम्हारे शहर का। सोचा था, ऐसी लाइब्रेरी बनेगी, जैसी कहीं नहीं होगी। मैं भी एक कोने में पड़ा रहूँगा इन किताबों के बीच। मगर कितना मारा-मारा फिरा! यहाँ किसी को मेरी किताबों की जरूरत नहीं। और तो और, ढंग का एक कमरा तक नसीब नहीं हुआ। अभी जितनी तुम देख रहे हो, उससे भी ज्यादा किताबें अपने हाथ से फेंक चुका हूँ। दीमकों ने चाट डालीं सब। जो बच गईं किसी तरह, उनको बचाने के लिए उन्हें फेंकना पड़ा। पर ये भी कब तक बचेंगी! चूहों को भी, लगता है किताबें बहुत पसंद हैं। चलो, इस शहर के लोगों से तो अच्छे हैं। यहाँ के लोग तो 'बुरा मत मानना' किताबों की तरफ झाँकना तक नहीं चाहते। होगी तुम्हारे यहाँ हंड्रेड परसेंट लिटरेसी। उससे क्या होता है? मैंने दुनिया देखी है। पढ़े-लिखों की पोल-पट्टी सब जानता हूँ।''

उसने और भी कई बातें बताई थीं। पूरे साल में जितना नहीं बोला होगा, उससे ज्यादा वह उस दिन बोल गया। सारी कसर निकाल दी उस दिन। पता नहीं, उसकी कौन सी दुखती रग छेड़ दी थी लड़के ने—उसे इस कदर बकाने को उस दिन।

पढ़ने का शौक उसे बचपन से ही था। मजबूरन पढ़ाई छोड़नी पड़ी। माँ-बाप बचपन में ही गुजर गए। एक दूर के रिश्तेदार के यहाँ पला। लगातार लांछना और अपमान सहते-सहते जब एक दिन बरदाश्त से बाहर हो गया तो घर से भाग गया। पेट पालने को यह धंधा अपनाया तो धंधा तो क्या किया—यह मर्ज गले पड़ गया। किताबें बटोरने का। मगर सबसे बड़ा धक्का तो यहाँ आकर लगा। कितनी उम्मीद लेकर आया था। अब कहीं जाने की हिम्मत नहीं। आदमी को भी चाट जाए ऐसी सीलन है इस कोठरी में। किताबों की कौन कहे। सिनेमा का मालिक भी एक ही कंजूस है। यह तहखाना उसी का है। पाँच रुपए इसका भी किराया काट लेता है। पचास की जगह पैंतालीस रुपए टिकाता है। गेटकीपरी की नौकरी का बस एक ही फायदा है। कुछ अच्छी फिल्में देखने को मिल जाती हैं, मगर उन्हें देखने के बाद हर बार यही लगता है कि इससे बेहतर फिल्म तो मैं खुद बना सकता था।

तब तो उसने नहीं कहा था। आज कहा। 'पढ़ गए? कैसी लगी? अच्छा तो यह किताब तुम ही रख लो। और भी तुम्हें जो भी किताबें पसंद हों, मेरे यहाँ से ले जाओ और अपने ही पास रखो। तुम्हारे पास जगह है किताबें रखने की?'

जगह तो लड़के के यहाँ भी कहाँ थी? पर इस आदमी से सच्ची बात बताने का मन नहीं हुआ। कह दिया—'है, मेरी कोठरी में है। आप तो छाँट-छाँटकर किताबें मेरे यहाँ रखवा दो। जतन से सँभाल के रखूँगा और आप जब कहोगे, लौटा दूँगा।'

कहाँ गई होंगी वे सारी-की-सारी किताबें? कम-से-कम तीस-चालीस तो ढोकर लाया ही था वह, उस सीलन भरी बदबूदार कोठरी से। उसे इतना तो अच्छी तरह याद है। ज्यादातर अंग्रेजी की थीं, जिनमें 'डॉन क्विकजोट' और 'डेविड कॉपरफील्ड'...और जाने क्या-क्या था। कुछ किताबें हिंदी की थी। सब उपन्यास-ही-उपन्यास, और हाँ, एक मात्र किताब जो कविता की थी, वह थी—उमर खय्याम की रुबाइयाँ। कहाँ गईं वे सारी किताबें? न उन्हें कभी लौटाने की नौबत आई, न पढ़ने की। ऐसा क्यों हुआ, कैसे हुआ, कुछ समझ में नहीं आता।

□

बस यहीं पर यह छोटी सी रील एकबारगी, चुक गई। अब कुछ दिखाई नहीं दे रहा। बस, यह आखिरी दृश्य है जो दिखाई नहीं देता। सिर्फ सुनाई भर देता है।

उसे टी.बी. हो गई है। वह भुवाली सेनीटोरियम में है। डॉ. मेहरबान सिंह की मेहरबानी से। उन्हीं ने उसके रोग का निदान किया। जाने कब से पाले हुए था यह रोग! अरे, किसी से बोले-चाले नहीं, तो कैसे पता पड़े?

वह अचानक ही दृश्य से गायब हो गया और फिर कभी लौटकर नहीं आया। उसकी जगह जब लड़के ने एक दोपहर दूसरे गेटकीपर को खड़ा देखा तो उसके मन में आया उसे उठाकर जमीन पर पटक दे, उसकी छाती पर चढ़ बैठे और अंधाधुंध घूँसे बरसाता हुआ पूछे—'तुम्हारी ये हिम्मत कि तुम उसकी जगह लो?'

शुरू में कई दिनों तक लड़के को उसकी याद आती रही। खिड़की के सामनेवाली खाली जगह उसे अखरती रही। फिर धीरे-धीरे विस्मृति की धुंध उसे भी लील गई। पता नहीं, उसका क्या हुआ? हो सकता है, भुवाली सेनीटोरियम ने उसकी सेहत वापस लौटा दी हो। मगर ऐसा होता तो वह क्या फिर वापस लौटकर नहीं आता? उस शहर को छोड़कर और जा ही कहाँ सकता था वह? जो भी हो···इतना तो तय ही है कि वह वापस लौटकर उस लड़के की जिंदगी में फिर से दाखिल नहीं हुआ। अपनी किताबें वापस माँगने को भी नहीं।

सबसे कमाल और हैरत की बात तो यह है कि जब कई साल बाद लड़का एम.ए. पास करके लखनऊ से लौटा तो अचानक एक दिन नीचे गोठ की सफाई के दौरान कुछ किताबें उसके हाथ लगीं और वह सोचता ही रह गया कि ये किताबें आखिर हमारे घर में आईं कैसे? कुछ तो उनमें से बिल्कुल ही सड़ गई थीं। कुछ अभी ठीक थीं। पर उन्हें पढ़ने की नौबत आती, इससे पहले ही उसकी नौकरी लग गई। और वह कस्बा छोड़कर बाहर चला गया।

और···अब आज, जब मैंने उन किताबों के असली मालिक को अपनी याददाश्त के मलबे से खोद निकाला है तो मैं अब यह याद कर पाने में नितांत असमर्थ हूँ कि वे किताबें अगर थीं तो आखिर गई कहाँ? इस घर से मेरा अब वैसे भी संबंध ही क्या है? सिवा कभी-कभार छुट्टियों में दो-चार दिन के वास्ते यहाँ आ गया तो आ गया। जो सचमुच यहाँ रहते हैं बारहों मास, उन्हें किताबों में और वह भी उस तरह की किताबों में भला क्या दिलचस्पी हो सकती है?

□

कथावाचक

कथा लिखने बैठा हूँ। किसकी और कैसी कथा? मत पूछिए कृपया यह। कहीं टोकते ही कथा खो जाए और उसके साथ मैं भी, तो? नहीं, आपने मुझे टोका, मैं यह नहीं कह रहा। मैंने ही खुद को टोका हो, यह भी तो हो सकता है। 'किधर को जा रहा हूँ मैं? कहाँ पहुँचना है? पहुँचूँगा भी कि नहीं···' जिस आदमी को घर से पाँव निकालते ही इस तरह के संशय घेरने लगें, उसका पहुँचना क्या और न पहुँचना क्या? वह तो पहुँचकर भी कहीं नहीं पहुँचेगा—रास्ते में ही भटक जाएगा। तभी तो आप देख ही रहे हैं—मैं देहरी पर ही ठिठका हूँ, आपको बातों में उलझाकर।

शायद छठी में या सातवीं में पढ़ता हूँगा मैं तब, जब की यह कथा है। यह काल भी क्या अद्‌भुत वस्तु है! खुद तो लगता है, एक ही जगह खड़ा है और हमको कहाँ-से-कहाँ पहुँचा देता है। बयालीस बरस बह गए, मैं ही जब बुढ़ाने लगा तो वे क्या अभी तक बैठे ही होंगे? बयालीस बरसों में एक बार भी जिस शख्स का खयाल नहीं आया था मुझे, आज अचानक क्यों? क्या यह इस अस्पताल का, इस प्राइवेट वार्ड का कमाल है? बेहोशी दूर होने के बाद जिस तरह होश धीरे-धीरे लौटता है और चीरे का दर्द जागता है। क्यों इतने बरस एक बार भी मुझे उनकी सुध नहीं आई? अभी ही क्यों आ रही है? वह भी इतनी धुँधली सी···

वे कौन? अरे वही, जिनकी यह कथा होगी। कथा भर तो रह गए हैं वे अब। 'अब' का भी क्या मतलब? तब भी क्या वे मेरे लिए कथा ही नहीं थे? ग्यारह बरस का रहा हूँगा मैं उस वक्त। ग्यारह बरस के लड़के की आँखों से दुनिया को देखा है कभी? किसी कथा-पुराण से कम लगती है? खास करके, जब वह लड़का एक सदाबहार कस्बे के सदाबहार बाजार की मिट्टी में उगा हुआ पौधा हो। नदी किनारे जनमे लोग जिस तरह नदी की खास आवाज को, नदी की अपनी बोली को पहचानते

हुए बड़े होते हैं और फिर जहाँ भी जाते हैं, नदी को अपने साथ ले जाते हैं, ठीक उसी तरह उस लड़के के भीतर वह बाजारू नदी अपने सारे कौतुक-कोलाहल के साथ अपनी रंग-बिरंगी आवाजों के साथ दिन-रात बहती रहती थी और अब भी बह रही है।

रघुनाथ मंदिर में, जिसे पता नहीं सब कोई क्यों, देबाल का मंदिर कहते थे, स्त्रियों के लिए कथा होती थी। छुट्टी-छपाटी के दिन लड़का वहाँ भी पहुँच जाता। अटपटा तो लगता ही होगा—स्त्रियों के बीच लड़कों का क्या काम, मगर कथा-रस का लोभ इस अटपटेपन पर भी हावी हो जाता। दोपहर में जो लड़का अपनी माँ के पल्लू से बँधा-बँधा वहाँ चूड़ाला और मदालसा की, सावित्री और अरुंधती की कथा सुनता था, वही फिर संझा समय मुरलीमनोहर के मंदिर में अपने पिता का सहचर बन जाता। वहाँ की दुनिया रघुनाथ मंदिर की दुनिया की तुलना में कहीं ज्यादा भरी-पूरी और चौड़ी दुनिया हुआ करती थी। लड़के को लगता है, सारे पुराण, योगवाशिष्ठ और रामायण-महाभारत सब उसी के घट में पैठे हुए हैं, उसी के घट से पनपे हैं। सच, ऐसा भ्रम उसे आज तक हो जाता है। आज भी वह लड़का मानो उसी तरह कथा सुन रहा है, उसी बाजारू नदी के किनारे।

हाँ, याद आया—उनका नाम था रामचंद्र ब्रह्मचारी। बदरीनाथ मंदिर है ना वहाँ, पलटन बाजार के छोर पर? वहीं कथा बाँचने वे आए हुए थे उन दिनों। गाकर सुनाते थे कथा। बेहद बुलंद आवाज थी उनकी। हारमोनियम पर गाते थे। बस दसेक दिन रहे होंगे वे। कहाँ के थे, क्या थे, यह किसको पता!

बदरीनाथ मंदिर में भीड़ थोड़ी कम जुटती थी। लड़के के माता-पिता भी उस मंदिर में बहुत कम जाते थे। पता नहीं ब्रह्मचारी के साथ कब-कहाँ मुठभेड़ हो गई पिता की। उनकी आदत थी—जोगी-भगौतियों को निहोरे करके घर ले आना और भोजन कराना। माँ यों तो कभी कुछ कहती नहीं, मगर लड़के को इतना तो समझ में आने लगा था कि घर की हालत ठीक नहीं चल रही है। यों खास कुछ नहीं खाते थे बाबा लोग। उबला हुआ आलू बिना नमक का या सगिया मिरच या सिर्फ थोड़ा-सा दही और गुड़—यही फरमाइश होती उनकी। तो क्या इतना भी भारी पड़ने लगा था उसके घर को?

असल में पिता को महफिल-सत्संग से फुरसत कम ही मिलती थी। पिता को भी क्या दोष दें। मेहनत नहीं करते थे—ऐसा भी कैसे कहा जाए। मगर बिक्री-बट्टा कुछ खास नहीं होता था। कैसे होता—एक तो वैसे ही सीधे और लापरवाह, तिस

पर उधार सामान ले जानेवालों की बहुतायत। हिसाब-किताब में बहुत कच्चे। घर का दलिद्दर बस किसी तरह ढका-छिपा रहे, माँ इसी चिंता में घुलती रहती है, इतना लड़के की समझ में आ ही गया था। तभी तो उन दिनों वह अपना शाम का प्रिय खेल 'सेवन टाइम' छोड़कर दुकान में बैठने लगा था और उधारवाली कॉपी में खुद अपने हाथ से हिसाब भी लिखने लगा था।

पिता से वह क्या कहे और कैसे कहे, समझ नहीं पाता था। घर में उसे उदासी घेरती थी, पर बाहर की दुनिया इस कदर रँगीली और कौतुक भरी थी कि घर की उदासी उसमें कब कहाँ बिला गई, कुछ पता नहीं चलता था। पिता की दुनिया थी वह और इसीलिए उसकी भी। मेले-ठेले कथा-कौतुक···एक-से-एक साधु-संन्यासी···कहाँ-कहाँ के आके नहीं जुटते थे वहाँ। किस कदर रमानेवाली कथाएँ होतीं उनकी। एक-से-एक बढ़कर-पूनागिरी-दूनागिरी, कैलास-मानसरोवर, हरिद्वार-प्रयाग, काशी-गिरनार, रामेश्वर-कन्याकुमारी कहाँ-कहाँ नहीं पहुँचे होते थे वे। लड़के को लगता, वे सारी दुनिया घूमे हैं। किताब के भूगोल से ये जोगियों के सफरनामे उसे कहीं ज्यादा जीवंत लगते। सारी नदियाँ, सारे पर्वत, सारे मैदान उसे उन्हीं के भीतर से प्रकट होते दिखाई देते। बंगाली, मद्रासी, पंजाबी, मराठी···तरह- तरह के बाबा लोग और तरह-तरह की बोली-बानी उनकी। फिर भी थी तो वह हिंदी ही—वरना लड़के की समझ में वह कैसे आ जाती भला। अहा रे हिंदी! तू बोली है, क्या है तू? किस-किस की जीभ पर चढ़के क्या-क्या नहीं बुलवाया तूने! क्या-क्या नहीं दिखाया-सुनाया। दुनिया भर को बटोर लानेवाली, दुनिया भर की दुःख-पीड़ा, दुनिया भर का हँसी-ठट्ठा, दुनिया भर की कथा-कहानियाँ बटोर-बटोरकर लुटानेवाली, सबकी खोज-खबर रखनेवाली तू सबकी दादी-माँ नहीं हुई तो क्या हुई! ओ हो, अब याद आया। रामचंद्र ब्रह्मचारी मेरठ तरफ के थे। हिंदी भी उनकी बाकी सब बाबाओं से अलग एकदम खड़ी हिंदी जो ठहरी! जी हाँ, एकदम लाठी सी लगने वाली। मजे की बात मगर ये, कि जो कथा वे गाकर सुनाते थे, वह तो भागवत की कथा होती थी, संस्कृत में नहीं, ठेठ हिंदी के ठाठ में। पता नहीं, किसने लिखी होगी वे कथाएँ भागवत की, वैसी सख्त और खुरदुरी हिंदी में। कहीं बरेली वाले राधेश्याम कथावाचक ने तो नहीं? नहीं-नहीं, वह तो जयदत्त पंडितजी थे राधेश्यामी तर्ज में कथा सुनानेवाले। उनकी भी याद अचानक अभी-अभी क्यों आने लगी? सुनार मुहल्ले में दुर्गाजी का थान है न—आँख सामने दीख रहा है—नारंगी चुरा खाता था लड़का भर दोपहरी, जब पूरा मुहल्ला सुनसान हुआ करता। वह नारंगी का पेड़ उसी मंदिर

के पिछवाड़े ही तो लगा हुआ था। उसी के आँगन में होती थी कथा जयदत्तजी की, नवरात्र के दिनों में। रुक्मिणी मंगल, सत्यभामा-स्वयंवर, जाने कौन-कौन सी कथाएँ। यह कथा पता नहीं क्यों दोपहर में ही होती थी। लड़के को इसलिए याद है कि स्कूल से भाग आता था वह सिर्फ कथा के लालच में; और दो-एक बार पिटा भी था इसीलिए। केवल संगीत से, केवल कथा से यह कथावाले गीत और गीतवाली कथा उसे ज्यादा जोर से खींचती होगी। नहीं तो उस तरह के पागलपन की और क्या वजह हो सकती है?

थोड़ा ठहरिए तो सही—ऐसी जल्दी क्या मची है आपको? मैं तो सचमुच भटक गया। रामचंद्र ब्रह्मचारी खड़े ही नहीं हो पा रहे हैं तो मैं कर क्या सकता हूँ? नहीं, वे खड़े तो हैं मेरे सामने। संझा की वेला है, झूठ क्यों बोलूँ मैं? लड़के को इस वक्त दुकान पर होना चाहिए था। तीन दिन हो गए उसे यहाँ झख मारते। ऐसा क्या जादू फेर दिया है ब्रह्मचारी ने उस पर, जो तब से उनके पीछे ही लगा है? ऐसी दमदार आवाज, ऐसी गजब की कथा कभी सुनी भी है इस कस्बे के लोगों ने! कैसा रुला दिया था परसों प्रह्लाद की कथा ने। कोई रुला सकता है इस तरह? कोई हँसा सकता है इस तरह? वह जादू नहीं तो क्या था? और फिर भी कल के दिन परसों से भी कम श्रोता जुटे···और आज?

आज कथा का उद्यापन था। आज तो लड़के ने सोचा था पूरा प्रांगण भर जाएगा। बैठने को भी जगह नहीं मिलेगी। आरती का थाल घुमाने की ड्यूटी उसकी है। खुद आगे बढ़ के सँभाली है उसने। कल उसे बहुत गुस्सा आया था। गुस्सा क्या, उसे रोना आ गया था कस्बेवालों की उदासीनता देखकर। कुल पाँच रुपए भी नहीं जुटे थे। जबकि पिछले दिन साढ़े-पंद्रह रुपए चढ़े थे। लड़के ने सोचा था, आज सारी कसर निकल जाएगी। कितने सारे लोगों से तो वह खुद ही बोल आया था। पिता ने भी यही कहा था कि उद्यापन के दिन ही लोग सबसे ज्यादा आते हैं। 'बेकद्री जैसी कोई बात नहीं'—पिता ने उसे ढाढ़स बँधाते हुए कहा था—'दरअसल, यहाँ के लोगों को अभी आदत ही नहीं पड़ी उस तरह की कथा सुनने की।' क्या इससे समाधान हो गया था लड़के का? नहीं, बिल्कुल नहीं हुआ था। ये आदत क्या होती है? और क्या यह अच्छी बात है—वही घिसी-पिटी तर्ज पर घिसी-पिटी चीजें सुनना? यही तो खूबी है ब्रह्मचारीजी की। एकदम निराला ढंग है उनका। ये कस्बेवाले बिल्कुल कदर नहीं जानते गुणी आदमी की।'

लड़के के मन में कुछ खटका तो था कि कहीं आज भी लोग कम आए तो?

मन-ही-मन उसने मनौती मान रखी थी। नहीं, यह ब्रह्मचारीजी की नहीं, उसके नगर की इज्जत का सवाल है। कपीन महाराज नहीं आए थे पारसाल? किस कदर हाथोंहाथ लिया था उन्हें इसी नगर के लोगों ने! तिल धरने को भी जगह नहीं बचती थी मुरलीमनोहर के मंदिर में। फिर रामचंद्र ब्रह्मचारी ने ही क्या बिगाड़ा है इनका? लड़का आज सुबह से ही सपना देख रहा है कि वैसी ही भीड़ आज बदरीनाथ मंदिर में जुटेगी और रामचंद्र ब्रह्मचारी का डंका बज जाएगा। वही परसों जैसा हाल हो जाएगा श्रोताओं का। रामचंद्र ब्रह्मचारी भी क्या याद करेंगे कि कैसे रसिक गुनगाहक मिले थे उन्हें! फिर तो हर साल बुलाए जाएँगे। अगली बार उनकी कथा यहाँ इस पलटन बाजार के कोने में नहीं, नगर के बीचोबीच मुरलीमनोहर के प्रांगण में होगी।

यह क्या? कथा पूरी भी हो गई? इतनी जल्दी? हड़बड़ाकर लड़का आरती का थाल घुमा रहा है। एक रुपया भी पूरा नहीं हुआ। हो कैसे? परसों अगर सौ थे, तो कल चालीस-पचास थे। और आज? आज तो कल से भी कम श्रोता जुटे। क्या हो गया है लोगों को? और इस कदर कंजूसी। कैसे दलिद्दर लोग! शर्म भी नहीं आती इस तरह पैसा-अधन्ना डालते हुए। लड़के की आँखों के आगे अँधेरा छा गया है। फूट-फूटकर रोना चाहता है वह। हारमोनियम खिसकाकर चुपचाप सिर झुकाए बैठे हैं बेचारे ब्रह्मचारीजी। कितना बुरा लग रहा होगा। किस मुँह से सौंपे थाली? एक चवन्नी, जो चाट खाने को कब से जमा कर रखी थी लड़के ने, वह मिलाई, तब जाके कहीं एक रुपए की रेजगारी पूरी हुई है।

अचानक ब्रह्मचारीजी उठकर खड़े हो गए हैं। थाली के ताँबे, पीतल, गिलट के सिक्कों को निहार रहे हैं चुपचाप। 'तू ही रख ले बेटा।' बेटा सिक्के बटोर के उनकी जेब में डाल देता है और मुँह फेर लेता है। रामचंद्र ब्रह्मचारी उसका चेहरा अपनी ओर मोड़ते हुए ऐसे उसमें देख रहे हैं, जैसे लड़का आईना हो। फिर आकाश की ओर देखते हुए एक लंबी साँस छोड़ते हैं—'राम तेरी माया।' क्या पेट में दर्द उठ रहा है? वे इस तरह क्यों हाथों से अपना पेट दबाए हुए हैं। 'चल बेटा, आज थोड़ा नगर-भ्रमण कर लें। फिर पता नहीं कब आना हो। पिताजी से कह देना, मैं तनिक विलंब से आऊँगा'।

'मैं अभी आया' कहके जो रामचंद्र ब्रह्मचारी अपनी कोठरी में घुसे कि अभी तक निकलने का नाम नहीं। लड़का खड़ा-खड़ा अकुलाने लगा है। पिता ने कहा था—'कथा पूरी हो जाने के बाद तू इनको घर ले आना। मुझे आज तबला बजाना होगा एक महफिल में। आ जाऊँगा मगर थोड़ी देर हो जाएगी। खिला देना इनको।

बेचारे भूखे होंगे। खा-पीके उनसे बातचीत करना। तुझे बहुत अच्छा मानते हैं वे। बहुत बड़ाई कर रहे थे तेरी।'

अब ये ब्रह्मचारी खुद देरी से आनेवाले हैं। तब फिर मुझे क्यों अटका रखा है? लड़के की आँखों में खाली दुकान झूल रही है। जाने कितने ग्राहक लौट चुके होंगे। आज लगता है, इनका भी मन कथा में नहीं लगा। तभी तो जल्दी-जल्दी समेट दिया सब। भला यह भी कोई बात हुई। असल में मूड ही खराब हो गया इनका। देखा, भेंट-वेंट कुछ मिलनी नहीं है, तो कथा बिगाड़ के धर दी। कैसे कथावाचक हैं ये, कैसे जोगी भगत हैं, जो पैसे देखके कथा बाँचते हैं। अगर इनकी जगह जयदत्तजी होते तो क्या इनकी तरह करते? कभी नहीं करते वो ऐसा। ये पिताजी भी अजीब हैं। खुद तो आए नहीं एक दिन भी कथा सुनने और मुझे खामखाह इनकी ड्यूटी बजानी पड़ रही है। खिला तो दिया था एक बार इन्हें घर पर। दोबारा इन्हें बुलाने की भला क्या जरूरत थी, और ये भी झट तैयार हो गए। जयदत्त पंडितजी तो किसी के घर नहीं जाते इस तरह। इनसे कहीं ज्यादा अच्छे कथावाचक हैं जबकि वो। आवाज भी उनकी इनसे ज्यादा सुरीली है। तभी तो लोगों को पसंद नहीं आए। ठीक हुआ जो नहीं आए लोग। क्यों आएँ?

यह थी उस लड़के के मन की लीला, जो अभी थोड़ी देर पहले ही रामचंद्र ब्रह्मचारी की बेकद्री पर रो रहा था और अपने नगर के लोगों को कोस रहा था। मिनटों के भीतर यह क्या हो गया उसको? जयदत्त पंडितजी की थाली सिक्कों से, नोटों से किस कदर भर जाती है। रामचंद्र ब्रह्मचारी को कुल बारह आने चढ़े, और वह भी पूर्णाहुति के दिन। धरती-आसमान का फर्क हुआ कि नहीं हुआ? मगर ब्रह्मचारी का इसमें क्या दोष? और जयदत्त पंडितजी ने ही ऐसी कौन सी माया जोड़ ली? कितना बटोर सकता है आखिर कोई भी कथावाचक, कुल नौ दिन की कथा में? वे भी क्या गरीब नहीं? कथा की कमाई आखिर कितनी दूर तक जाएगी?

रामचंद्र ब्रह्मचारी उस दिन बुरी तरह फेल हो गए थे न? मगर उसके पहले दिन? और उसके भी पहले दिन? कैसी थी वह बाढ़, कहाँ से उमड़ आई थी वह, जिसमें सब यहाँ से वहाँ तक डूब और तिर रहे थे। ध्रुव की और हाँ प्रह्लाद की कथा सुनकर क्या दशा हुई थी खुद उसकी, क्या भूल गया लड़का? इतनी जल्दी? किसकी विभूति थी वह, किसका जादू था—कोई बताए तो सही जरा। किसका था वह चमत्कार? भक्त प्रह्लाद का? भागवत रचनेवाले का? ठेठ हिंदी के ठाठ में उस कथा को बाँधनेवाले का? या कि उस धुन, उस तर्ज में उस कथा को ढालनेवाले

का? या उस बुलंद आवाज का, जो उस दिन बदरीनाथ के दरबार में घंटों गूँजती रही थी। आवाज, महज आवाज से क्या वैसा चमत्कार घटित हो सकता है? हुनर चाहिए हुनर, कथा कहने का सलीका चाहिए। तो क्या, नहीं था सलीका और हुनर रामचंद्र ब्रह्मचारी को कथा सुनाने का? बदरीनाथजी ने ही अपने मंदिर के लिए ऐसी दूर और सुनसान जगह चुनी तो बेचारे ब्रह्मचारीजी ही अपनी कथा की पूर्णाहुति के दिन कहाँ से कद्रदानों की भीड़ बटोर लाते? दिन-दोपहरी की धूप में मील भर पैदल चलके वहाँ पहुँचना और दो-दो, तीन-तीन घंटे उस पथरीले आँगन में पालथी मारके बैठे रहना—महज कथा सुनने की खातिर क्या यह किसी के बूते की बात है? और क्या नगरवासियों को और कोई काम नहीं है?

आखिर वह सुनार मुहल्ला तो था नहीं, जो बीच बाजार में पड़ता है और हर तरह के श्रोताओं के लिए सुगम है। कहाँ सुनार मुहल्ला और कहाँ पलटन बाजार। कहाँ देवी का थान और कहाँ बदरीनाथ धाम। पहुँचना ही भारी ठहरा वहाँ तक तो। अहा, जयदत्त पंडितजी भी क्या समाँ बाँध देते थे। वैसी राधेश्यामी क्या कभी कहीं और भी सुनी लड़के ने? नहीं सुनी भई, सच्ची बात है। मगर क्या रामचंद्र ब्रह्मचारी का काम उससे कहीं ज्यादा कठिन नहीं था? कहाँ रुक्मिणी मंगल और कहाँ श्रीमद्भागवत। कोई तुलना है? तब फिर?

ब्रह्मचारीजी आखिर अपनी गुफा के बाहर निकल आए हैं। "देर तो नहीं हो गई, बेटा? बस नीचे गाड़ी सड़क तक मेरे साथ चले चलो। फिर तुम्हारी छुट्टी।"

लड़का तब तक तंग आ चुका था। गाड़ी सड़क इन्हें मालूम नहीं? बस इसी काम के लिए मुझे इतनी देर से रोक रखा था। बुरी तरह झुँझलाया, वह तेजी से कदम बढ़ाता हुआ ब्रह्मचारी के आगे-आगे चल पड़ा।

'तनिक धीरे बेटा! आज हमारी तबीयत कुछ ठीक नहीं लग रही।' लड़के के पाँव ढलान पर वैसे ही फिसल रहे थे। वह वैसे ही फिसलता रहा मानो ब्रह्मचारी की बात कान में ही न पड़ी हो। ढलवाँ रास्ता जैसे ही माल रोड से मिला, वह रुक गया।

अपना पेट एक हाथ से दाबे ब्रह्मचारीजी धीरे-धीरे उतरते हुए उसके साथ हो लिये। 'बस दो मिनट और बेटा'...कोई पचासेक कदम चले होंगे कि वे अचानक ठिठक गए और सड़क के ऊपर खड़ी इमारत की ओर इशारा करते हुए बोले, 'एक काम करोगे बेटा? सामने वो दुकान है न, वहाँ से एक पव्वा ला दो। ये लो,' दो नोट जेब से निकालकर उन्होंने लड़के की ओर बढ़ा दिए। लड़का पहले तो स्तंभित अवाक् उनके उस बढ़े हुए हाथ और उसमें फँसे नोटों को घूरता रह गया। फिर जैसे कुछ

सुना ही न हो, बोला, 'क्या बाबाजी?'

'पव्वा बेटा, बरंडी कहना। जैसी भी, जो भी दे दे, वो लेता आ। बहुत पीड़ा है पेट में आज बेटा। मेरी दवाई है वो।'

लड़के के काटो तो खून नहीं। ओहो, तो इसी के लिए मुझे बिठाके रखा था। तो क्या सभी बाबा लोगों के यही लच्छन हैं? नहीं, नहीं। यही ऐसा है। तभी मन नहीं लग रहा था आज कथा सुनाने में—हैं न? कैसे लगता? तो क्या ये रोज व्यासपीठ पे बिराजने से पहले पूरा पव्वा चढ़ाके आता था? हे भगवान्, मैं कहाँ फँस गया इसके साथ। और पिताजी बोले थे घर ले आना। खिला देना इन्हें। मैं तो इसे अब अपने घर में घुसने भी नहीं दूँगा।

'किस सोच में पड़ा है बेटा? जा ना।'

लड़का नीची गरदन किए चुपचाप खड़ा था कि धरती फट जाए और उसे भीतर-ही-भीतर सुरंग की तरह निगल ले और यह ठग बाबा उसकी परछाईं तक न छू पाए।

'आप ही जाकर ले आइए न,' उसने अपने आपको कहते सुना, 'ये हमारे रिश्तेदार की दुकान है, जिनसे हमारी बोलचाल तक बंद है।'

लड़के का गणित साफ था। ठग बाबा दुकान में घुसा और मैं रफूचक्कर। मगर ब्रह्मचारीजी थे कि कोई असर ही नहीं। लड़के ने पहली बार सिर उठाकर देखा—किस कदर खिसियाया, लाल, बेहद दयनीय चेहरा। हद है बेशर्मी की।

'ला दे बच्चा। मेरी मजबूरी समझ। तुझे कष्ट नहीं देना चाहता था। इस भगवे की लाज रख ले। कहीं एकांत में बैठके दो घूँट लगा लूँगा। बहुत दुखता है बेटा। रामजी की सौगंध, तुझसे झूठ नहीं बोलूँगा।'

उनका स्वगत-भाषण जारी था और इधर लड़के की अकुलाहट अपनी चरम सीमा पर पहुँचना चाहती थी। इसे कहते हैं—कव्वा खाने का मन हुआ तो कह दिया कव्वा नहीं, तीतर है। हे भगवान्! ऐसे पाखंडी, पापी, जोगीभेष धरे घूमते जाने क्या-क्या नहीं करते होंगे। छी-छी! मैं यहाँ कर क्या रहा हूँ? छोड़ इस बगुलाभगत को यहीं और भाग, फौरन भाग यहाँ से।

सिर पर पाँव रखकर भागने का मुहावरा जिसने ईजाद किया होगा, उस लड़के को देखके ही किया होगा। घर पहुँचकर ही साँस ली उसने। हाँफते हुए माँ को सारा किस्सा बताया। माँ चुपचाप सुन रही है, जैसे यह मामूली सी बात हो, 'छोड़, हटा, जो हुआ सो हुआ। अब तू दुकान में बैठ। और सुन, तेरे बाबू जब आएँ तो उनसे इस

बारे में कुछ भी मत कहना। समझा? क्या मतलब हो रहा है तुझे इन सारी बातों से, करने दे जो करते हैं।'

क्या मतलब इसका? लड़का हैरान और परेशान, झुँझलाकर पैर पटकता हुआ दुकान चला गया। रात के करीब नौ बजे दुकान बंद करके घर को लौटा तो उसके मन में खटका था—रामचंद्र ब्रह्मचारी कहीं घर में ही न जमे हों। उस बेशर्म का क्या ठिकाना। मन-ही-मन हालाँकि कहीं उसे यह भी लग रहा था कि उसने उस कपटी को ऐसे निबटा दिया है कि अब वह आ नहीं सकता। किस मुँह से आएगा? क्या आरती उतारेंगे उसकी पिताजी, सारी पोल खुल जाने के बाद? तभी तो···अरे हाँ, तभी तो कहा होगा माँ ने कि···'पिताजी को इस बारे में कुछ भी मत बताना।'

सचमुच ही रामचंद्र ब्रह्मचारी नहीं आए घर उस दिन। तसल्ली हो गई लड़के को। खा-पीकर सो गया वह। मगर उसके कान शायद नींद में ही उससे अलग होकर बाहर के दरवाजे की साँकल पर चिपक गए होंगे। तभी तो जब आधी रात को साँकल खड़की तो वह इस तरह चौकन्ना हो गया जैसे सोया ही न हो। सोए-सोए ही अँधेरे में उसने माँ को दरवाजा खोलते और पिता को भीतर जाते देखा। अरे यह क्या? यह दोबारा साँकल क्यों बजी? कुछ खुसर-फुसर तो हुई थी जरूर चौके में दोनों के बीच; पर जब तक वह उठकर धीरे से अपनी कोठरी से बाहर निकलकर कान लगाता, तब तक पिताजी झपटते हुए उलटे पाँव वापस। कहाँ? तो क्या माँ ने सबकुछ बता दिया? इतनी जल्दी? न खाना, न पीना, उलटे पाँव वापस चले गए। और कहाँ जाएँगे? जरूर उस ठग बाबा की खोज में···लड़का घबरा गया। अब क्या होगा?

थोड़ी देर में साँकल फिर से बजी। क्या हुआ? इतनी जल्दी कैसे वापस आ गए? रामचंद्र ब्रह्मचारी मिले नहीं क्या?

'बदरीनाथजी के पट तो बंद हो गए। पहुँचे, नहीं पहुँचे, क्या पता।' ऐन उसकी कोठरी के सामने गलियारे में पिता की आवाज गूँज रही थी। 'राम जाने, कैसी तकलीफ थी, क्या तकलीफ थी—गुन्नू क्या जाने। मजबूरी हालत होगी, तभी तो इससे निहोरा किया। गुन्नू ने ऐसा नहीं करना था। बेचारों को जाने कैसी तकलीफ थी, तूने कहा नहीं उससे?'

'हो गया अब जो होना था,' चौके की ओर जाती हुई माँ की थकी सी आवाज भी लड़के को सुनाई दे रही है।

'हाँ, हाँ, अब तू भी उसी की तरफदारी कर,' आगे कुछ लड़के को सुनाई नहीं पड़ा। पर अब माता और पिता के बाकी संवाद में उसकी कोई दिलचस्पी नहीं रह

गई थी। नींद ने फिर उसे अपने में समेट लिया।

पर क्या सचमुच? सचमुच उस रात लड़के को नींद आ गई होगी? कैसा लगा होगा उसे—क्या-क्या सोचा होगा उसने अपने पिता की बातें सुनकर? उसे तो अब कुल मिलाकर बस इतना ही याद आ रहा है कि काफी ढूँढ़-खोज के बावजूद दूसरे दिन भी रामचंद्र ब्रह्मचारी का कोई पता नहीं लगा था। कहाँ गायब हो गए वे आखिर? लड़के की तरह ही क्या वे भी भाग गए थे घर? घर तो उनका उस वक्त बदरीनाथ मंदिर ही था। फिर कहाँ गायब हो गए वे? पैदल ही मेरठ भाग लिये क्या रातोरात? उन्होंने कहा था, वे नगर-भ्रमण करेंगे। तो क्या नगर-भ्रमण के बदले नगर-निष्क्रमण कर गए?

पिता सचमुच ढूँढ़ते-ढूँढ़ते परेशान हो गए थे दूसरे दिन, इतना लड़के को याद है। मन-ही-मन लड़का एक विस्फोट की बाट जोहता रहा। मगर पिता थे कि न कुछ बोले, न चाले। सुन्न खेंचे रहे बिल्कुल तीन दिन, जाने कितने दिन। क्यों आखिर? किसलिए?

यह लड़का कभी समझ नहीं पाया। अबोला ठाने रहे। भला क्यों? लताड़ना चाहते रहे होंगे शायद, पर कैसे लताड़ते? समझाना चाहते थे—शायद ब्रह्मचारी का पक्ष लेकर। मगर कैसे समझाऊँ शायद यही सोचते रह गए। लड़का आखिर लड़का ठहरा, शराब शराब ही हुई, और पीड़ा महज पीड़ा। क्या शराबी की पीड़ा जैसी भी कोई पीड़ा होती है? शराबी भी वे थे ही, यह भी कैसे मानकर चला जाए? और शराबी नहीं थे वे, यह भी कैसे कहा जाए?

बहरहाल, जिसकी कथा जाननी थी, वह कथावाचक—नहीं, अपना कथानायक—तो जाने कहाँ अंतर्धान हो गया पिता और पुत्र को बीच भँवर में छोड़कर। कथा पूरी हो तो कैसे हो! वैसे अपनी ओर से कथा का उद्यापन तो कर ही गए थे वे उस शाम बदरीनाथ मंदिर में। इसीलिए तो फिर वे कभी दिखे नहीं उस नगर में। कथा तो होती रहती है और शायद अब भी, ऐन इस वक्त भी वहीं चल ही रही हो कथा···यही तो दिन थे वे। इन्हीं दिनों की तो बात है।

□

गाँठ

नहाकर निकला, तभी खटका हो गया था कि हो न हो, वही है। वही था। वही भारी और भौंड़ी तथा घर भर में गूँजती आवाज, जो कभी अपने को नहीं सुनती होगी। सुन पाती अगर, तो क्या हमेशा-हमेशा के लिए बैठ न जाती?

कितना बजा होगा? साढ़े बारह! अरे, तो क्या सचमुच तीन घंटे हो गए इस मनहूस को घर में दाखिल हुए? और तीन घंटे हो गए मुझे कोरे कागज पर आँख गड़ाए, इस तख्त पर रोते-झींखते? एक और सुबह बरबाद हो गई, एक और सुबह··· ! और यहाँ किसी को कोई परवाह नहीं मेरी और मेरी सुबह की।

कितना अच्छा मूड था! मनचाहा एकांत भी। सब कबाड़ा करके रख दिया कमबख्तों ने। मेरा भी तो दिमाग खराब है। इस तरह यहाँ बैठकर झींखने के बजाय मैं ऊपर छत पर क्यों नहीं चला गया? वहाँ तो एकांत मिल ही जाता। नहीं, मुझे नहीं चाहिए छत का एकांत। मुझे अपनी कोठरी और अपने तख्त का ही एकांत चाहिए। हाँ, इसी चरमराते तख्त का।

और आज ही मेरा जन्मदिन है। अभी कुछ ही देर पहले मुझे याद दिला के गई है मीरा कि आज तुम्हारा जन्मदिन है। तो हुआ करे, मैं क्या करूँ! जबरन मुसकराया था मैं···घर में सबको पता है, मुझे मेरे जन्मदिन की याद दिलाया जाना कतई पसंद नहीं। अधेड़ आदमी का कैसा जन्मदिन! खामखाह उसे क्यों याद दिलाई जाए कि 'तुम एक साल और अपनी कब्र के पास खिसक आए। बधाई।' कितनी वाहियात बात है!

पचास मर्तबा बोल दिया, मुझे ऐसे लोग सख्त नापसंद हैं, जो एक तो बेवक्त चले आते हैं और आते हैं तो फिर टलने का नाम नहीं लेते। अब इस अकाल पुरुष को ही देखो--बैठा है जब से तो बैठा ही है। पता है कि तबीयत ठीक नहीं है,

अभी-अभी बुखार से उठी है और उसे ज्यादा बकाना ठीक नहीं। मगर इतनी अक्ल हो तब न? इतनी भी तमीज नहीं कि सुबह का वक्त कितना कीमती होता है—सुबह-सुबह तो मुझको बख्श दे कम-से-कम। इन फालतूफंड के लोगों का वैसे भी पढ़ने-लिखने से क्या वास्ता! कलाकार बने बैठे हैं। अपने ही जैसा फालतू समझ रखा है सबको। इस लड़की को भी पता नहीं, क्या हो गया है। बिल्कुल अपनी माँ के पाँव-पर-पाँव रख रही है। पता है कि पापा को लिखना है। और सुबह-सुबह पापा किसी से बोलते-चालते तक नहीं। फिर भी···लाख समझाओ-बुझाओ, इन लोगों को कोई फर्क नहीं पड़ता। अरे! पचास तरीके होते हैं—ऐसे अवांछित आगंतुकों से निबटने के। मगर···मेरे घर के लोग तो उलटे, ऐसा दिखाते हैं मानो इंतजार में ही बैठे थे पलक-पाँवड़े बिछाकर। आनेवाला तो यही समझेगा कि इन लोगों को फुरसत-ही-फुरसत है और यहाँ टैम-बेटैम कभी भी चले आओ, हर पल तुम्हारा स्वागत है। अरे, अपना ही माल खोटा तो परखैया का क्या दोष! कैसे चपर-चपर किए जा रही है जब से। इसे पता नहीं कितना 'स्ट्रेन' पड़ता है इस तरह लगातार बोलते रहने से? क्या इसीलिए इसे माँ के साथ बाजार भी नहीं जाने दिया था कि यह कूड़मगज आके पसर जाएगा और घंटों दिमाग चाटेगा? कब टलेगा ये मनहूस आखिर?

'अपर्णा!'···मैं खुद अपनी ही आवाज से चौंक पड़ा हूँ। अरे, इस कदर चीखने की जरूरत क्या थी। वह भी क्या सोचेगा! सोचने दो। मैं क्या करूँ! मेरा बस चलता तो उसे भीतर ही न घुसने देता। अब देखो—ये धोड़े कि उठकर खुद भीतर आएगी। वहीं से चिल्ला रही है—'क्या पापा?'···तेरा सिर। इत्ता भी नहीं समझती?

'क्यों, कुकर-वुकर कुछ नहीं चढ़ाना? कितनी देर हो गई।'

'आई पापा!'

कोठरी में बैठे-बैठे सुनाई दे रहा है मुझे। सिटकिनी बजी है खट से बरामदे के दरवाजे की। तो आखिर टल ही रहा है अटल। चलो, छुट्टी हुई। मेरी 'ट्रिक' काम कर गई। मगर मुझे उस तरह चिंघाड़ने की जरूरत क्या थी! बेचारी अपर्णा को कितना अटपटा लग रहा होगा। कितने दिनों से बेचारी घर से बाहर नहीं निकली। 'म्यूजिक सर्कल' जाने को कह रही थी कल, जाने नहीं दिया मैंने। बेचारी कभी जिद नहीं करती। जो कहो, मान लेती है। यों तो 'लूना' पर ही जाती—उस तरह 'स्ट्रेन' की तो कोई बात थी नहीं—वहाँ उसका मन ही बहलता।

मगर मुझे तो डर ही लगा रहता है। मैं तो 'लूना' भी नहीं लेने दे रहा था। घर में सब लोग मेरा मजाक उड़ाते हैं। इतनी भी चिंता क्या? मुहल्ले में कौन नहीं चलाता! लड़कियाँ तो आराम से स्कूटर पर दौड़ती फिरती हैं। लूना तो यों ही एकदम 'सेफ' है। मगर···मैं क्या करूँ, मेरा मन ही नहीं मानता। बच्चों के मामले में बहुत ही कमजोर हूँ मैं। डर ही लगा रहता है। खामखाह, यों ही। खुद नहीं चलाता तो क्या बच्चे भी नहीं चलाएँगे? मेरा तो यह हाल है कि स्कूटर पड़ा है—कभी हाथ नहीं लगाया। पीछे बैठते ही झेंप लगती है। झेंपने की बात ही है। सारी दुनिया के लिए जो सहज है, बाएँ हाथ का खेल है, वही मेरे लिए समस्या है। दरअसल, मैं रह भले ही एक राजधानी के शहर में रहा हूँ? मन से मैं अभी तक उस पहाड़ी कस्बे से बाहर नहीं निकल पाया। मगर बच्चे तो यहीं के हैं न! यों ही इस पीढ़ी के बच्चे हम लोगों से कहीं ज्यादा आत्मनिर्भर और हिम्मतवर हैं। यह सब जानते-बूझते, मैं पता नहीं क्यों दुश्चिंताएँ पालता हूँ।

रसोई में खटर-पटर सुनाई दे रही है। किसी काम में लग गई, लगता है। कम-से-कम बेचारी का मन ही बहल रहा था, काहे को उसे उठाया! उस लड़के को भी जाना ही था—आखिर कितना बैठा रहता वो! मेरा तो जो बिगड़ा सो बिगड़ा, इस तरह झल्लाने से क्या फायदा हुआ? मैंने इस तरह अपनी कुढ़न जाहिर करके अपनी ही कमजोरी उघड़ जाने दी, यह क्या अच्छा हुआ? इससे तो उलटे अपनी ही बदनामी होती है। वैसे भी कौन हमारे घर आता है! ले-देकर यही तीन-चार लोग। और वह भी अपर्णा और मीरा के कारण। मेरे पास तो वैसे भी कोई नहीं फटकता।

अपर्णा मेरे पास नहीं आई। सीधे रसोई में घुस गई। वह मुझसे कहेगी कुछ नहीं, मुझे मालूम है। मेरा व्यवहार उसे चाहे कितना ही अटपटा और अनर्गल क्यों न लगे, वह अपने मन की बात मन में ही रखेगी। पहले ऐसा नहीं था। पहले तो उसे खूब बहस करने की आदत थी। मैंने ही उसे बढ़ावा भी दिया था। लेकिन अब उसका स्वभाव एकदम ही बदल गया है। अब वह मुझसे ज्यादा बात नहीं करती। बहस तो जरा भी नहीं। क्यों? आखिर यह बदलाव अचानक उसमें क्यों आया?

उसे नाटक में खूब रस था। चार-पाँच नाटकों में भाग भी लिया था उसने। खूब वाहवाही भी लूटी थी। यह लड़का उसका नाटक का ही साथी है। अपर्णा ने तो छोड़ दी एक्टिंग, मगर वह तो अब भी खूब हिस्सा लेता है और अपनी रंग-संस्था भी चलाता है। जब भी कोई नया नाटक करता है, अपर्णा से राय-मशविरा

जरूर करता है। उसे बड़ा अफसोस है और वह अक्सर उलाहना भी देता रहता है कि अपर्णा ने अभिनय करना क्यों छोड़ दिया। जब भी वह आता है, दोनों की बातचीत और बहस मुझे अपनी कोठरी में बैठे-बैठे साफ सुनाई दे जाती है। खासकर, इस लड़के की बातें। मजे की बात यह है कि पहले वही ज्यादा बोलता था। धीरे-धीरे अब यह हालत है उसकी कि बात-बात पर अपर्णा से सहमत दीखता है। विरोध भी करता है तो जल्द ही हथियार डाल देता है। अभिनेता तो वह ठीक- ठाक है। मगर उसकी समझ बड़ी स्थूल किस्म की है। पढ़ा-लिखा भी कोई खास नहीं। अपर्णा ने एक तो पढ़ा बहुत है; दूसरे, पढ़ा जितना है उससे कहीं ज्यादा गुना है। बारीकियों में जाने की बड़ी सूझबूझ है उसमें। उसकी पसंद-नापसंद भी बहुत स्पष्ट और पैनी हुआ करती है और ज्यादातर नाटक उसे फूहड़ ही लगते हैं। यों भी, यहाँ नाटक लिखे ही कहाँ जाते हैं। सब अनुवादजीवी धंधा है।

यह नहीं कि मुझे उसका नाटकों में अभिनय करना बुरा लगता था। उस तरह तो निरुत्साहित मैंने उसे कभी नहीं किया। इतना ही कहा कि जितना तुम्हारा समय और ऊर्जा इसमें जाती है, उस लायक कला इसे मैं तो नहीं समझता। कम-से-कम तुम्हारे लिए तो नहीं। संगीत मेरे खयाल में अभिनय से कहीं ज्यादा गहरी और सूक्ष्म कला है और वही तुम्हारे लिए उपयुक्त भी है। जब तुम्हारे पास इतनी अच्छी आवाज है, इतनी गहरी संवेदना है तो फिर संगीत क्यों नहीं? साहित्य क्यों नहीं? फिर अपने यहाँ नाटक भी उच्च कोटि के हैं ही कहाँ? दो कौड़ी के नाटकों में अच्छी-से-अच्छी एक्टिंग कर लो—उससे क्या होता है। या तो खुद नाटक लिखो, तब तो कोई बात भी है। आधा-अधूरा, न इधर न उधर। आदमी को वही माध्यम चुनना चाहिए, जिसमें उसकी प्रतिभा, उसकी संभावना पूरी तरह खुल सके, खिल सके।

जब मैंने अपर्णा से यह कहा था तो सोच-समझ के ही कहा था। मुझे सचमुच ही ये नाटक-थिएटर वाले संगीत और साहित्य से जुड़े लोगों की तुलना में गड़बड़ ही लगते थे। अपने निजी अनुभव से भी मैं जानता था। खुद मेरे कॉलेज के कुछ लड़के, जिनमें दादागीरी के सिवा कभी कुछ दिखाई नहीं दिया, वे रातोरात रंगकर्मी बन बैठे थे। खासी धाक हो गई थी उनकी ऐक्टरों के रूप में। इससे भी मेरे मन पर यही छाप बैठ गई थी कि ऐक्टर बनने के लिए कुछ खास प्रतिभा की जरूरत नहीं है। फिर भी मैंने ऐसी उम्मीद नहीं की थी कि अपर्णा मेरी बातों को इतनी गंभीरता से लेगी और थिएटर एकदम छोड़ ही देगी। अच्छा तो बहुत मुझे

लगता नहीं था—यह सच है, पर यह भी सच है कि अपर्णा अगर मुझसे बहस करती, जिद पर अड़ जाती तो मैं फिर उसके आड़े नहीं आता। मैं उन पिताओं में नहीं हूँ, जो अपनी संतान से अपनी महत्त्वाकांक्षाएँ या कुंठाएँ ढुलवाते हैं। मैंने हमेशा यही चाहा और यही कोशिश की कि मेरे बच्चे अपना रास्ता खुद चुनें। पूरी तरह स्वाधीन मानसिकता बने उनकी। अपने भीतर अगर अपने बच्चों को लेकर मेरी कोई लालसा रही होगी तो यही रही होगी कि वे मेरे जैसे न बनें। अपर्णा को बचपन से ही खेलों में कितना रस था। खूब हँसती-हँसाती थी—मेरी तरह अंतर्मुख और मनहूस स्वभाव इसका बिल्कुल नहीं था। लिया भी इसने साइंस ही और डॉक्टर बनने का बड़ा शौक था। पता नहीं, कब और कैसे दिमाग पलट गया इसका। अचानक एक दिन क्या सुनता हूँ कि 'वुदरिंग हाइट्स' पर बात कर रही है। अरे, कब पढ़ लिया तूने 'वुदरिंग हाइट्स'? पता चला इसने 'वुदरिंग हाइट्स' ही क्यों, इब्सन, चेखव, गोगोल और तुर्गनेव एवं न जाने क्या-क्या कब का छान मारा है। मैं तो विस्मय से स्तब्ध रह गया। मेरे अपने घर में ही क्या गुल खिल रहा है, इसका पता तक मुझे नहीं चल पाता? मैं तो दंग रह गया ' वुदरिंग हाइट्स' पर उसकी कमेंटरी सुनकर। हे ईश्वर! क्या यह अपर्णा है?

पच्चीस बरस हो गए मुझे यही सब पढ़ाते। भगवान् मुझसे झूठ न बुलाए, उस दिन अपर्णा के मुख से मैंने उस उपन्यास के बारे में जो कुछ सुना, उसने मुझे यदि आश्चर्य से अवाक् कर दिया, तो इसका कारण यही था कि उसकी बातें किताबी बिल्कुल नहीं थीं। मैं किताबी बातों का मजाक नहीं उड़ा रहा हूँ। मेरा वह शिष्य, जिसने मेरे निर्देशन में डॉक्टरेट ली थी—'वुदरिंग हाइट्स' की लेखिका पर काम करके, वह सचमुच मेधावी था। अगर मैं कहूँ कि मुझे उस पर गर्व था, गर्व है तो यह भी गलत नहीं होगा। मगर उस शाम अपर्णा की बातें सुनकर मैं तो बिल्कुल चकरा गया। वह मेधावी डॉक्टर भला इस लड़की के सामने क्या है। उसे तो ऐसी बातें सूझ भी नहीं सकती थीं। अपनी थीसिस में जो कुछ उसने लिखा था, क्या उन बातों की जड़ उसके अपने भीतर थी? उसके अनुभव में या कल्पना में? बिल्कुल नहीं!

मैंने उस शाम अपर्णा से क्या कहा मुझे याद नहीं। शायद कुछ नहीं कहा। सिर्फ सोचता रहा—अपने में डूबा और मगन। उन्हीं दिनों शायद इसका पीएमटी का रिजल्ट भी आया था। तीसरी बार बैठी थी। लेकिन जब दाखिले के लिए इसे लेकर मेडिकल कॉलेज गया तो क्या जाने इसके दिमाग ने कैसा पलटा खाया।

कहने लगी—'पापा, रहने दो। मुझे नहीं बनना डॉक्टर-वाक्टर।' मैंने समझा मजाक कर रही है। या मेडिकल कॉलेज के रंग-ढंग देखकर स्मार्ट लड़के-लड़कियों को देखकर नर्वस फील कर रही है। पूछा भी मैंने तो कहने लगी—'पापा, मुझे बिल्कुल अच्छा नहीं लग रहा है, बस। मुझे आप इसमें मत डालिए। मुझसे नहीं होगा।' क्या कोई इस बात पर यकीन करेगा कि हम वापस चले आए, बिना फीस जमा किए। और रास्ते भर हमारे बीच खामोशी छाई रही। बड़ा अजीब लगा। धीरे-धीरे मैं इसी नतीजे पर पहुँचा कि इसका निर्णय सही था। सारा माहौल ही कुछ ऐसा हो गया है कि संवेदनशील बच्चों का उसमें दम घुट जाता है। बेचारे सोच ही नहीं पाते, समझ ही नहीं पाते कि उन्हें क्या करना है, क्या बनना है। उनका स्वाभाविक रुझान क्या है, यही वे तय नहीं कर पाते। पढ़ाई भी इसने बीच में ही छोड़ दी।

कहने लगी—'क्या फायदा है पापा, इस पढ़ाई का मेरे लिए कोई अर्थ नहीं है।' तो फिर किस चीज का अर्थ है? संगीत सीखना शुरू किया। बहुत अच्छा गाती है, पर इम्तहान में नहीं बैठती। 'मैं अपने लिए गाती हूँ।' 'सब अपने लिए गाते हैं बेटा। संगीत में अपने लिए गाने और दूसरों को सुनाने के बीच कोई फर्क नहीं है। कोई विरोध नहीं है।' 'ठीक है पापा, मगर मुझे अच्छा नहीं लगता।' तुझे क्या अच्छा लगता है फिर? पूछना चाहता हूँ मैं। पर पूछ नहीं पाता। एक अजीब अपराध-बोध में जकड़कर रह जाता हूँ मैं। कहीं यह मेरी ही शंका, मेरी ही हताशा, मेरी ही विरक्ति तो नहीं, जो इसके भीतर प्रकट हो रही है, इसके मुँह से बोल रही है? सबकुछ की निरर्थकता, सबकुछ के खोखलेपन का ऐसा गहरा अहसास, जिसे आप खुद अपने सामने नहीं आने देते, भूले रहते हैं, तरह-तरह की व्यस्तताएँ ओढ़कर। मैं डर जाता हूँ। कुछ कहते नहीं बनता।

मेरा बड़ा लड़का चार्टर्ड एकाउंटेंट बनने जा रहा है। छोटा इंजीनियरिंग में है। दोनों बिल्कुल औसत थे—दोनों के भविष्य को लेकर मैं और मेरी पत्नी चिंतित रहते थे। मगर दोनों ने अपना रास्ता चुन लिया और दोनों सफल होंगे—इसमें शक की गुंजाइश नहीं। और यह अपर्णा, जो सबसे होनहार थी, जो जिस लाइन को पकड़ती, वहीं कुछ विलक्षण करके दिखाती, उसमें यह कहाँ से सफलता मात्र के प्रति, 'कॅरियर' नाम की चीज के ही प्रति ऐसी घोर वितृष्णा पैदा हो गई—कुछ समझ में नहीं आता। क्या मैंने गलती की, जो इसे नाटकों में भाग लेने से रोका? अरे! क्या उसे रोकना कहा जाएगा? एक बात रखी थी मैंने इसके सामने। अगर इसे नहीं अच्छी लगी थी तो मुझसे बहस करती; लड़ती-झगड़ती, जैसे पहले किया

करती थी। इसे रोकने की मुझे भला क्या पड़ी थी। और इसे भी क्या जरूरत थी, मेरी बात को इतनी गंभीरतापूर्वक लेने की? पता नहीं···मुझे तो इसकी गंभीरता से डर लगता है। कैसा मस्त और विनोदी स्वभाव था इसका। सबको हँसाती-छेड़ती रहती थी। सभी जगह तो इसकी पूछ होती थी। कैसा भी तनाव हो, इसकी उपस्थिति में टिक नहीं सकता था। खुद मैं और मीरा इसके सबसे बड़े गवाह हैं। और ऐसी संतान ही मेरे लिए सबसे ज्यादा चिंता का विषय बन जाएगी—यह में कभी सोच भी नहीं सकता था। मुझे घबराहट होती है सचमुच कि इसके मन में क्या है। अभी तक तो मुझे इसके विवाह की चिंता भी नहीं सताती थी। लगता था, अभी तो छोटी है। एक रास्ता इसका बन जाए तो शादी-ब्याह भी हो ही जाएगा। जिसे भी चुनेगी, सोच-समझ के ही चुनेगी। अभी ऐसी भी जल्दी क्या है। मगर अब तो मुझे यह चिंता भी व्यापने लगी है। कोई लड़का ऐसा दिखे तो, जो सचमुच इसके योग्य हो, जो सचमुच इसको समझ सके और जिसे यह भी सचमुच समझ सके और पसंद करे। मगर अभी तक तो इसके मिलने-जुलनेवालों में मुझे एक भी ऐसा नहीं दिखा।

नाटकों में इसे पता नहीं क्यों, अब भी उतना ही रस है। घटिया-सटिया जैसा भी नाटक हो, देखेगी जरूर। चाहे देख के खूब झुँझलाएगी और मुँह पर ही जमके सुना भी देगी। मगर देखने जाएगी जरूर। अभी भी लोग इसके पीछे पड़े रहते हैं। पर अब यह रोल करने से साफ इनकार कर देती है। मेरा कुछ ऐसा खयाल है—खयाल क्या, साफ ही दिखता है कि नाटकों की दुनिया हमारे यहाँ जैसी होनी चाहिए थी, है नहीं। बहुत अच्छे और बहुत प्रतिभाशाली लोग तो इसमें नहीं ही जाते। कोई इक्का-दुक्का फँस ही जाए कभी तो अलग बात है। अपवाद ही कहना होगा उसे। क्या अपर्णा के लिए एक यही कॅरियर रह गया था! फालतू बात है, मैंने कुछ भी गलत नहीं कहा था। वह भीतर-ही-भीतर जरूर कन्विंस हुई होगी, तभी तो! उसे मालूम है, पापा कभी खामखाह नहीं टोकते।

नहीं, इतना तो तय है कि अपर्णा के मन में इस जरा सी बात को लेकर कोई गाँठ नहीं बन सकती। यदि अभिनय उसके लिए सचमुच इतना ही अनिवार्य होता तो वह मेरी पसंद-नापसंद की परवाह किए बिना नाटकों में काम करती रहती। जब करती थी तो क्या कभी मना किया था? छोड़ दिया उसने, तो अपने विवेक से ही छोड़ा। हाँ, जिस उत्साह से वह अभी भी नाटक देखती है, उसके बारे में घंटों बात करती रहती है, उसे देखकर जरूर मेरे मन में थोड़ी उलझन पैदा हो जाती है।

थोड़ी शंका भी कि मैंने कहीं ऐसा तो नहीं कि अनजाने ही उसके स्वतंत्र आत्मनिर्णय को गड़बड़ा दिया हो। कहीं इस बात को लेकर उसके मन में कोई शिकायत बनी रह गई हो और मुझसे न कह सकी हो, तो? अब आज ही जैसे···उसे पता है, मैं छुट्टी लेकर इसीलिए बैठा हूँ कि मुझे बहुत जरूरी कुछ लिखना है और इसके लिए निर्विघ्न एकांत मुझे चाहिए। उसे यह भी पता है, मुझे यह लड़का पसंद नहीं। वह खुद ही उसे अकाल-पुरुष कहती है—उसके प्रति मेरी चिढ़ और विरक्ति का मजा लेती हुई। फिर भी···अगर वह तीन-तीन घंटे उसकी बकवास झेलती रह सकती है तो इसका मतलब यही हुआ न कि उसकी निगाह में वह उस तरह बकवास नहीं है, जिस तरह मेरे लिए। यानी नाटकों की दुनिया से जो शिकायत मुझे है, वह उसे बिल्कुल नहीं है। उसके प्रति अभी भी उसका सहज स्वाभाविक आकर्षण है और भीतर-ही-भीतर वह शायद यह भी सोचती हो कि इस मामले में जो मेरी राय है, वह सही नहीं है, पूर्वग्रह से ग्रस्त है। मगर, यदि ऐसा ही था तो उसे मुझसे यह बात साफ-साफ कह देनी थी या नहीं? ठीक है, मैं नहीं चाहता था, वह नाटकों में वक्त बरबाद करे। मेरी दृष्टि में वह उसका क्षेत्र नहीं है। लेकिन जब उसने हाथ आया डॉक्टर बनने का अवसर छोड़ दिया, तब क्या मैंने उसका निर्णय स्वीकार नहीं कर लिया? जरा भी तो जबरदस्ती नहीं की मैंने। यही सोचकर कि जब इसका मन नहीं है तो जरूर यह गलत होगा। वह गलत था, तो क्या यह भी कुछ कम गलत था? फिर भी···यदि इसके मन में कहीं जरा सा भी पछतावा है कि क्यों मेरे कहने से नाटकों में काम करना छोड़ दिया तो मैं कदापि नहीं चाहूँगा···मैं उससे स्पष्ट कह दूँगा कि अभी भी कुछ नहीं बिगड़ा है। अगर उसे इसी में आत्माभिव्यक्ति का सुख मिलता है, तो वह बेशक आजाद है यह रास्ता अपनाने को। मैं बाधक नहीं बनूँगा।

मैंने जान-बूझकर बड़ी जोर से दरवाजा खोला है अपनी कोठरी का। वह रसोई में है कि बैठक में? रसोई में ही है शायद। मुझे लग रहा है कि आज मुझे उससे साफ-साफ बात कर लेनी चाहिए। मीरा ठीक ही कहती है कि मुझे चीजों को टालने की, टालते रहने की आदत पड़ गई है और इसी से परेशानियाँ बढ़ती हैं।

'क्या पापा?' वह बिना मेरी ओर मुड़े, बिना मेरी तरफ देखे पूछ रही है। लगता नहीं बिल्कुल कि उसके स्वर में कहीं किसी तरह का उलाहना या खीझ है। बिल्कुल सहज स्वाभाविक टोन है उसकी। फिर भी···किया तो मैंने बहुत ही गड़बड़ काम। कितना भद्दा ढंग था मेरा बुलाने का? डाँटने-डपटने से भी ज्यादा

बुरा था। अपनी हिकारत जताना। इसने क्या कहा होगा उससे? कुछ तो कहा होगा ही, उस बेहद अटपटी और भद्दी स्थिति से खुद को, और उसको तथा मुझको भी उबारने के लिए। वह इत्ती समझदार जो है। कैसी भी स्थिति को सँभालना आता है उसे।

अचानक वह मुड़कर मुझे देखती है और मैं अचकचा जाता हूँ। 'क्या पापा! कुछ लिखा?' वह मुसकरा रही है। मैं भी मुसकरा रहा हूँ। मुसकराने के सिवा और मैं कर ही क्या सकता हूँ? 'कुछ नहीं बेटा, जरा प्यास लग आई थी। आज फ्रिज में बोतलें रखना भूल गए क्या तुम लोग? एक भी तो नहीं है। चलो, कोई बात नहीं, घड़े का ही दे दो।'

मुझे प्यास-व्यास कुछ नहीं लगी है। पर पी रहा हूँ पानी—खामख्वाह। गुस्सा ठंडा कर रहा हूँ। नहीं, गुस्सा तो बहुत पहले ही ठंडा हो चुका है। तो क्या मैं अपने पछतावे को ही सींच रहा हूँ। मीरा ठीक ही कहती है कि मैं चिड़चिड़ा होता जा रहा हूँ, पहले ऐसा नहीं था। क्यों होता जा रहा हूँ मैं दिनोदिन इतना चिड़चिड़ा?

'पापा! बहुत भूख लगी है क्या? बस दस मिनट में हो जाएगा। माँ सब्जी बनाके गई है।'

'नहीं तो,' मैं झुँझलाकर उलटे पाँवों लौट पड़ता हूँ। क्या-क्या सोच के आया था। अब कुछ नहीं कहूँगा। इसे मेरी भूख की पड़ी है। क्या मैं भूख से बिलबिला रहा हूँ? हद हो गई। ये बच्चे आखिर मुझे समझते क्या हैं!

□

पक्ष

कुछ भी अच्छा नहीं लगता। कुछ भी। वह आँखें मूँदे चारपाई पर पड़ा है खाना खाने के बाद। उसने कहा था, उसे भूख नहीं है और फिर खा लिया था चुपचाप पत्नी का चेहरा देखकर। एक तो अपनी इच्छा क्या है, इसी का निश्चय मुश्किल से होता है। दूसरे, हो भी तो दूसरे की इच्छा के आगे अपनी इच्छा को चुपचाप झुक जाने देना जैसे उसकी मजबूरी है। अजीब अरुचि और झल्लाहट के बीच निगले गए वे कौर···और इसके पहले भी!···किसने चाहा था नहाए? किसने चाहा था दाढ़ी बनाए? पत्नी नहीं टोकती तो वह सारा दिन वहीं छत पर लेटे-लेटे बिताना चाहता था। जब अंदर से कोई इच्छा ही नहीं, प्रेरणा ही नहीं किसी काम को करने की तो उसे आखिर किया ही क्यों जाए किसी के कहने से! मैं तो नहीं कहता तुम ऐसे नहीं, ऐसे रहो, ऐसे उठो, ऐसे बैठो। फिर मुझी को क्यों नहीं अपने ढंग से जीने दिया जाता।

ढंग! जीने का ढंग!···एक कड़वाहट धीरे-धीरे उसके भीतर फैलने लगी। ढंग तो वही है, जो वह मुझे सिखाना चाहती है। बेढंगा तो मैं हूँ कि मुझे कुछ भी अच्छा नहीं लगता। कुछ भी। पर मैं उसे यह कैसे समझाऊँ कि फिलहाल मुझे नहाना, खाना, दाढ़ी बनाना, गपशप, बाजार करना कुछ भी अच्छा नहीं लगता। तुम मुझे एक हफ्ते बिल्कुल मेरे हाल पर छोड़ दो, किसी चीज के लिए रोको-टोको नहीं। जैसे मैं रहूँ वैसे रहने दो। इससे तुम्हारा कुछ नहीं बिगड़ता और मैं अपने-आप अपने ढंग से सही हो जाऊँगा। इत्ती सी बात है। समझ लो तो कुछ नहीं है। न समझो तो पहाड़ है।

बगल के कमरे से बरतन माँजने की एकरस आवाजें···नीचे मकान-मालिक का रेडियो भी आज पता नहीं कैसे चुप है। ऐसा ही सुनसान रोज मिले तो? किसी

को यकीन ही नहीं होता कि मेरे पास रेडियो नहीं है और मैं अखबार भी नहीं पढ़ता। क्यों पढ़ूँ? किसके पास इतनी फुरसत है? मुझे जिस चीज की जरूरत ही महसूस नहीं होती, क्यों खरीदूँ उसे? महज रद्दी बढ़ाने के लिए, महज दूसरों जैसा दिखने को, दिखाने को कि हाँ, मेरे पास भी रेडियो है, मैं भी अखबार पढ़ता हूँ!

अब तो खैर, खरीदना ही पड़ेगा। अब तो मन्नो ने भी कह दिया बहुत बोर होती हूँ मैं दिन भर, जब तुम दफ्तर चले जाते हो। और पैसों का जुगाड़ भी उसी ने कर दिया है। वो बोर भी हो सकती है, इसका पता आज ही चला।

झाँय···झाँय···झाँय···आँखें मूँद लेने पर, जब चारों ओर सन्नाटा हो, कानों के पास यह क्या लगातार बजता रहता है? चीड़ के जंगल में दोपहर को खासतौर से जैसी झाँय-झाँय होती रहती है वैसी ही। सच कैसा अजब साम्य है! ऐसे ही लेटे-लेटे चुपचाप यही झाँय-झाँय सुनते रहना अच्छा लगता है। यतीन को लगता है, जैसे यह निहायत बेसिर-पैर की सृष्टि जो चारों ओर फैली हुई है···उसी के भीतर का वाहियात खालीपन ही है, जो इस तरह बज रहा है। कहीं ऐसा तो नहीं—उसके मन में आया, कहीं ऐसा तो नहीं कि यह आवाज और किसी को नहीं, सिर्फ मुझी को सुनाई पड़ती हो। नहीं! सुनाई तो सभी को देती होगी, पर उस पर इस तरह ध्यान शायद ही कोई देता होगा, जैसे मैं दे रहा हूँ—उसने सोचा। कहीं ऐसा तो नहीं कि यह आवाज मेरे ही भीतर से, मेरे ही दिमाग की खोखल से आ रही हो।

एकाएक उसे महसूस हुआ कि उसे चाय पीने की इच्छा हो आई है बेतरह और वह रसोई में घुसकर स्टोव जलाने लगा।

'तुम क्या कर रहे हो?' बाथरूम से पत्नी की आवाज आई।

'मैं चाय बना रहा हूँ। तुम्हारे लिए भी बनाऊँ?'

'नहीं भई। यह कोई चाय पीने का वक्त है?'

ये लो, इसे वक्त की पड़ी है। एक दो कौड़ी की इच्छा भी मेरी इसको नहीं पचती। वह अपनी झल्लाहट पर काबू पाने की कोशिश में चाय का सामान उठाकर जोर-जोर से पटकने लगता है।

'सुनो मैंने कहारिन की छुट्टी कर दी है।' पत्नी निचोड़े हुए कपड़े हाथ में लिये उसके पास खड़ी है, 'कोई दूसरी ढूँढ़ो?'

वह चुप रहता है। पत्नी पर उसे बेहद गुस्सा आ रहा है। क्यों कर दी लगी-लगाई कहारिन की छुट्टी? यह एक और समस्या है। अब कहाँ जाऊँ दूसरी ढूँढ़ने? मेरे को क्या और कोई काम ही नहीं है?

पत्नी उसे गौर से देखती है। पढ़ लेती है उसके चेहरे की सिलवटों को एक-एक करके। दस साल कम नहीं होते। वह उसकी नस-नस पहचानती है।

'तुम्हें कुछ पता भी रहता है, कितनी चीजें चुराई हैं उसने?'

'अरे! यह तो···बड़ी आफत है। क्या चुराया साली ने?' वह पूछने-पूछने को होता है। पर मुँह फाड़े हैरत का भाव काफी है। कुछ भी चुराया हो, अब जानने-सुनने से क्या फायदा? चुराया तो चुराया। सामान तो जो गया सो गया। और अब तो उसकी छुट्टी भी हो गई है। मगर दूसरी नौकरानी? यह तो बड़ा चक्कर है। कहाँ से लाऊँ ढूँढ़कर! वह तो बिचारे शुक्लाजी ने लगवा दी थी। तिस पर यहाँ तो कहारिनों का खासा यूनियन बना हुआ है। एक को छुड़ाओ तो बाकी सब सत्याग्रह कर देती हैं। कौन आएगी दूसरी ऐसे में काम करने?

मनोरमा सोचती है, आज अभी वह सिर्फ इतना कह दे कि 'तुम फिक्र मत करो। मैं सब चला लूँगी' तो तुरंत इस आदमी की सारी झुँझलाहट गायब हो सकती है और ढेर सा प्यार भी इसके मन में मेरे प्रति उमड़ आ सकता है। उसके दिमाग में बरसों पहले पढ़ी हुई कोर्स की हिंदी की किताब का एक वाक्य गूँजने लगता है—'स्त्रियों को उनकी आर्थिक पराधीनता के कारण ही हम प्यार करने को विवश करते हैं। इसीलिए उनके भीतर-ही-भीतर विद्रोह उमड़ता रहता है।'

मनोरमा अब इस विद्रोह का अर्थ कुछ-कुछ समझने लगी है। विवाह से पहले माँ-बाप के घर जो ट्रेनिंग उसे दी गई थी, उसे वह अपनी ओर से पूरा-पूरा निभाती आई है। एक-एक कर अपनी सारी उमंगें उसने बुझ जाने दी हैं। यतीन की आदर्श पत्नी और यतीन के माँ-बाप की आदर्श बहू बनने की कोशिश में। उसे आखिर क्या मिला? क्या यतीन के कुटुंब में उसे अपने माता-पिता के यहाँ का जैसा सहज अपनाव मिला? नहीं। क्या यतीन के लिए ही उसके किए-धरे की कभी कोई कीमत बनी? नहीं! नहीं! नहीं!

मनोरमा सब समझती है। समझने लगी है अच्छी तरह कि इस घर में उसकी हैसियत क्या है। नहीं! यहाँ उसकी भावनाओं का कोई मूल्य नहीं है। वह एक छाया है केवल, उसका कोई अपना व्यक्तित्व नहीं है, कोई पसंद नहीं है, कोई इच्छा नहीं है।···एक नौकरानी से भी बदतर हालत है उसकी। नौकरानी भी अपनी बात मनवा लेती है। देखा नहीं किस कदर धौंस दे रही थी। एक तो चोरी, उस पर सीनाजोरी।···और वह इस घर की मालकिन कहलाती है। जबकि सभी उस पर रोब गाँठते हैं। बच्चे तक। यतीन को कब उसकी परवाह रही? आज दस साल हो

गए यतीन लगातार हर माह अपना तनख्वाह का आधा हिस्सा अपने घर को भेज देता है। मनोरमा से उसने कभी कुछ पूछने की जरूरत नहीं समझी। मनोरमा ने कभी कुछ कहा? साल में एक बार मायके जाती है, वहाँ से जो दो-चार साड़ियाँ मिल जाती हैं, उन्हीं से पूरे साल गुजारा करती है। यतीन ने कभी उसे कोई साड़ी खरीदकर नहीं दी अपने मन से।

ठीक है, यतीन खुद अपने लिए भी कभी कुछ नहीं खरीदता। न तो उसे कुछ खाने-पीने का शौक है, न पहनने का। बस दिन भर अपने आप में खोया रहता है। यह भी सच है कि उसने कभी मनोरमा से कोई कड़वा लफ्ज नहीं बोला। पर क्या इतना ही काफी है? क्या यतीन की जिम्मेदारी सिर्फ अपने माता-पिता और भाई-बहनों के प्रति ही है? मनोरमा पहले यह सब नहीं सोचती थी। आजकल पता नहीं क्यों, बहुत सोचने लगी है। जब से यतीन का छोटा भाई प्रशांत मेडिकल कॉलेज में पढ़ने लगा है, तब से और भी। आखिर और भी तो कमानेवाले हैं। क्या उनकी कोई जिम्मेदारी नहीं?

सोचते-सोचते मनोरमा की आँखों में आँसू आ जाते हैं। यतीन कहाँ गया? शायद चाय का गिलास लेके ऊपर छत पर चला गया है। छुट्टी के दिन भी दो मिनट मनोरमा के पास बैठने की फुरसत नहीं है उसे। एक रेडियो खरीदने को कहा, उसमें भी इतनी कट-कट हुई। क्या फायदा ऐसी जिंदगी से?

मनोरमा फूट-फूटकर रोने लगती है। धीरज का बाँध बुरी तरह टूट पड़ता है। जीवन असह्य लगता है। माँ थी, वह भी चली गई। बाबू बीमार ही रहते हैं। एक भाई है, वह भी, जबसे उसकी शादी हुई, बदलता जा रहा है। कभी खबर भी नहीं लेता। मनोरमा सहसा अपने को बिल्कुल अरक्षित और अनाथ महसूस करने लगती है।

अभी परसों की ही तो बात है। दफ्तर से लौटकर घर में घुसते ही यतीन ने कहा था, 'मन्नो! कुछ प्राइमरी स्कूल की अध्यापिकाओं की वॉण्ट निकली है। मैं चाहता हूँ तुम भी अरजी भर दो।'

बाद में मनोरमा को खुद ही अपनी प्रतिक्रिया पर हैरत हुई। थोड़ा पछतावा भी हुआ यतीन का चेहरा देखकर। पर बात मुँह से निकल चुकी थी और भीतर की जिस घुटन से निकली थी, उसे कैसे कोई समझ सकता है! और अब तो उस सारे किस्से की याद आते ही लगता है, जो किया ठीक ही किया। कमजोर आदमी ही मारा जाता है। जो जितना झुकता है, उसे उतना ही ज्यादा झुकाया जाता है। फिर तो आदत पड़ जाती है।

उसने कुढ़कर जवाब दिया था, 'तुम तो खैर, चाहोगे ही। तुम क्यों नहीं चाहोगे। मगर कभी यह भी सोचा है कि मैं भी कुछ चाह सकती हूँ। मेरा भी कोई मन होगा। मेरी भी कोई इच्छा होगी?'

यतीन अवाक् जहाँ का तहाँ खड़ा रह गया था। फिर कहा था उसने, 'अरे भाई, तुम्हारी इच्छा न हो तो रहने दो। तुम्हीं ने तो कहा था एक दिन, मेरा मन नहीं लगता घर में बैठे-बैठे। कोई काम मिल जाता तो अच्छा होता। अब तुम्हीं···'

मनोरमा बीच ही में बुरी तरह भड़क उठी थी, 'मैंने जब कहा था, तब कहा था। अब मेरा मन नहीं है बस। तब मैं अपने मन से करना चाहती थी तो तुम नहीं चाहते थे। अब मैं नहीं चाहती तो तुम्हारे चाहने से मैं क्यों करूँ?'

क्या-क्या तो नहीं कह डाला था मनोरमा ने झोंक में आकर, तुम्हें आज मुझे नौकरी कराने की सूझ रही है, आखिर क्यों? इसीलिए न, कि भाई को भेजने के लिए पैसे कम पड़ रहे हैं और मैं तुम्हारे लिए आमदनी का एक जरिया बन सकती हूँ? उस वक्त तुम कहाँ गए थे, जब मैंने अपनी तरफ से इच्छा जाहिर की थी? याद है, उस वक्त तुमने क्या कहा था, क्या बहाना बनाया था? मैं क्या नहीं समझती, तुम्हें मेरी सेहत की नहीं, अपने सुभीते की चिंता थी; अपने स्वाभिमान की चिंता थी। अब क्यों नहीं होती? मुझे नहीं करनी नौकरी-फौकरी। सबका ठेका क्या मैंने ही ले रखा है?'

क्या हो गया था मनोरमा को उस वक्त? जीवन भर का सहा-भुगता सब एक ही दिन में निकल गया? उसे बाद में पछतावा भी हुआ। पर एक अजीब बात है। मनोरमा पछताना चाहती है, सचमुच पछताना चाहती है उस बात को लेकर। पर पाती है कि पछतावा बहुत गहरा नहीं है। उलटे कहीं गहरे में एक राहत है, एक सुकून है, जैसे कोई काँटा बहुत दिन का गड़ा निकल आया हो। यों उसे तत्काल महसूस हो गया था कि वह बड़ी ओछी बात कह गई है। पर रात तक वह इस ग्लानि से भी अपने-आप उबर आई थी और उसे पहली बार अपने 'कुछ' होने का सुखद अहसास हुआ था। और इसी विजय के अहसास में से एक करुणा भी उपजी थी अपने पति के प्रति। पर जाने कैसी उदासीनता है यह, जिसे भेदना उसके बस की बात नहीं रह गई है। कुछ भी नहीं घटित हुआ जैसे उसके लिए। वह सब पचा गया और मनोरमा एक अचंभे में बंद पड़ी-पड़ी करवट बदलती रही। अपनी करुणा भी कुछ देर बाद उसे स्वयं ही अतिरिक्त लगने लगी थी।

दूसरे दिन सुबह खाना खाते वक्त उसने यतीन से कहा था कि वह दफ्तर से

लौटते हुए फार्म ले आए, वह भर देगी, तो यतीन 'अरे हटाओ, रहने दो, जब तुम्हारी इच्छा नहीं, जबरदस्ती क्या फायदा' कहके चला गया था। क्या वह नाराज है? क्या वह उपेक्षा करके बदला ले रहा है? ऐसा भी तो नहीं लगता। इस आदमी के साथ यही तो मुश्किल है। निश्चय ही वह समझ गया है और समझकर चुपचाप स्वीकार भी कर लिया है उसने। पर मनोरमा तब से मन-ही-मन और कुढ़ी जा रही है। अपने भीतर आ रहे बदलाव को वह जितना ही मजबूती के साथ महसूस करना चाहती है, उसे उतना ही असहज लग रहा है। जिसे सबसे पहले महसूस होना चाहिए था, उसे ही नहीं हुआ तो वह अपनी इस नई अनुभूति का क्या करे, उसकी समझ में नहीं आ रहा है।

यतीन को लेटे-लेटे झपकी सी आ गई थी क्या? धूप कित्ती सिमट आई है! सोने और जागने के बीच की सीमा-रेखा ही जैसे मिट गई है उसके लिए। कुछ भी अच्छा नहीं लगता। कुछ भी। अभी दोनों बच्चे स्कूल से लौट आएँगे और बस्ता फेंककर 'पापा-पापा' चिल्लाते हुए ऊपर आ धमकेंगे। सच, उसे लगता ही नहीं—वह दो बच्चों का पिता है। घर छूटा, इस परदेश में आए भी सालों गुजर गए, पर वह जैसे वहीं का वहीं है। क्यों नहीं वह औरों की तरह सहज हो सकता। क्यों नहीं ढाल सकता स्वयं को परिस्थिति के मुताबिक। अजीब असहायता और बेचारगी मन पर घिरी रहती है। जीवन जैसे वहीं बीस साल पीछे छूटा रह गया है। यतीन को आज भी अच्छी तरह याद है—जब यूनिवर्सिटी पढ़ने गया था, वहाँ भी हॉस्टल में महीनों माँ को याद कर-करके रोता रहा था। माँ के हाथ के बनाए शकरपारे एक-एक, दो-दो करके महीने भर चलाता था, जिससे वहाँ से जुड़ा रहे।

अब भी साल में एक बार वह लंबी छुट्टी लेकर घर जाता ही है। उसे लगता है वह ग्यारह महीने नौकरी इसीलिए करता है कि एक महीना घर पर रह सके। घर, याने जहाँ उसकी माँ है। कितनी वाहियात बात है, मगर कितनी सच। ऐसा सच, जिसे औरों से तो क्या, अपने से ही कबूल नहीं किया जा सकता। पर जो इसके बावजूद उससे चिपटा हुआ है और उसे कहीं भी पूरी तरह होने नहीं देता। वहाँ उसे यहाँ का सबकुछ भूल जाता है—यह नौकरी, ये संगी-साथी, ये शहर, यह दिनचर्या सबकुछ एक दुःस्वप्न की तरह झड़ जाता है। और जब छुट्टियाँ खत्म होने लगती हैं तो कैसी तकलीफ होती है! कोई नहीं समझ सकता। कोई नहीं।

छोटा था तभी से सोचा करता था माँ को अपने पास ही रखूँगा हमेशा। वैसा भी नहीं हो पाया। वह सपना पूरा होने की नौबत ही नहीं आई। अब तो असंभव ही

है। अब तो माँ भी बहुत बूढ़ी हो गई। आँखों में जाने क्या हो गया है, बिल्कुल दिखाई नहीं देता। ऑपरेशन के बाद भी हालत जरा भी नहीं सुधरी। किसी दिन माँ भी··· ! यतीन की आँखों के आगे अँधेरा छा जाता है।

हठात् यतीन को वह दिन याद आता है, जिस दिन उसकी बारात घर से चली थी। एक दूर के रिश्ते की दीदी ने कहा था उससे, 'अपनी माँ के गले मिलो। यह रस्म है। इसका मतलब यह होता है कि तुम्हारी माँ ने तुम्हें आज से एक दूसरी स्त्री को सौंप दिया।' यतीन को कैसा-कैसा तो लगा था। वह बात उसके भीतर गहरे कहीं भिद गई थी। मन्नो को उसने एक बार बताया भी था। मन्नो ने क्या जवाब दिया था? मन्नो ने कहा था, 'क्या वाहियात रस्म है! कितनी बेकार की बात है!' और यह सुनकर यतीन को मन-ही-मन बुरा लगा था। क्यों लगा था? शायद उसे ऐसी प्रतिक्रिया की कल्पना नहीं थी। फिर उसने उससे कहा ही क्यों था? किस उम्मीद से कहा था?

···बच्चे क्या अभी तक आए न होंगे? यतीन एकाएक हड़बड़ाकर उठ खड़ा होता है। छत पर नीचे की आवाजें मुश्किल से पहुँच पाती हैं। यह छत यतीन को बहुत प्रिय है। घर का हिस्सा होते हुए भी घर से अलग और निरपेक्ष···यहाँ वह अक्सर बैठता है, जब कोई काम नहीं होता। सीढ़ियाँ उतरते हुए वह मन्नो का सामना करने के लिए ठिठककर सोचने लगता है, फिर एक नजर घड़ी पर डालता है। अभी समय है और वह मन्नो को पिक्चर दिखाने ले जा सकता है। पर क्या वह यह प्रस्ताव सहज ढंग से मन्नो के सामने रख सकेगा? और क्या वह सहज ढंग से उसे स्वीकार कर लेगी? पता नहीं वह किस मूड में हो। बच्चे शायद इसमें मददगार हों। और वह जोर-जोर से बच्चों को पुकारता हुआ सीढ़ियाँ उतर जाता है।

□

जानकी

लड़के को लड़कों का साथ अच्छा नहीं लगता था, ऐसी बात बिल्कुल नहीं थी। खेल-कूद, सैर-सपाटा, गाना-बजाना सभी कुछ तो लड़कों के साथ ही निभता था और उस बाजारू मुहल्ले में भला लड़कों की क्या कमी थी। मगर कुछ होगा जरूर इन हमजोलियों की दुनिया में, जो कहीं-न-कहीं उसे बिदकाता होगा, कहीं- न-कहीं उसे एक खालीपन का एहसास कराता रहता होगा और लड़कियाँ उसके इसी खालीपन को भरती होंगी। तभी तो वह उनका साथ पाने का अवसर ढूँढ़ता रहता था और बहुत आसानी से अवसर पा भी लेता था। ऐसा करते हुए उसे वैसी झिझक या झेंप भी महसूस नहीं होती थी, जैसी झिझक और झेंप उसकी उम्र के किसी भी लड़के को होनी चाहिए थी। आखिर वह कोई बच्चा तो था नहीं, सातवीं-आठवीं में पढ़ रहा था। गनीमत यही कि उसके स्वभाव और आचरण की इस विचित्रता पर उन दिनों किसी का ध्यान नहीं गया, नहीं तो जैसा कच्चे फोड़े सरीखा मन था उसका, जरा सी बात पर बुरी तरह दुख जानेवाला और कई-कई दिनों तक भीतर-ही-भीतर कलपते रहनेवाला—वैसे में उसकी क्या दुर्दशा हुई होती, सोचकर ही अजीब लगता है।

दरअसल, उसे लड़कियों, बल्कि कहना होगा स्त्रियों के बीच इसलिए भी अच्छा लगता था कि लड़कियाँ या स्त्रियाँ खुद भी उसे बहुत पसंद करती थीं। यानी कुछ ऐसा था कि लड़कियों के बीच जब भी वह होता था, अपने को ज्यादा भरा-पूरा ज्यादा उमंग और उत्साह से छलछलाता हुआ महसूस करता था। जैसे वह अपने ही आँगन में उगा सफेद फूलों से लदा हुआ आड़ू का पेड़ हो, जिसकी डालों पर कोंपलें-ही-कोंपलें फूट रही हों। ऐसा अनुभव उसे अपने साथी लड़कों के बीच क्यों नहीं होता था? क्या इसे यों कहा जाए कि वह अपने को लड़कों

के बीच कम लड़का महसूस करता था और लड़कियों के बीच अधिक लड़का? आखिर उसमें, उसके स्वभाव में ऐसी क्या चीज थी, जो लड़कों के बीच तो मानो अपने आप मुरझा जाती थी, मगर लड़कियों के बीच अपने आप खिल आती थी? यह बात उसके साथ के किसी लड़के के बारे में नहीं कही जा सकती थी। उसे अच्छी तरह मालूम था, उसके दोस्तों में से कोई भी लड़कियों के साथ उठना-बैठना पसंद नहीं करता। उसकी बहनें जरूर हैं—बहनें क्या, दीदियाँ, बेहद प्यारी-प्यारी दीदियाँ, जो उसके घर नहीं हैं और जिनका न होना उसे कभी-कभी बहुत अखरता भी है। पर इस अभाव की भरपाई खुद उन दूसरे लड़कों की दीदियों से हो जाती है। लड़का यह भी साफ महसूस करता है कि लालू की दीदी या मुन्ना की दीदी जितना अपने भाई को प्यार करती होंगी, उससे कहीं ज्यादा तो वे उसको प्यार करती हैं और इसमें लालू या मुन्ना को कोई बुरा भी नहीं लगता, अच्छा ही लगता है। फिर लालू और मुन्ना को अपनी दीदियों के साथ बैठने की न तो फुरसत है, न कोई खास इच्छा। उसकी बात और है। वह तो उनके पास बैठने-बतियाने के बहाने ढूँढ़ता रहता है। और जब कभी वे उससे पीछे के रास्ते चुपके से मलाई बरफ या मीठा पान ला देने को कहती हैं, वह फूला नहीं समाता। वे बाजार नहीं जा सकतीं और भाई लोगों को ऊधमबाजी से ही फुरसत नहीं। तो क्या वह उनके लिए इतना भी नहीं कर सकता? वह उनके लिए कुछ भी कर सकता है, कुछ भी। उनका हँसना-बोलना, उठना-बैठना, चलना-फिरना सभी कुछ तो उसे अद्‌भुत लगता है। लय-ताल में बँधी हुई मीठी रागिनी की तरह। उसका मन ही नहीं भरता उन्हें देखने से। जी चाहता है, बस इसी तरह उनके पास, उनके सामने ही बैठा रहे, उनकी हर गतिविधि को कौतुक से निहारते हुए। अब जाहिर है, ये बात क्या वे भी नहीं जानती होंगी? जरूर जानती होंगी। तभी तो उसे देखते ही वे इतनी खुश हो जाती हैं और काम में लगी होने के बावजूद इतने रस और कुतूहल के साथ उसकी बातें सुनती रहती हैं। उसे पता है, लड़कों की अपेक्षा लड़कियाँ उसकी बातों से ज्यादा प्रभावित होती हैं। अब इसका जो भी कारण हो।

यों खेल-कूद में उसका मन साथ के लड़कों से कम नहीं, कुछ ज्यादा ही लगता था। मगर जाने क्या बात थी कि न उससे कभी गोल करते बनता था, न सामनेवाले को उस खूबी से छकाते, जैसे लालू या मोहन या रंभू कर लेते थे। फिर भी, चूँकि उसे दोस्तों की ये खिलाड़ी खूबियाँ भी अपनी ही लगती थीं,

खुद अपनी कमी उसे बिल्कुल नहीं अखरती थी? खेल में मजा आ रहा है, इतना ही उसके लिए काफी था। पर जैसे-जैसे उम्र बढ़ती गई, धीरे-धीरे अपनी मामूलियत का एहसास उस पर हावी होता गया। एक दिन, जब वह गेंद लेकर गोल की तरफ बढ़ रहा था, हाफ-बैक जीतू ने कुछ इस तरह स्टिक अड़ाई कि वह मुँह के बल गिर पड़ा। गिरते-गिरते गुस्से में उसके मुँह से जाने क्या निकला कि जीतू 'अबे साले, तुझे मजा चखाता हूँ' कहते हुए उस पर चढ़ बैठा और उसकी खासी ठुकाई कर डाली। यह पहला मौका था, जब उसके साथ ऐसा सुलूक हुआ था। औरों के साथ तो यह आम बात थी, लेकिन खुद उसे आज तक किसी ने हाथ तक नहीं लगाया था। उसका कभी झगड़ा ही नहीं होता था किसी से, तो ऐसी नौबत आती कैसे? बाजारू गालियाँ, जो उसके सारे दोस्तों की जुबान पर हरदम चढ़ी रहती थीं, उसके मुँह से कभी सुनी नहीं गई थीं। मुहल्ले में हर तरह से वह एक आदर्श लड़का माना जाता था। एक आदर्श लड़के के लिए बीच बाजार में इस तरह अपने से छोटे छोकरे से इतनी गंदी गाली खा जाना और पिट भी जाना। इससे बुरी बात भला क्या हो सकती थी! हफ्तों बल्कि महीनों तक वह उस शर्म और ग्लानि से ही नहीं उबर पाया था। मिट्टी में मिला देनेवाला अनुभव था वह उसके लिए।

कितनी अजीब बात है कि बाद के बरसों में जब भी जीतू उसके सामने पड़ता था, उसे वही दृश्य याद आ जाता था। भले अब जीतू उसके छोटे भाई का दोस्त था, उसके पाँव छूके पैलागो कहता था, उसे वह अब भी अपनी छाती पर चढ़ा ही महसूस होता था। वास्तव में जीतू उस घटना को एकदम ही भूल चुका था, जबकि वह बिल्कुल नहीं भूला था। लड़के कितनी आसानी से पुरानी बातें भुला देते हैं! पर उसकी बात दूसरी थी। शायद लड़कियाँ उतनी आसानी से नहीं भूलतीं। तो क्या यह भी एक खासियत थी उसकी, जो उसे लड़कों की अपेक्षा लड़कियों से ज्यादा जोड़ती थी!

एक और घटना याद आ रही है—इसी तरह की फजीहत की। स्कूल में उसके क्लास के ही किसी लड़के ने उसे धमकी दी है—'ठीक है, बेटा, स्कूल के बाद मिलना।' मगर क्यों? उसने किया क्या था? झूठ-मूठ नाम लिख दिया था उसका मॉनीटर ने। हाँ, मॉनीटर ही तो था वह—क्या नाम? धपोला। हल्ला कोई और कर रहे थे, नाम उसका ब्लैकबोर्ड पर लिखा गया था। पहले झापड़ के बाद मौलवी साहब का दूसरा झापड़ पड़ता, इससे पहले ही वह चीख पड़ा था—'मैंने

कुछ नहीं किया मास्साब। देखिए, मैं तो चुपचाप यह तश्तरी बनाने में लगा था। इसी ने मुझसे हिसालू तोड़ लाने को कहा। मैंने मना कर दिया तो इसने झूठमूठ मेरा नाम लिख दिया। ये विनोद और पीटर हिसालू लेने गए थे। आप इसका बस्ता खोलके देखिए, अभी भी उसमें पड़े होंगे।' मौलवी साहब ने जाँच की तो उसका आरोप सही साबित हुआ। बस मौलवी साहब ने बेचारे मॉनीटर धपोला की वो सुनाई की कि पूछो मत। और ऊपर से उसकी मॉनीटरी छीनके दूसरे लड़के को सौंप दी। लड़का मॉनीटर नहीं बनना चाहता था। सारे लड़के उसके खिलाफ जो हो गए थे। सत्यवादी समझे जाने की बजाय वह चुगलखोर समझा जाने लगा था। चुगलखोर, डरपोक और जाने क्या-क्या!

मौलवी साहब यों तो बेहद मजाकिया थे। मगर गुस्सा आता था तो अंधाधुंध हाथ चला देते थे। उसे खुद बहुत पछतावा हुआ था धपोला की उस तरह सुनाई होते देखकर। मगर···अब तो जो होना था, हो ही चुका था। क्राफ्ट का पीरियड खत्म होते ही अखरोट के पेड़ के नीचे धपोला ने उसकी पीठ पर एक घूँसा जमाया था और कहा था, 'बेटा, स्कूल के बाद मिलना। तेरी सारी मॉनीटरी निकाल दूँगा।' इतने में बिरजू···उसके अपने मुहल्ले का सबसे दादा लड़का उसके पास आ गया था। उसकी बाँह थाम ली थी उसने। 'मेरे साथ चलना घर। मैं देख लूँगा साले को। तू फिकर मत कर।'

बिरजू मुहल्ले का सबसे बदनाम लड़का था। दो साल से फेल हो रहा था। लड़के से उसकी उस तरह कभी कोई घनिष्ठता नहीं रही थी। मगर अपने मुहल्ले का, अपने बाजार का लड़का, बाहर के छोकरों के हाथों पिटे, यह वह कैसे सहन कर सकता था। घात लगाए बैठे तीन-तीन दुश्मनों पर उस दिन अकेला बिरजू भारी पड़ा था। उसी के बूते कुछ दिन मॉनीटरी भी चल गई थी। मगर धीरे-धीरे पता नहीं क्यों, बिरजू की छत्रछाया उसे अखरने लगी। लड़के जब-तब उसे पिट्ठू, चुगलखोर और जाने क्या-क्या कह देते। वह भीतर-ही-भीतर जल-भुन जाता। यों भी, बाजार का होते हुए भी बाजारू लड़कों की अपेक्षा वह उन साफ-सुथरे और पढ़ाई में तेज लड़कों से कहीं ज्यादा नजदीकी महसूस करता था, जो उसकी बदकिस्मती से मॉनीटर के ग्रुप के साथ थे। उसने उन्हीं से मेल-जोल बढ़ाना शुरू कर दिया और उन्हें अपने पक्ष में कर लिया। फिर हिम्मत करके उसने अपने बॉडीगार्ड बिरजू से भी पल्ला छुड़ा लिया।

शायद यह उन्हीं दिनों की बात होगी, जब उसने म्युनिसिपैलिटी की व्यायाम-

शाला में जाना शुरू कर दिया था। बिरजू की अंगरक्षकी से पल्ला छुड़ाने का बस एक ही रास्ता था—बिरजू की तरह पहलवान बनना। उसका दुर्भाग्य कि वहाँ भी उसकी भूमिका दर्शक से आगे नहीं बढ़ पाई। कितने मुग्ध भाव से देखता रहता था, वह अपने से थोड़े ही बड़े लड़कों को मुगदर हिलाते हुए या पैरेलल बार पर जिमनास्टिक करते हुए। देखते समय तो लगता था, जैसे वही यह सब कर रहा हो—उसके पुट्ठे, उसकी टाँगें भी उतनी ही मजबूत और लचीली हों। मगर तीन महीने लगातार झख मारने के बाद भी वह कुछ नहीं सीख पाया था। मुगदर तो उससे उठते ही न थे। वहाँ पांडेखोला के एक गुरुजी आते थे। उन्होंने उसे जिमनास्टिक सिखाना शुरू किया। साथ के लड़के तो फटाफट करने लगे, मगर उससे कुछ बना नहीं। गुरुजी ने तंग आकर तीसरे दिन उससे कह ही दिया—'तुम तो मुरदे की तरह अकड़ जाते हो। ढीला नहीं छोड़ सकते बदन को? ऐसे तो तुम कभी कुछ नहीं सीख सकते।' वह इस कदर हतप्रभ और रुँआसा हो गया था कि दो दिन गया ही नहीं। तीसरे दिन गुरुजी ने उस पर तरस खाके उसे दंडबैठक सिखाना शुरू किया। दंडबैठक थोड़ी सीख गया तो उसका हौसला बढ़ाने को उन्होंने उसे 'पैरलल बार' का सबसे आसान व्यायाम करके दिखाया। 'चलो, करके दिखाओ···शाबाश' उन्होंने उसे दूसरी बार करने को उकसाया ही था कि वह अचानक अपना संतुलन खो बैठा और धड़ाम से नीचे गिर पड़ा। और तो और, गुरुजी तक हँस पड़े। धरती फट जाती तो वह उसमें समा जाता। बस, उस दिन के बाद उसने कभी उधर का रुख नहीं किया। पहलवान बनने का शौक हमेशा-हमेशा के लिए मिट गया। उसके बाद आसन और प्राणायाम सीखने का दौर शुरू हुआ। उसमें थोड़ी प्रगति भी हुई। मगर जो सबसे सुंदर आसन थे—मयूरासन और शीर्षासन; वे तो उससे लाख कोशिश के बाद भी बनते ही नहीं थे। जबकि पुरोहितजी का लड़का, जो पढ़ने में भी उसका निकट प्रतिद्वंद्वी था, सारे-के-सारे आसन बड़े मजे में कर लेता था। यहाँ भी वह पिट गया तो उसने सुबह-सुबह घूमने जाना शुरू किया। कोई अखबार आता था उसके यहाँ, जिससे उसे पता चला कि यह गांधीजी का प्रिय व्यायाम है। बस, यह बात उसे जँच गई। सूर्योदय से पहले ही निकल ही जाता और कम-से-कम चारेक मील का चक्कर लगा आता। इसमें सीखने जैसा कुछ नहीं था। न किसी के साथ या सहारे की जरूरत थी। रोज नए-नए रास्ते और नई-नई दिशाएँ खोजता। जंगलों की तरफ निकल जाता और छुट्टी हुई तो घंटों वहीं किसी निर्जन

में बैठा प्रकृति की शोभा निहारता रहता। कभी कोई किताब भी साथ ले जाता। कभी कविता सूझती तो वहीं कविता भी लिखने बैठ जाता। लौटकर उसे लगता, उसने सबको पीछे छोड़ दिया है। क्या रखा है पहलवानी में! नटों की तरह उलटे-सीधे कतरब दिखाने में। असली व्यायाम तो यह है। व्यायाम-का-व्यायाम, मस्ती-की-मस्ती। उसे पता नहीं था, वह इतना एकांतप्रेमी है, इतना प्रकृतिप्रेमी है। इतना ही क्यों, अब उसे यह भी समझ में आने लगा कि उसमें और दूसरे लड़कों में क्या फर्क है। वह कवि है, कलाकार है, और जाने क्या-क्या है, जो उसके साथ के लड़के नहीं हैं। कहीं से भी नहीं।

उसे यह देखकर अचंभा होता था कि लड़के, क्लास में अव्वल आनेवाले ब्राह्मणों के लड़के तक उसकी तरह सैर-सपाटे में कोई दिलचस्पी नहीं दिखाते। न उन्हें एकांत का अथवा प्राकृतिक सौंदर्य का वैसा ही चस्का है, जैसा कि उसे है। तो क्या लड़कियाँ इस मामले में लड़कों से अलग होती हैं? क्या वे प्रकृति के अधिक निकट होती हैं? क्या वे भी उसी की तरह एकांतप्रेमी होती हैं? जंगलों और नदी-नालों के बीच भटकने का उनको भी क्या वैसा ही नशा होता है जैसा उसे है? शायद नहीं। मगर...लड़के को लगता है, उन्हें इसकी क्या जरूरत है? वे तो खुद ही अपने आप में नदी-झरना-जंगल होती हैं। क्या उसे उनके साथ बिल्कुल वैसी ही ताजगी और फुरती महसूस नहीं होती? जितनी भी देवियाँ हैं यहाँ, वे सब-की-सब पहाड़ों की चोटियों पर ही क्यों बिराजती हैं? उन्हें वहीं अच्छा लगता होगा, तभी तो? तभी तो देवी के नाम पर ही इन सारे पहाड़ों का नाम भी रखा है। अब जैसे उत्तर की ओर जो सबसे ऊँचा पर्वत है, जिधर वह रोज टहलने जाता है। वह कासारदेवी कहलाता है कि नहीं? पूरबवाली चोटी का नाम बानड़ीदेवी क्यों है? पच्छिम में जो सबसे बड़ा, सबसे घना जंगल से ढका पर्वत है, वह भी तो स्याहीदेवी है। है कि नहीं? और लड़कियाँ लगती भी कभी-कभी बिल्कुल देवी जैसी ही हैं—नहीं? खासकर तब, जब वे कुछ बोलती नहीं, चुपचाप मूढ़े पर बैठी-बैठी मुसकराती रहती हैं—मोहनी दीदी की तरह। या जैसे कभी-कभी वह बगलवाली जानकी लगने लगती है। कब? जब वह रात को अपने नाना को ऊपर खाने के लिए भेजकर दुकान समेटने आती है। जैसे दो की जगह चार हाथ उग आए हों उसके, कितने फटाफट सारे काम निबटाती है और फिर भी सामने बैठे लड़के को लगता है, वह कुछ नहीं कर रही है, सिर्फ उसकी बातें सुनती हुई चुपचाप बैठी है। आँखों-ही-आँखों में हँसती

हुई। जैसे उसके आ बिराजने से ही सारे काम अपने आप होते चले जा रहे हों। कमाल है, इतने पास रहते हुए भी जानकी से उसकी दोस्ती इतनी देर में क्यों हुई होगी? ठीक है कि उससे कम-से-कम चार-पाँच साल बड़ी होगी वह। मगर मोहनी दीदी ही कौन उसके बराबर है? वैसे मोहनी दीदी की बात अलग है, जानकी की बात अलग है। वह उसे जानकी दीदी नहीं कहता। वह सिर्फ जानकी है, दीदी नहीं है। उसका दीदी न होना ही सुंदर लगता है। देवी तो वह जरूर है, मगर दीदी नहीं है। देखा नहीं, उस दिन बानड़ीदेवी के मंदिर में?

सच में ऐसा कभी नहीं हुआ उसके साथ, जैसा उस दिन हुआ। अरे हाँ, तभी से तो जानकी से दोस्ती हुई है उसकी सचमुच। यों तो रोज उसे देखता है, छत पर या आँगन में कपड़े सुखाते हुए, पौधों को पानी देते हुए। फिर पहले क्यों नहीं जानकी से उसकी ऐसी दोस्ती हुई? यह बात समझ में नहीं आती। हाँ, जानकी की जो छोटी बहन है—पारो, उससे जरूर उसकी काफी पहले से जान-पहचान है। उसके साथ तो वह खेलता भी रहा है। तो क्या जानकी उसे अपने से इतनी बड़ी लगती रही होगी? बड़ी तो मोहनी दीदी भी है। फिर कभी जानकी को जानकी दीदी कहके बुलाया हो, ऐसा भी तो नहीं याद पड़ता। वह उस तरह अपनी तरफ से हँसने-बोलनेवाली भी तो नहीं थी। उसकी तरफ वह पहले ध्यान ही कहाँ देती थी। कभी आती भी थी, तो माँ से ही बात करती थी, उससे नहीं। उसे बहुत गुस्सा आता था।

अब तो उसे जिधर देखो, जानकी-ही-जानकी दिखाई देती है, जानकी-ही-जानकी सुनाई पड़ती है। परंतु अभी तक कहाँ थी वह…? सच में लड़के को एकाएक भरोसा ही नहीं होता कि उस दिन, जिस दिन जानकी के घर के लोग और उसके घर के लोग साथ-साथ बानड़ीदेवी गए थे और लौटते में जंगल में बाकी लोग आगे निकल गए थे और वो और जानकी मंदिर में झूला झूलते रहने के कारण पीछे छूट गए थे और काफी दूर तक जंगल के भीतर बस वे दोनों ही थे। और कोई नहीं था। काफी देर के बाद वे लोग उनको पकड़ पाए थे—घर के लोगों को, पता नहीं उसी दिन से तो जानकी से उसकी दोस्ती शुरू हुई है। ऐसी दोस्ती, जैसी आज तक किसी लड़के की किसी लड़की के साथ नहीं हुई होगी। साक्षात् बानड़ीदेवी ही मानो उसके साथ झूला झूल रही थी…साक्षात् बानड़ीदेवी ही जैसे उसे जंगल की सैर करा रही थी। उसकी तो समझ में ही नहीं आ रहा था कि जानकी को यह हो क्या गया है? यह वही जानकी है कि

कोई और? निश्चय ही यह वह जानकी तो नहीं थी। क्या उसने कभी उसे इस तरह खिलखिलाते देखा था? इस तरह दौड़ते-फिसलते-कूदते देखा था? वह जो उससे बात तक नहीं करती थी, उसकी तरफ देखके मुसकराती तक नहीं थी, यह कैसे हो सकता है कि वही लड़की अब उसके साथ झूला झूल रही है और सबको छोड़कर उसी के साथ लगी हुई है। आखिर उसी ने तो खुद उसका हाथ पकड़ा था, कब? जैसे ही मंदिर से थोड़ी दूर चलने के बाद उतार शुरू हुआ था। कितना मजा आ रहा था चीड़ की पत्तियों पर साथ-साथ फिसलने में।···कैसे वह अचानक दौड़ पड़ी थी और उससे बोली थी—'तू अभी यहीं खड़े रहना। जब मैं आवाज दूँगी, तभी मेरे पीछे दौड़ना। देखूँ, मुझे तू पकड़ सकता है कि नहीं। मैं एक जगह छुपी रहूँगी, हाँ?'

जहाँ से घना जंगल शुरू होता था, वहीं पर उसको यह खेल सूझा था। चीड़ के जंगल में छुपने की जगह ही कहाँ होती है। और तब काफी देर बाद उसकी कूक सुनाई पड़ी थी और वह दौड़ पड़ा था उसकी तरफ। बड़ी देर तक जब वह कहीं दिखाई नहीं दी थी तो उसे कैसा अजीब डर सा लगने लगा था···उस सन्नाटे में, जो कि झिल्लियों की लगातार झंकार से और ज्यादा गाढ़ा होता जा रहा था। कहीं कोई आदमी नहीं, कहीं कोई आवाज नहीं। हवा भी चलनी बंद हो गई थी···और अब तो वह पतली सी पगडंडी भी नहीं दिखाई दे रही थी, जिस पर वे दोनों अभी तक चलते आ रहे थे और जो अचानक बाँस के एक घने झुरमुट के बीच गुम हो गई थी। उसने तो अपनी समझ से झुरमुट का हर कोना छान मारा था। मगर जानकी का कहीं पता नहीं था कि अचानक पीछे से बिना रत्ती भर भी आहट किए वह आई और उसकी आँखों को अपनी हथेलियों से ढक दिया। एक पल को तो वह सचमुच ही डर गया था। नहीं-नहीं! इसमें डरने की क्या बात थी। उसकी आँखों के सामने साक्षात् बनदेवी खिलखिला रही थी। 'चल, अब मैं तुझे ढूँढूँगी। तू भाग।' पर वह तो बनदेवी को अपलक निहारता ठगा सा खड़ा रह गया था। 'भाग न!' वह कह रही थी और वह आवाज तो जानकी की ही थी। अभी भी आँख बंद करता है तो उसका वही रूप सामने आ जाता है।···'अच्छा रहने दे। चल, तेरी माँ फिकर कर रही होगी ये दोनों कहाँ रह गए।' उसका हाथ पकड़ लिया था उसने और सारे रास्ते पकड़े रही थी। 'तू डर गया था न?···क्यों डर गया था रे तू?' उससे यह भी कहते नहीं बना था कि वह बिल्कुल नहीं डरा था। इसमें डरने की क्या बात थी।

वह अभी तक उस मंत्रमुग्ध अवस्था से ही नहीं उबर पाया था। कुछ हो गया था उसे—जाने क्या? 'तुझे छुप्पन-छुपाई अच्छी नहीं लगती?' वह उससे पूछ रही थी। 'क्यों नहीं?' उसने हड़बड़ाकर जवाब दिया था—'अब मैं छुपूँ? तू मुझे ढूँढ़ेगा।' वह खिलखिलाकर हँस पड़ी थी। 'अब क्या? अब तो जंगल भी खत्म हो गया। वो देख, मोटर सड़क भी दिखाई देने लगी।' सच में, सामने मोटर सड़क दिखाई दे रही थी। कितनी जल्दी जंगल खत्म हो गया था। सारा जादू ही जैसे छू-मंतर हो गया एक ही झटके में। 'पहले कितना खेलते थे हम लोग। अब तो···।' उसने चौंककर उसकी तरफ देखा था। उसकी आवाज कैसी अजीब सी लग रही थी। 'कितने बरसों बाद झूला झूलने को मिला। कितने बरस हो गए बानड़ीदेवी आए। पहले कितना आते थे?' उसे झटका सा लगा था। वह अभी तक जानकी को बानड़ीदेवी से अलग नहीं कर पा रहा था। अगले ही क्षण उसने पाया कि उसका हाथ जानकी के हाथ से छूट गया है। उसे बड़ा बुरा लगा था। मगर जैसे ही सड़क के मोड़ के उधर से अपने भाइयों की और माँ की आवाजें उसके कानों में पड़ीं, उसकी समझ में आ गया कि जानकी ने अचानक क्यों उसके हाथ से अपना हाथ छुड़ा लिया।

क्या बानड़ीदेवी की सैर में लीला भी साथ नहीं थी? ऐसा हो ही कैसे सकता है? सारे-के-सारे लोग थे। ओह, कहीं उसी दिन से तो लीला नाराज नहीं है? अरे, अभी तक उसकी दोस्ती जो थी लीला से ही तो थी। वह लड़कियों के स्कूल में पढ़ती है; पर है तो उसी की क्लास में। कितनी बार तो उसे अंग्रेजी पढ़ाई है। कितनी बार तो उसके सवाल लगाकर दिए हैं। अब तो सामने भी नहीं पड़ती। उसे देखते ही मुँह फेर लेती है। पहले छत पर वो होता था तो खुद भी चली आती थी। अब बड़ी परदे की रानी बन गई है।

वो तो अभी छोटी है। बाजार तक जा सकती है। उसे तो कोई रोक-टोक नहीं। फिर क्यों घुसी रहती है हर वक्त पूजा की कोठरी में? बड़ी भगतिन बनी हुई है आजकल। क्यों? उस दिन घंटा भर बैठा रहा, दरवाजा नहीं खोला। मैं क्या अपने काम से गया था? मुझे तो जानकी ने ही आवाज दी थी—'जरा इधर आना नब्बू। मुझसे नहीं बन रहा है इसका नक्शा।' मैं घंटे भर तक उसी का नक्शा बनाता रहा और वह अपनी कोठरी में घुसी रही। कितनी बार आवाज देके बुलाया उसे जानकी ने। मगर ऐसे करती रही, जैसे बहरी हो गई हो। अपनी बहन से ही जलती है। जानकी मेरे यहाँ आती है, मेरे पास बैठती है, मुझसे खूब बातें करती है—यह

उसे बिल्कुल नहीं सुहाता। क्या मैं इतना भी नहीं समझता?

हाँ, उस दिन थी तो लीला, हमारे साथ ही तो थी। मैं और जानकी इतनी देर तक साथ-साथ झूला झूलते रहे और फिर जंगल में भी साथ-साथ घूमते रहे—यह बात उसे चुभ गई होगी कहीं बुरी तरह। नहीं? तभी तो रास्ते भर मुँह लटकाए रही। अब इसमें मैं क्या कर सकता हूँ?

सच है, लड़का इसमें भला क्या कर सकता है? जानकी जो पहले उसे मुँह तक नहीं लगाती थी, अब उसपर पूरा कब्जा किए हुए है—यह बात क्या लीला को नहीं खटकेगी? और यह नब्बू! कुछ काम नहीं है इसको, जो रात को घंटे-घंटे भर दुकान में जाने क्या खुसर-पुसर करता रहता है उसके साथ। लीला क्या इतना भी नहीं जानती कि दीदी को इतनी देर क्यों लगती है आजकल दुकान बंद करने में?

लड़के की उम्र इस वक्त क्या होगी? क्या होनी चाहिए? वह सातवीं में पढ़ रहा है कि आठवीं में? दसवीं पास हुआ, तब सोलह पूरे हुए थे। इसका मतलब, जब यह घटना घटी, उस वक्त उसकी उम्र तेरह के आस-पास रही होगी। नहीं? हद-से-हद चौदह। क्या चौदह बरस का छोकरा इतनी हिम्मत दिखा सकता है? ये तो हद ही कर दी उसने। सोचकर आज भी रोंगटे खड़े हो जाते हैं। क्या जानकी को भी कभी याद आती होगी उस रात की बात? कैसा लगता होगा उसे? अभी दिखी तो थी रामनगर में। कैसी हड़कल हो गई है! कैसी थी वह और अब कैसी हो गई है? मेरी शादी में भी तो आई थी दुलहिन को देखने। कितनी खुश थी। कितना खिलखिला के हँस रही थी? कैसा लगा था यह जानकर कि वह अभी तक कुँआरी ही बैठी है। अरे, लीला की शादी कभी की हो गई और उसके लड़की भी हो गई है। उसी ने तो बताया था। कैसा धक्का सा लगा था। और अभी रामनगर में…जब अचानक ही बाजार में उससे भेंट हो गई थी! भाभी ने ही बताया था बाद में कि वह किसी स्कूल में पढ़ा रही है और अकेली रहती है लड़कियों के हॉस्टल में।

जानकी की शादी नहीं होनी थी और नहीं हुई। अब नहीं हुई तो नहीं हुई। इसमें उसका क्या कसूर है? पर ऐसा आखिर क्यों हुआ? सभी की शादी होती है। एक जानकी ही क्यों अनब्याही रह गई? उसके अनब्याहे रह जाने के लिए कौन जिम्मेदार है? कम-से-कम वह तो बिल्कुल भी नहीं। फिर क्यों उस दिन रामनगर में रात को अपने कमरे में वह रात को करवटें ही बदलता रह गया था? उस दिन,

जिस दिन जानकी अचानक एक युग बाद उसके सामने प्रकट हुई थी। क्या हो गया था उसको?

कितनी अजीब बात है कि चालीस बरसों के अंतराल के बाद भी उस दिन चलते समय जानकी के मुँह से वही वाक्य सुनाई पड़ा था—'आना हाँ।' कितनी दूर फिंका गया था वह अपने ही भीतर। वही 'आना हाँ' सुनकर।

वह रुका तो था रामनगर में एक-दो दिन। कहने को ही सही, उसने कहा तो था। कहे का मान रखने को ही सही, वह चला ही गया होता उससे मिलने, तो क्या जानकी को अच्छा नहीं लगता? पर...कहना आसान है, करना इतना आसान नहीं।

हाँ, वह अजीब सी घटना अगर नहीं घटी होती—चालीस बरस पहले—तो...शायद यह इतना मुश्किल न होता—जानकी से उसके घर जाकर मिल आना। इसका मतलब वह लाख चाहे अपने मन को समझा ले, वह अपराधी तो अनुभव करता ही है अपने को कहीं-न-कहीं।

मगर क्यों? क्या अपराध किया था उसने?

उन लोगों के यहाँ सोने-चाँदी का काम होता था। उनके नानाजी सुनार थे। सुबह से शाम तक उस दुकान में ताँता लगा रहता था गाँव-देहात से गहने बनवाने आए लोगों का। रात लगभग नौ बजे के आसपास जानकी नीचे उतरती थी, नाना को खाना खाने के लिए बुलाने। नाना को खाना खाने ऊपर भेजकर धीरे-धीरे दुकान समेटना और उसे बंद करना...यह काम जानकी के ही जिम्मे था। कोई छोटा-मोटा काम अधूरा छूट गया हो तो उसे निबटाना, फिर भट्ठी में सुलगते हुए कोयलों को बुझाना, तेजाब में पड़े गहनों को निकालके, सुखाके उन्हें संदूक में बंद करना...फिर तख्ते निकाल एक के बाद एक खाँचे में जमाते हुए दुकान को बंद करना...इस सबमें घंटा भर तो लगता ही होगा। क्यों नहीं लगेगा, लगना ही चाहिए। जानकी को भी नब्बू के साथ गपशप करने का, रस-कौतुक भरी बातों से अपना जी बहलाने का, भला इससे अच्छा मौका और मिलता ही कब है? नब्बू को भी कभी-कभी ठीक इसी तरह की ड्यूटी बजानी पड़ती है—बाबू जब तक खाना खाके लौट नहीं आते, तब तक दुकान पर बैठने की। पता नहीं, ऐसा कैसे होता है कि इधर जानकी अपने तिमंजिले से उतरकर दुकान में दाखिल होती है और उधर लड़का भी एकदम फुरसत होके उसके सामने आके जम जाता है। जानकी तेजाब के पानीवाली डोंगी में पड़ी बड़ी बारीक सी चीजों को एक चिमटी से निकाल के कपड़े से सुखा रही है और संदूक में सहेज रही है, जानकी कोयले बुझा रही है

और वह तख्ते निकाल के खाँचे में बिठाने में उसकी मदद कर रहा है। सारे-के-सारे काम जैसे अपने आप ही हुए जा रहे हैं। और बातें हैं कि कभी थमती ही नहीं।

दिन भर में लड़के के साथ जो कुछ भी घटता है, उस सबका साझा और किसके साथ होगा—जानकी के साथ ही न? आखिर उसकी जो एक अपनी दुनिया है—लड़कों की दुनिया, वह तो जानकी के लिए अगम-अगोचर ही हुई। कुतूहल तो होगा ही उसे, क्यों नहीं होगा? जानकी का स्कूल तो कभी का छुड़ा दिया गया है। जानकी उससे कम-से-कम पाँचेक साल तो बड़ी होगी ही। क्या करना है स्कूल पढ़के इतनी बड़ी लड़कियों को। और हाँ, इन्हीं दिनों लड़के के कानों में कुछ अजीब सी बातें पड़ी हैं, जिनसे वह मन-ही-मन अकुलाया हुआ है। मगर क्यों? इसमें भला अकुलाने की ऐसी क्या बात है? लड़कियों की शादी तो होती ही है। अभी हाल मोहनी दीदी की हुई कि नहीं? रज्जो दीदी की नहीं हुई? फिर जानकी की शादी भी क्यों नहीं हो जानी चाहिए? वह दीदी नहीं है दोस्त है, तो इससे क्या? अगर जानकी को भी मोहनी दीदी की तरह खूब लंबा-तगड़ा और सुंदर सा दूलहा मिल जाए तो क्या उसे अच्छा नहीं लगेगा? जरूर अच्छा लगेगा—क्यों नहीं लगेगा?

मगर···बात दरअसल इससे कहीं ज्यादा गंभीर है। लड़के की यह जो अकुलाहट है, परेशानी है, वह यों ही, बिना वजह नहीं है। उसकी कोठरी के ठीक ऊपर जो कमरा है, वहाँ उसकी माँ से जो पड़ोस की औरतें मिलने आती हैं न—वे जो भी बातें करती हैं, उसे कोठरी में बैठे-बैठे अपने आप सुनाई दे जाती हैं तो इसमें उसका क्या कसूर है? अभी परसों की ही तो बात है—वह जो परूली बुआ आई थी, क्या कह रही थी? यही न कि जानकी के ब्याह की बात तो अभी क्या, बरसों से चल रही है। मगर जाने क्या बात है, कैसे ग्रह हैं उसके, जो हर बार आड़े आ जाते हैं। कितने रिश्ते आए मगर बात बनती ही नहीं, बनते-बनते बिगड़ जाती है। भगवान् करे, अब ये जो रिश्ता आया है रानीखेत वालों का, यही पक्का हो जाए। ग्रह मिल जाएँ किसी तरह। बेचारी बिना माँ-बाप की लड़की! ऐसे कब तक कुँआरी बैठी रहेगी।

तो क्या लड़का तभी से, और इसीलिए परेशान है? यह सच है कि जानकी को देखते ही, उसके सामने बैठते ही उसकी यह परेशानी जाने कहाँ को बिला जाती है। कब से चल रहा होगा यह सिलसिला—रात को सोने से पहले और खाना खा चुकने के बाद इस तरह जानकी के साथ गपियाने का? शायद, बानड़ीदेवी गए

थे न, तभी से। मगर उस बात को भी तो कम-से-कम अब तक साल भर हो गया कि नहीं? जिस दिन खुद उसी को दुकान में देर हो जाती है—यानी बाबू देर लगा देते हैं—तो वह कैसा मछली की तरह तड़फड़ाने लगता है और कैसी दौड़ लगा देता है बाबू के आते ही। और सचमुच ऐसा कम ही होता है कि इत्ती देर हो जाने के बाद भी जानकी की कम-से-कम एक झलक भी उसे देखने को न मिले। भले, वह अपना सारा काम खत्म कर चुकी हो और बस 'आ गया नब्बू' बड़ी देर कर दी आज' कहने भर को और अपनी मीठी मुसकराहट से उसे नहलाने भर को सीढ़ियों पर ठिठकी हुई हो। इत्ते पर भी लड़का हाँफते-हाँफते भी जानकी को दो-चार मिनट तो वहीं सीढ़ियों पर अटका ही लेता है।

मगर आज तो गजब ही हो गया। लड़के को आखिर यह क्या सूझा? आज तो वह जल्दी ही आ गया था और कोई घंटे भर से जानकी को एक जासूसी उपन्यास की कहानी सुनाने में लगा था। जब ऊपर से नानी के तीसरी बार पुकारने पर अंततः जानकी उठकर जाने लगी तो उसे एकाएक जाने क्या हुआ, उसने सीढ़ियाँ चढ़ रही जानकी का हाथ पकड़ लिया। 'जानकी!' उसकी आवाज भर्राई हुई थी। जानकी एकबारगी चौंक गई, मगर अपना हाथ छुड़ाया नहीं उसने। धीरे से बोली, 'क्या है नब्बू?' उसने और भी कसके पकड़ लिया उसके हाथ को अपने दोनों हाथों से। 'जानकी तू चली जाएगी तो मैं क्या करूँगा? तू मेरे साथ ही ब्याह कर ले न, जानकी।'

'मुँह लाल हो जाना' एक मुहावरा भर नहीं है। मुँह लाल हो जाना किसे कहते हैं, यह कोई इस लड़के से पूछे। जानकी उसके मुँह से वह बात सुनकर जहाँ-की- तहाँ गड़ी रह गई थी। उसका एक पाँव निचली सीढ़ी पर था, दूसरा अगली सीढ़ी पर और हाथ लड़के के हाथों में। वह न तो अपना हाथ ही छुड़ा पा रही थी, न जिधर को उसका मुँह था—'क्या है नब्बू' पूछते हुए उधर से अपना मुँह ही हटा पा रही थी। क्या महज एक-दो सीढ़ी चढ़के भला कोई इस तरह हाँफता है? मगर उसकी साँस इतनी तेज चल रही थी कि उसके एकदम पास खड़े लड़के को एकदम अपने ऊपर महसूस हो रही थी। खुद उसकी हालत क्या रही होगी—उसे पता नहीं, उसे बिल्कुल याद नहीं। बस जानकी की वह स्तब्ध-विजड़ित छवि अचानक धौंकनी चलते ही जिस तरह कोयले दहक उठते हैं, उस तरह उसके गालों और कानों का दहक उठना भर याद है। और उसकी वे भारी-भारी गरम साँसें।

वह एक पल जाने कब तक जमा रहा। उसे सचमुच होश नहीं था। होश लौटा तो पाया, सामने जानकी नहीं है। जानकी का जाना उसने नहीं जाना। सचमुच ही नहीं जाना। क्या सोचा होगा उसने उस रात? क्या-क्या महसूस किया होगा उसने नींद की खाई में गिरने से पहले? सुबह उठने के बाद जब उसे वह रात की बात याद आई होगी, उसे कैसा लगा होगा? छत पर आँगन के उस तरफ के आँगन में क्या जानकी दिन भर में कभी नहीं दिखी होगी? जरूर दिखी होगी। क्या वह सचमुच उसकी तरफ आँख उठाकर भी देख सका होगा?

और फिर अगली रात?···जब वह दुकान से या खेल से लौटकर आया होगा। क्या वह खाना खाने के बाद रोज की तरह जानकी के पास जाकर बैठा होगा? उस रात···और उसके बाद की रातों को···? क्या वह सिलसिला···बरसों का सिलसिला··· जानकी के साथ बैठने, बतियाने का···क्या उस रात के बाद भी हर रात पहले की तरह चलता रहा होगा?

लड़के की याददाश्त बिल्कुल···बिल्कुल भी काम नहीं कर रही है। कैसे काम करेगी? जब कोई सिलसिला हो, तब न? सिलसिला अपने आप ही टूट गया और फिर उसके जुड़ने की नौबत कभी नहीं आई, यह मान लेना चाहे जितना मुश्किल या तकलीफदेह हो, मानना तो पड़ेगा ही। इसलिए कि सिलसिला टूट जाने का एक और भी प्रमाण ऐसा उसके भीतर मौजूद है, जिसके आगे कोई भी मनमानी सोच काम नहीं देगी। नहीं, यह बहुत बाद की घटना नहीं हो सकती, और नहीं है। यह तो उस अनहोनी सी रात के बाद के कुछ हफ्तों के भीतर की ही घटना होनी चाहिए।

हाँ, वह भी तो एक रात ही थी। उस रात से कहीं ज्यादा गहरी रात। उसे बुखार था हलका सा। शायद मधुमक्खी ने काट खाया था। उसके हाथ या पाँव में सूजन थी। रामलीला के दिन थे वे। घर के सब लोग रामलीला देखने जा रहे थे। सिर्फ एक चाचा थे, जो बीमार पड़े थे साथवाली कोठरी में। और माँ से उसी ने तो जिद करके कहा था कि वह चली जाए रामलीला देखने बगलवालों के साथ। वह तीसरा दिन था रामलीला का, जिस दिन धनुष-यज्ञ होता है—और उसके नाना परशुराम का पार्ट करते थे—यह भी अच्छी तरह याद है। और तभी नीचे सीढ़ियों से उसकी आवाज सुनाई दी थी—'नब्बू नहीं आ रहा है क्या?' 'कहाँ! उसे बुखार है जानकी!'··· सामनेवाली कोठरी से माँ की आवाज सुनाई दी ही थी कि उसे अपने एकदम पास उसके पाँवों की आहट मिली—'क्या हो गया नब्बू?' हाँ, यह

जानकी ही तो पूछ रही थी उससे। कमरे में घुप्प अँधेरा है। हथबत्ती उठाकर माँ ले गई है, जो सामनेवाली कोठरी में कपड़े बदल रही है। वह दोनों हाथों से जानकी के पाँवों को जकड़ लेता है और अपना तपता हुआ माथा और मुँह उन पर रगड़ने लगता है। 'जानकी दीदी! मैं नहीं जा रहा हूँ, मुझे बुखार है।' जानकी धप्प से बैठ गई है, उसके सिरहाने और उसके सिर को वापस तकिए पर रखती हुई उसे सहलाने लगती है—'अरे, क्या हो गया नब्बू तुझे?'…और अपने गालों को थपथपाती उसकी हथेली के नीचे नब्बू को लगता है मानो जानकी कह रही हो—'काकी! तुम जाओ और मुझे यहीं रहने दो नब्बू के पास। वो अकेले कैसे रहेगा?'

'मैं तो जा ही नहीं रही थी जानकी। यही जिद कर रहा है जा करके', कोठरी से माँ की आवाज आ रही है। अचानक हड़बड़ाकर उठती हुई जानकी पहले उसके माथे पर और फिर उसके कानों पर अपना मुँह रख देती है—'तू आजकल आता क्यों नहीं नब्बू? तू ठीक हो जा। फिर आना, हाँ।' वह उठ खड़ी होती है। 'क्यों लीला नहीं आ रही है क्या?' यह माँ है, जो अब उसके माथे को छू रही है। 'क्या करूँ? ये मान ही नहीं रहा है। कह रहा है, चाचा हैं तो सही यहीं, तू जानकी के साथ रामलीला देख आ। मौना ने काट लिया है इसे। उसी से बुखार आया।' जानकी कुछ नहीं बोल रही है। इसका मतलब—लड़का मन-ही-मन सोच रहा है—जानकी उसे छोड़के नहीं जाना चाहती। क्या ही अच्छा हो, अगर माँ लीला को साथ लेके चली जाए और जानकी को यहीं मेरे पास बिठा जाए। मगर लीला यहाँ कहाँ है? जानकी को जाना ही पड़ेगा और वह चली भी गई है, माँ के साथ, और वह अकेला है। मगर कितना अच्छा लग रहा है उसे। नहीं, वह बिल्कुल भी उदास नहीं है। उसने क्या कहा था अभी-अभी उसके कान में? अभी भी लग रहा है उसका मुँह अपने कानों में। अभी भी लग रहा है जैसे गई नहीं, बैठी है यहीं मेरे पास, मेरे कानों पे अपना मुँह रखे। 'आना हाँ!' कहा था उसने। क्या मतलब हुआ इसका? जानकी—नहीं- नहीं, जानकी दीदी ने उसे माफ कर दिया है, उसकी उस दिन की बदतमीजी को। कितना प्यार करती है उसे! अब वह पहले की ही तरह रोज उसके पास बैठ सकेगा। अब शरमाने की कोई बात नहीं। अब वह दीदी है—जानकी दीदी। और सब ठीक हो गया है। अब कौन छीन सकता है जानकी दीदी को उससे?

फिर क्या हुआ? क्या वह सिलसिला फिर से शुरू हो गया सचमुच? कहीं वह उसका भ्रम तो नहीं था? नहीं। वह भ्रम कैसे हो सकता है। उसे अच्छी तरह याद है। जानकी ने न केवल उसे पूरी तरह माफ कर दिया था, बल्कि यह भी साफ

जता दिया था कि वह उससे बिल्कुल भी नाराज नहीं। बल्कि उसके कानों से अपना मुँह चिपकाकर जिस उत्सुक-अधीर आग्रह के साथ उसने 'आना हाँ' कहा था, उसका मतलब यही न हुआ कि वह उस तरह नाराज भी कहाँ थी? वह तो कभी से उसका इंतजार कर रही थी, कभी से उसे यह बतलाना चाह रही थी कि नब्बू, तू मुझे अच्छा लगता है न? मैं भी तो तुझे बहुत अच्छा मानती हूँ। तो फिर तूने कैसे समझ लिया कि मैं तुझसे नाराज हूँ। आना क्यों बंद कर दिया तूने? अब तो तू समझदार हो गया है न? अब तो तू आएगा न नब्बू? आना हाँ…!

□

कोई और नहीं

मैं शर्त बदने को तैयार हूँ कि अभी-अभी जो बुरकेवाली औरत मेरे सामने-सामने बस पर चढ़ी, वह फायजा ही थी, कोई और नहीं। इसका एक सबूत तो यह दूसरी बुरकेवाली औरत है, जो अभी भी बस-स्टॉप पर खड़ी है और जिसे मैंने फायजा को नाम लेकर पुकारते सुना था। दूसरा सबूत—हद है, यह बात पहले क्यों नहीं ध्यान में आई मेरे—दूसरा सबूत यह कि मुझे और फायजा को एक-दूसरे से जोड़ने और फिर तोड़नेवाले विधाता सरीखे पोस्टमास्साब ने भी तो मुझे यही बताया था कि फायजा की ससुराल लखनऊ में है। बेशक, इन दो के अलावा एक तीसरा प्रमाण भी है। पर उसकी बात क्या करूँ। वह मेरे रोम-रोम में बज रहा है : एक अकाट्य और स्वयंभू प्रमाण। उसे क्या पता मैं उसके इतने पास खड़ा था कि दो कदम आगे बढ़ता तो उसे छू सकता था। मैं अब ठीक उसी जगह खड़ा हो गया हूँ, जहाँ अभी-अभी फायजा खड़ी थी, उसके पाँवों की छाप को घेरकर। उसे अपने पाँवों की छाप से बचाते हुए।

पच्चीस बरस! पच्चीस बरस में तो दुनिया बदल जाती है और फिर भी पच्चीस बरस क्या होते हैं? कुछ भी तो नहीं। अचानक एक आवाज, महज एक आवाज सुनाई दे जाती है और पच्चीस बरस जाने कहाँ बिला जाते हैं। जैसे अभी कल की ही बात हो। कितना शुक्रगुजार हूँ मैं इस औरत का—ये उसके साथ नहीं होती, उसे बुलाती नहीं, तो वह बोलती ही क्यों! उसकी आवाज ही कैसे सुनाई पड़ती! मुझे यह भी पक्का मालूम है कि उसकी जगह मैं अगर किसी से बात कर रहा होता तो मेरी आवाज उसके भीतर वैसा करेंट नहीं दौड़ाती। न वह चौंककर उस तरह मेरी तरफ देखती, जिस तरह मैंने उसे देखा था और उसे पोर-पोर पहचान लिया था। नहीं! फायजा मुझे महज मेरी आवाज से नहीं पहचान पाती।

वह तो मेरे साथ ही ऐसा है कि मुझे कभी किसी की आवाज नहीं भूलती। हाँ, कहीं अगर एक पल को भी उसकी नजर मुझ पर पड़ जाती तो वह फौरन मुझे पहचान जाती।

तब फिर क्यों नहीं मैंने ऐसी परिस्थिति निर्मित होने दी? क्यों नहीं किसी तरह उसका ध्यान आकर्षित करने की कोशिश की? कितना आसान था मेरे लिए ऐसी जगह चुन लेना, जहाँ उसकी निगाह मुझ पर पड़े बिना नहीं रहती। मुझे भले उस आवरण के पीछे उसका चेहरा नहीं दिख सकता था; पर उसे तो मैं दिख ही जाता। जैसे पच्चीस साल पहले की उस सुबह दिख गया था, जब वह एक पूरे बाजार को दोनों हाथों से ठेलती हुई मुझ तक पहुँच गई थी।

'बहनजी, माफ कीजिएगा, मैं कुछ पूछ सकता हूँ आपसे?'

उस बुरकेवाली औरत ने चौंककर मेरी ओर देखा है। पर बस देखा भर है, चुपचाप। स्टॉप पर अब हम केवल दो ही जने बचे हैं। बाकी सारी भीड़ उसी बस में जा ठुँसी थी, जिस पर फायजा भी किसी तरह इस औरत की मदद से चढ़ी थी। मुमकिन है, मैं जिस बस का इंतजार कर रहा हूँ? उसी में इस औरत को भी चढ़ना हो। ऐसा हुआ तो मैं इसकी बगल में बैठने की कोशिश करूँगा और तब तक फायजा के बारे में बात करता रहूँगा, जब तक इसका या मेरा मुकाम न आ जाए। बल्कि मेरा पहले आ जाएगा तो मैं वहाँ नहीं उतरूँगा। जहाँ ये उतरेगी, वहीं उतरूँगा। इसे जरूर पता होगा फायजा यहाँ कहीं रहती है। उसके पति क्या करते हैं, कितने बच्चे हैं, इत्यादि-इत्यादि··· ।

'आपने मुझसे कुछ कहा?' चलो, वह बोली तो आखिरकार।

'जी, अभी कुछ देर पहले जो आपके साथ खड़ी थीं, उनका नाम फायजा ही था न? मैंने ठीक सुना?'

बुरके से कोई आवाज नहीं आ रही। वह मुझे घूरे जा रही है चुपचाप। कहीं कोई गलतफहमी तो नहीं हो गई?···'बात ये है बहनजी,' मैं हड़बड़ा जाता हूँ— 'बात ये है कि आज से कोई पच्चीस बरस पहले, मैं एक लड़की को पढ़ाता था, जिसका नाम फायजा खान था और जो बिल्कुल ऐसी ही दिखती थी।'

औरत अचानक खिलखिलाकर हँस पड़ी है। 'आपकी आँखें लगता है, मामूली आँखें नहीं, किसी फरिश्ते की आँखें हैं। तभी तो बुरके के आर-पार भी देख लेती हैं। अगर मैं कहूँ? फायजा वो नहीं, मैं हूँ तो?'

असंभव! अब हँसने की बारी मेरी है। 'आप तो मजाक करने लगीं मोहतरिमा।

मुझे अच्छी तरह मालूम है, आप फायजा नहीं हो सकतीं। मैं उसकी आवाज पहचानता हूँ। आप खुद उसे इसी नाम से बुला रही थीं कि नहीं? और आप लोगों की बातचीत में एक जगह 'रानीखेत' का जिक्र भी आया था जी, मैं वहीं का रहनेवाला हूँ और आज से पच्चीस बरस पहले फायजा भी वहीं रहती थी। इनके अब्बा वहाँ पोस्टमास्टर थे कचहरी के डाकघर में। दरअसल, उन्हीं ने तो मुझे…'

मेरा वाक्य अधूरा ही हवा में टँगा रह गया है। बस रुकी है एक अचानक और वह औरत लपककर उस पर सवार हो गई है। मेरी ओर देखा तक नहीं उसने और बस चल दी। ये क्या हो गया? मैं हिल क्यों नहीं पा रहा अपनी जगह से? मैं तो उस महिला से भी कुछ नहीं पूछ पाया। कितना दुर्लभ अवसर गँवा बैठा हूँ मैं—फायजा का पता-ठिकाना मालूम करने का। सच्ची-पूरी बात उसे बताने का। मगर क्या इतने बरसों बाद भी वह बात उसके भीतर वैसी-की-वैसी गड़ी होगी? मुझी को कहाँ इतने बरसों में एक बार भी उसकी याद आई?

कुछ नहीं तो पूरे छह-सात मिनटों तक वह यहाँ इसी जगह खड़ी थी। और मैं पत्थर की तरह, एक बुत की तरह इस चमत्कार के सामने बिना कोई हरकत किए खड़ा रहा। एकाएक यकीन नहीं होता—यह मैंने क्या किया? क्यों उसे इस तरह अपने वजूद तक का एहसास कराए बिना फिर से गुम हो जाने दिया—उसी अतलांत में, जहाँ वह पच्चीस बरस पहले गुम हो गई थी। अब तो इस जनम में उससे दुबारा भेंट होने से रही। कहाँ जाने को निकली होगी वह? क्यों नहीं चढ़ गया मैं भी उसी बस पर? बस की भीड़ के एकांत में वह मुझे पहचान भी लेती और बातचीत करने का मौका भी तलाश लेती। जैसे ही उसके साथ की औरत ने उसे फायजा कहके बुलाया, क्यों नहीं वैसे ही बिना एक भी पल गँवाए मैं उसके सामने खड़ा हो गया? क्यों नहीं मैंने उससे सीधे ही पूछ लिया—'फायजा, मुझे पहचाना? मैं दिबेन…'

वह इस पर एक पल भी आगा-पीछा किए बगैर अपना घूँघट उलट देती और मेरी आँखों में अपनी आँखें चुभो देती—ठीक उसी तरह, जिस तरह पच्चीस साल पहले उस सुबह उसने किया था। उसकी आँखों से उलाहना उसी उजाले की तरह फूटता, जो उस सुरंग जैसी तंग गली के मुहाने से फूटा था उसी क्षण। सचमुच अगर मैं थोड़ी सी हिम्मत करके उसके पास पहुँच ही गया होता उसी तरह, जिस तरह वह पहुँच गई थी मुझ तक उस दिन, तो? वह चकरा जाती। मुझे देखती रह

जाती। पता नहीं, क्या कहती।

नहीं! वह कुछ भी नहीं कहती। कहने-सुनने को हमारे पास अब बचा क्या है, कुछ भी तो नहीं। पर क्या उतना ही काफी न होता—एक-दूसरे को आँख भर देख लेना ही, इतने अरसे बाद—एक निहायत ही अनर्गल और आकस्मिक संयोगवश? पर इससे हासिल क्या होता? क्या मैं उसे अपनी आँखों से वह पूरी दास्तान बयान कर पाता कि कैसे उसके पिता ने मुझे सख्त मुमानियत कर दी थी उसके पास तक फटकने की और साथ में इसकी भी कसम खिला दी थी कि मैं कभी भी उसे इस बारे में कुछ भी नहीं बताऊँगा। ताकि उसे यही यकीन हो जाए कि मैंने खुद अपने आप, अपने तई यह फैसला कर लिया उससे मिलना-जुलना बंद कर देने का।

क्या सचमुच फायजा को यकीन हुआ होगा इस बात पर? यकीन हो गया होता तो वह पूरा हफ्ता बीत जाने के बाद भी क्यों उस तरह भागी चली आती मेरे पास और इतने सारे लोगों के सामने एक भरे-पूरे बाजार में वह क्यों मुझे उस तरह उलाहना देती और कसम खिलाती अपनी?

वह मेरे आमने-सामने पड़कर मुझे पहचान कर भी नहीं पहचानती और मुँह फेर लेती तो? क्या हालत हो जाती मेरी? मुझे अपनी हालत की पड़ी है। खुद उसकी हालत क्या होती? जैसे मेरी अपनी एक जिंदगी है, जिसमें फायजा कहीं भी नहीं है, वैसे ही उसकी भी तो जिंदगी होगी, जिसमें वह पच्चीस साल पहले का लड़का कहीं नहीं होगा। यही तो चाहते थे पोस्टमास्साब। और कहा क्या था उन्होंने उस दिन कर्बला चुँगी के कब्रिस्तान में कि मैं और फायजा अपनी-अपनी भावनाओं को सदा-सदा के लिए दफन कर दें। आखिर उन्हीं का कहा तो किया मैंने। क्यों नहीं मैंने यह बात फायजा को साफ-साफ उसी दिन बता दी, जब वह दुकान पर मुझसे मिली थी? 'क्या हो गया आपको?' उसने छूटते ही मुझसे पूछा था। मैंने क्यों नहीं उसे तभी बता दिया कि मुझे क्या हुआ है और किसके कारण हुआ है?

पोस्टमास्साब मेरे पिता के दोस्त कैसे किस तरह बन गए—मुझे पता नहीं। मुझे तो बस इतना ही मालूम है कि दोनों में आपस में खूब पटती थी। न हमारा मुहल्ला एक था, न दोनों कभी साथ पढ़े हों, ऐसी ही कोई बात थी। पोस्टमास्साब यों भी हमारे अपने कस्बे के नहीं थे। पर फिलहाल वहाँ नियुक्त थे और जिस डाकघर में नियुक्त थे, उससे हमें लगभग रोज ही काम पड़ता था। पार्सल ढोके

पिताजी खुद ही कचहरी के डाकघर ले जाते थे। छुट्टी-छपाटी के दिन कभी-कभी मैं भी चला जाया करता था। शाम को सैर पर निकलने से पहले वे रोज थोड़ी देर हमारी दुकान पर बैठक जमाते थे। खूब गप्पें लड़ती थीं दोनों की। यह दोस्ती उन्हीं तक सीमित थी। पारिवारिक जिसे कहते हैं, वैसी वह नहीं थी। मुझे तो यह भी मालूम नहीं था कि वे रहते किस मुहल्ले में हैं। उनकी बातों में मुझे बड़ा रस आता था। वे मुझे हरफनमौला लगते थे। पिताजी के और भी कई सारे दोस्त थे। मगर पोस्टमास्साब की बात ही निराली थी। बेहद जिंदादिल और दिल्लगीबाज। शेरो- शायरी का भी उन्हें खासा शौक और खासा इल्म था। उनकी बातचीत भी अक्सर किसी शेर पर ही खत्म होती थी। ऐसे कई शेर मुझे उनसे सुन-सुनकर ही याद हो गए थे। एक तो अभी तक मुझे नहीं भूला—

'जज्ब कर ले जो तजल्ली को, वो दिल पैदा कर
सहल है सीने को दागों से चरागाँ करना।'

मतलब तो समझ में क्या आता—तब अपनी उम्र ही क्या थी। मगर मजा बहुत आता था। कम-से-कम इतना तो मालूम पड़ ही जाता था कि शायरी क्या है और क्या नहीं है। कोई साल भर पहले से यह सिलसिला चल रहा था और मुझे इतना तक पता नहीं था कि फर्स्ट इयर बायलॉजी-सेक्शन में इसी साल हमारे कॉलेज में दाखिला लेनेवाली और लड़कों के बीच 'चौदहवीं का चाँद' के नाम से जानी जानेवाली फायजा खान का हमारे पोस्टमास्साब चचाजान से भी कुछ लेना-देना हो सकता है।

मेरा खयाल है, यही अप्रैल शुरू-शुरू के दिन होंगे। मेरी इंटर फाइनल की परीक्षाएँ हो चुकी थीं। बहुत अच्छे परचे गए थे और मैं टॉप करने और आगे की पढ़ाई के लिए वजीफा तक पा लेने की उम्मीद में था। किस कदर मस्ती के दिन थे वे। जी भर सैर-सपाटा और मनचाही किताबें लाकर पढ़ना। म्युनिसिपैलिटी की लाइब्रेरी उन दिनों नई-नई मानो मेरे लिए ही खुली थी।

मैं एक पार्सल करने कचहरी के डाकघर गया हुआ था। भर दोपहर पोस्टमास्साब चाचा से भेंट नहीं हुई थी कई दिनों से। मेरी शामें अब दुकान की बजाय लाइब्रेरी के हवाले हो चुकी थीं। बतरस की बजाय पत्र-पत्रिकाएँ ज्यादा रमाती थीं। कविता की जगह कहानी-उपन्यासों ने घेर ली थी। पोस्टमास्साब मुझे याद है, किस्से-कहानियों से नफरत करते थे। एक शायरी को छोड़ बाकी सबकुछ उनके लिए कूड़ा था।

मुझे देखते ही वे चहक उठे। 'अरे, आओ उस्ताद आओ।' वे पता नहीं क्यों कभी-कभी लाड़ से भरके मुझ पर यह संबोधन चस्पा कर देते थे। एक बार उन्हीं के मुँह से सुने दो-चार शेर उन्हीं को सुना डाले थे, शायद तभी से। 'मैं तुम्हीं को याद कर रहा था। पूछो क्यों?—वे मुझे भीतर बिठाते हुए बोले, 'दरअसल, बात ये है बरखुरदार कि फायजा को फिजिक्स-केमिस्ट्री में जरा दिक्कत आ रही है। सोच रहा था, तुम्हें फुरसत-ही-फुरसत है इन दिनों। क्यों न तुम ही उसे शाम को एक घंटा पढ़ा दिया करो। बस दो महीने की तो बात है। तुम्हारा भी जेबखर्च निकल आएगा।'

मैं अवाक्, मुँह फाड़े हैरत से उन्हें ताकता रह गया। 'फायजा? जो हमारे कॉलेज में पढ़ती है फर्स्टइयर बायलॉजी में?' किसी तरह हकलाते-हकलाते मैंने पूछा।

'अरे, हाँ यार! तुम तो ऐसे बन रहे हो, जैसे उसे जानते ही नहीं।' पोस्टमास्साब रसीद काटते-काटते रुक गए और गौर से मुझे देखने लगे। 'ये भी खूब रही। वो तो पहले ही तुम्हें अपना उस्ताद माने बैठी है। अरे, उसी ने तो बताया मुझे कि तुम्हारी फिजिक्स-केमिस्ट्री बहुत तगड़ी है और तुम्हारी थोड़ी मदद उसे मिल जाए तो ये सब्जेक्ट्स उसे इतने डरावने नहीं लगेंगे। बहुत तारीफ करती है तुम्हारी।' पोस्टमास्साब हँसने लगे।

मगर मैं हँसने के मूड में नहीं था। मेरा माथा चकरा रहा था बुरी तरह। क्या यह सच है, जो मैं सुन रहा हूँ? ये तो मैं सपने में भी नहीं सोच सकता था।

'फायजा कहती थी—तुम बहुत अच्छे डिबेटर हो और शायरी की कंपीर्टशन में भी हिस्सा लेते हो। कहती थी, तुम्हारे साथ अक्सर नाइनसाफी हो जाती है। उसका बस चले तो हर बार फर्स्ट प्राइज तुम्हीं को मिले।'

'मगर···चचा, वो तो कभी हिस्सा नहीं लेती डिबेट-विबेट में।'

पोस्टमास्साब चचा हँसने लगे। 'वो बहुत नर्वस टैंपरामेंट की लड़की है। मगर उसे दिलचस्पी सब चीजों में है। अच्छी-खासी शायरी करती है खुद। मगर कभी किसी को नहीं सुनाती। वो तो इत्तफाक से नजर पड़ गई एक दिन उसकी कॉपी पर, तो मुझे भी पता चला। बेचारी खामखाह साइंस में फँस गई। उसके मामू जिद कर बैठे कि इसे डॉक्टर बनना चाहिए, बस। खुद जो डॉक्टर बने बैठे हैं। मैं तो सख्त खिलाफ हूँ, बच्चों को उनकी मरजी के खिलाफ कुछ भी पढ़ने को मजबूर करने के।'

'मगर चचा,' मैं घबरा गया, 'वो ठहरी बायलॉजी की स्टूडेंट और मैं मैथमैटिक्स का। मैं उसे कैसे पढ़ा सकता हूँ?'

'अरे यार, बायलॉजी पढ़ाने को किसने बोला तुमको? बायलॉजी में उसे कोई दिक्कत नहीं। तुम तो सिर्फ उसकी फिजिक्स और केमिस्ट्री देख लो। वो तो बता रही थी कि तुम्हारी केमिस्ट्री इतनी तगड़ी है कि टंडन साहब अक्सर ही उनकी क्लास के प्रैक्टिकल में तुम्हें बुला लेते हैं और खुद मस्ती मारते फिरते हैं।' पोस्टमास्साब खिल-खिलाकर हँस पड़े मेरी हैरान मुखमुद्रा देखके। 'अब तुम बच नहीं सकते बरखुरदार! समझे? अरे, हम तो तुम्हें यों ही कह दिया करते थे। मगर तुम तो सचमुच ही उस्ताद निकले। बोलो, कब से शुरू कर रहे हो? मेरी मानो तो आज ही चले चलो मेरे साथ। तुमने तो हमारा घर भी नहीं देखा होगा। चलो, आज ही तुम्हें तुम्हारे शागिर्द से मिलवा देते हैं। फिर तुम्हें जब भी फुरसत हो, जो भी टाइम तुम्हें सूट करे, उसे बता देना। ठीक है?'

कचहरी के डाकघर में, लगता है, काम कम और फुरसत कुछ ज्यादा ही रहती थी। तभी तो, पिताजी भी, मुझे याद है, जब कभी दुकान पर मुझे बिठाके पार्सल करने जाते थे, घंटा भर से पहले लौटने का नाम नहीं लेते थे। पार्सल तो मानो एक बहाना भर था मिलने का। दुपहर की चाय भी उनकी अक्सर वहीं छनती थी। उस दोपहर पहली बार मुझे भी जबरदस्ती चाय पिलाई गई। यह मेरी रातोरात पदोन्नति थी।

कितने मजे-मजे में आज मैं ये सारी बातें याद कर रहा हूँ। मगर उस दोपहर फायजा के पिता के सामने मेरी क्या हालत हुई थी, इसे मेरा अंतर्यामी ही जानता होगा। वैसे एक अठारह बरस के लड़के की समझ ही कितनी होती होगी, जो उस पर अंतर्यामी या अंतरात्मा जैसी सयानी अलामात लादी जाएँ। यों भी, अठारह साल तो उसे उसी वर्ष जून में पूरे हुए होंगे और तब तक—यानी उन दो महीनों के भीतर उसकी समझ कम-से-कम दुगुनी चौड़ी और तिगुनी गहरी तो हो ही गई होगी। नहीं? यह मैं पूछ किससे रहा हूँ। कितनी राहत की बात है कि वह आज ही मुझे दिखाई दी और कल ही मुझे लखनऊ छोड़ देना है। सात-आठ दिन से यहीं हूँ। कहीं वह सात-आठ दिन पहले ही मिल गई होती तो? यह किस तरह का संयोग है?

मैं उससे मिलके आखिर क्या कहता? क्या करता? क्या यह ठीक होता? वह अब तक सबकुछ भूल भी चुकी होगी, जैसे कि मैं खुद भी आखिर भूल

ही तो चुका था। नहीं? यह संयोग भी जो घटित हुआ, सिर्फ मेरे लिए ही तो घटित हुआ। उसके लिए तो नहीं। इसका आखिर क्या मतलब हुआ? यही न कि उस बीते हुए को याद करने की, उसे विस्मृति के अतल से खोद निकालने की जरूरत अगर है तो वह सिर्फ मेरे लिए है, उसके लिए नहीं। क्योंकि, गुनहगार मैं हूँ; वह नहीं।

मगर कैसा गुनहगार? मैंने क्या गुनाह किया?

उस लड़के ने तो फायजा को अपनी तरफ से खूब मन लगाकर ही पढ़ाया था और वह फर्स्ट इयर पास हो भी गई थी अच्छे नंबरों से। पर जब साल भर बाद लड़का इलाहाबाद से लौटकर आया और पोस्टमास्साब से पूछा डरते-डरते कि फायजा के बोर्ड के इम्तहान कैसे हुए तो पता चला, उसने इम्तहान ही नहीं दिया। 'कैसे देती, जब उसने कॉलेज छोड़ दिया था अधबीच में ही। उसकी सेहत भी ठीक नहीं रह रही थी। लखनऊ से रिश्ता आया तो एक बार पूछने पर ही उसने हामी भर दी। अभी पिछले माह ही तो हुई है शादी। ठीक है, लड़का अच्छा है। अभी पढ़ रहा है। उसका मन होगा तो वहाँ भी पूरी कर ही लेगी पढ़ाई। नहीं तो···ठीक है। क्या करना है पढ़ाई करके भी?'···पोस्टमास्साब की आवाज उसे अजीब फँसी-फँसी सी लग रही थी। उसकी हिम्मत नहीं हुई, आगे कुछ पूछे। पूछने को रह ही क्या गया था। डाकखाने की खिड़की की सलाखों पर सिर टिकाए वह टँगा रहा थोड़ी देर···सिर से पाँव तक सिहरता-काँपता। आखिर जब फायजा जा ही चुकी है तो अब उस दिन की बात बता देने में हर्ज ही क्या है, ज़ब वह दुकान पर उससे आके मिली थी और अपनी कसम देकर आने को कह गई थी और वह निभा नहीं पाया था अपने वादे को। इसलिए कि वह उसके पिता के साथ वादाखिलाफी होती। कुछ तो पता चले पोस्टमास्साब को—फायजा के उस तरह गुमसुम हो जाने और पढ़ाई छोड़ देने के पीछे क्या था।

उफ! पोस्टमास्साब को पता नहीं होगा तो और किसको पता होगा? ठीक है, फायजा के इम्तहान तब तक पूरे हो चुके थे। फिर भी जब तक रानीखेत में हूँ, तब तक पढ़ाने का सिलसिला जारी रखना है, इसका पुरजोर आग्रह भी तो उन्हीं का था। फिर क्यों एकाएक उस शाम उन्होंने उसे घर के नीचे से आवाज देके बुलाया और कहा, 'चलो आज हमारे साथ घूमने चलो'···और उसे करबला चुंगी उठा ले गए। जबकि यह उसके उनके घर जाने का, फायजा को पढ़ाने का वक्त था।

एक लफ्ज भी नहीं बोल पाया था वह लड़का आपके सामने पोस्टमास्साब, आपको याद है? पता नहीं, आपने भी क्यों वही जगह चुनी, वही अँधेरा कब्रिस्तान मुझे पटरी पर लाने के लिए। कभी भूले से भी तो आपने या अम्मी ने हम पर यह जाहिर नहीं होने दिया कि हमारी बढ़ती हुई नजदीकी कहीं से भी आपको अखर रही है। क्या आप जानते हैं, मैं तो दूर से उसे एक झलक भर देख लेता था तो उसी में मगन रहता था। कभी उसके पास आने की कोशिश तक नहीं की। मैं तो इतना तक नहीं जान पाया था कि फायजा आपकी बेटी है। भला बताइए पोस्टमास्साब, ऐसे लड़के को रातोरात मुजरिम के कठघरे में खड़ा कर देना कहाँ का इनसाफ था? आपकी लड़की ने ही तो आपसे मेरी सिफारिश की थी न? आप यह क्यों नहीं देख सके कि मैं अपना खेल-कूद, सैर-सपाटा, पढ़ाई-लिखाई सबकुछ उसके हवाले करके जी-जान से उसे पढ़ाने में जुटा हुआ हूँ तो वह भी तो मुझे कुछ-न-कुछ पढ़ा ही रही होगी और उसका पढ़ाया सबक मैं भी तो कुछ-न-कुछ सीख ही रहा हूँगा। मैं तो सचमुच ही अनाड़ी था। सपने देखता था बस और कविताएँ लिखा करता था। और वही करता रहता, अगर आपने उस दोपहर मुझसे अचानक वह प्रस्ताव न किया होता। मुझे फायजा से मिलानेवाले तो आप ही थे पोस्टमास्साब। आप नहीं मिलाते उससे, तो यह नौबत ही क्यों आती? मुझे तो बिल्कुल पता नहीं था कि सपने भी सच हो सकते हैं और कविता भी हँस-बोल सकती है। मेरे लिए तो वह पहला सबक ही आखिरी सबक हुआ—क्या सभी के साथ ऐसा ही होता होगा? पोस्टमास्साब, यह तो ठीक है कि ऐसा गहरा सबक जिसे सीखना है, उसे उतना ही गहरा इम्तहान भी देना पड़ता होगा। मगर इस कदर सपाटे से इतना सख्त इम्तहान खुद आप लेंगे—यह भला कौन सोच सकता था?

कैसा जानलेवा इम्तहान था वह। आज इस वक्त भी मेरे रोंगटे खड़े हो गए हैं, आपकी उस अँधेरे कब्रिस्तान में गूँजती आवाज को याद करते हुए।...'हमारी आँखें जो कभी धोखा नहीं खातीं बरखुरदार...तुम्हारे मामले में—हमें बड़े अफसोस के साथ कहना पड़ता है, बिल्कुल ही धोखा खा गईं। तुम्हें अपने ही घर का लड़का समझते थे, तुमसे ऐसी उम्मीद न थी। अब कल से कोई जरूरत नहीं उसे पढ़ाने आने की, समझे? अब तुम फायजा से तभी मिल सकोगे जब तुम्हारी आँखें बदल जाएँगी। जब तुम इस तरह उससे मिलोगे जैसे अपनी सगी बहन से मिल रहे हो। तब तक दूर ही रहना होगा तुम्हें उसकी परछाईं तक से—समझे? बोलो,

करते हो वादा मुझसे? देते हो जुबान? कभी धोखे से भी भेंट हो जाए उससे, तो उसे किसी हालत में भी पता नहीं चलना चाहिए कि मैंने ही तुमको मना किया। उसे यही लगना चाहिए कि तुमने खुद अपनी तरफ से जानबूझकर यह फैसला किया। तुम एक शरीफ खानदान के लड़के हो। अपना अच्छा-बुरा खुद सोच सकते हो। पूरी जिंदगी तुम्हारे आगे पड़ी है। जरा उसकी भी तो सोचो, जो तुम्हारे पीछे पागल हुई जा रही है। आखिर उसका दिमाग खराब करके तुम्हें क्या हासिल होनेवाला है? जो हो नहीं सकता, जो कतई नामुमकिन है, उसका ख्वाब देखना कितनी बड़ी नादानी है। अभी तुम्हारे बापू को यह पता चल जाए तो? तुम बेशक यह नहीं चाहोगे कि उन तक यह बात पहुँचे। क्यों? अभी वक्त है बरखुरदार; जरा सँभलो, होश में आओ और उसे भी होश में आने दो ,जिसको प्यार करने का दम भरते हो। तुम तो कल चले जाओगे अपना कॅरियर बनाने। उसका क्या होग— कभी सोचकर देखा? नहीं देखा न? कैसे देखोगे? यह उम्र ही ऐसी होती है। अंधी और खुदगर्ज। हम भी तुम्हारी उम्र में बहुत कुछ भुगत चुके हैं और इसीलिए तुमसे कहते हैं, यह रास्ता बहुत खतरनाक है, इसमें फिसलन-ही-फिसलन है। और दुनिया कितनी बेरहम है, इसका रत्ती भर भी इल्म या एहसास न तो तुमको है, न उस मासूम को। तुम तो हमारे लड़के की तरह हो। क्या तुम नहीं चाहोगे, हमारी बेटी खुश रहे, उसकी घर-गिरस्ती बस जाए ठीक से? हम तुम्हारे जज्बात की कद्र करते हैं। तुम्हारा दिल दुखाना हम हरगिज नहीं चाहते थे। मगर तुम्हें भी तो हमारी मजबूरी समझनी चाहिए कि नहीं? खामखाह अपने को और दूसरे को भी धोखे में क्या रखना? यह मुहब्बत का ही तकाजा है कि तुम उससे मिलना-जुलना बंद कर दो। यह दोनों के हक में अच्छा होगा—तुम्हारे भी, उसके भी।'

मगर आप कम-से-कम इतना तो कर सकते थे पोस्टमास्साब कि जब मैं बिना उससे विदा तक लिये कलेजे पे पत्थर रखके चला गया था इलाहाबाद, तो आप फायजा को सच्ची और पूरी बात बता देते। गलतफहमी की जो दीवार आपने मेरे और उसके बीच खड़ी कर दी थी, कम-से-कम उसे तो अपने हाथ से गिरा देते। जाने के पहले दिन आपसे डाकखाने में मिला था—आपको याद है? अपनी गूँगी छटपटाहट लिये खड़ा रहा था आपके सामने—'चचा, मैं जा रहा हूँ।' 'खुश रहो बेटा, खूब मन लगाके पढ़ना। अपने खानदान का नाम रोशन करना।' बस, क्या मैं यही सब सुनने को आपके पास आया था? मेरी जेब में एक लिफाफा था—फायजा को लिखा मेरा पहला और आखिरी खत, जो मैं आपकी ही मारफत

उसे सौंपना चाहता था। आपने पूछा भी मुझसे कि 'रजिस्ट्री है? लाओ!' मैंने इनकार में सिर हिला दिया था। आपने छीन क्यों नहीं लिया वह लिफाफा मेरे हाथ से? जरा देखते तो सही, मुझे उस कब्रिस्तान के हवाले करके जिस दिन से आपने मेरे लिए अपने घर का दरवाजा सदा-सदा के लिए बंद किया, मुझ पर कैसी क्या गुजरी है! आप एकबारगी इतने बेरहम कैसे हो गए, पोस्टमास्साब? एक बार भी आपके मुँह से इतना नहीं निकला कि 'फायजा से मिलके जाओ।' क्या मैंने आपके हुक्म का अक्षरशः पालन नहीं किया था? आपका क्या बिगड़ जाता— अगर मैं जाने से पहले एक बार फायजा से मिल लेता? क्या आपको मुझ पर या अपनी बेटी पर इतना भी भरोसा नहीं था? मेरे मन में जो सबसे बड़ी कलख है, वह यही कि मैंने क्यों नहीं फायजा को उसी दिन अपने न आ पाने की असली वजह बता दी। क्यों मैंने खामखाह आपका खयाल करके सच्ची बात छुपाई। जबकि वह सच्चाई मेरे रोम-रोम से फूटकर बाहर आना चाहती थी। उसने कहा था न, कि वह मुझे जिंदगी भर माफ नहीं करेगी। कैसे कह पाती वह ऐसा पोस्टमास्साब, अगर सच्ची बात जान पाती?

जाने क्यों मैं कुछ भी नहीं बोल सका। जाने क्यों उसे अकस्मात् इतने दिनों बाद अपने सामने खड़ा देखकर मैं स्तंभित अवाक् रह गया। बिजली की कौंध सी वह मेरे आर-पार हो गई थी। मन की सारी घुटन, तड़फड़ाहट और बेबसी जाने कहाँ बिला गई थी। कब्रिस्तान की वह घटना मानो महज एक दुःस्वप्न थी, जिसकी आखिरी-आखिरी परछाईं तक उस सुबह की धूप ने सोख ली थी। जैसे दुनिया में सिर्फ फायजा थी : उस धूप में लिपटी हुई फायजा। और कहीं कुछ भी नहीं था। मैं भी नहीं।

फिर क्या हुआ? मैं क्यों नहीं जा पाया वादे के मुताबिक उसी शाम फायजा के घर? नहीं। गया तो था और मँडराता भी रहा था देर रात तक उसी घर के आसपास। मगर साहस नहीं बटोर पाया था भीतर घुसने का। जैसे-जैसे साँझ घिरती गई, मुझ पर उस दुःस्वप्न की जकड़ फिर से हावी होती गई।

रोज सुबह मैं दुकान खोलने की अपनी ड्यूटी निभाने जाता। रोज अपने पिता के आने तक दुकान में बैठा-बैठा सामने की अँधेरी सुरंग को घूरता रहता। धीरे-धीरे उस सुरंग को उजाले की आहट पर काँपते-सिहरते और फिर धूप से नहाते देखता। आँखें प्रतीक्षा में बिछी रहतीं।

मगर दिन-पर-दिन बीतते गए। फायजा नहीं आई सो नहीं आई। वह चमत्कार

जो एकबार घट चुका था, फिर दुबारा नहीं घटा। कैसे घटता और क्यों घटता?

अच्छा, मान लो, वह आज बस की भीड़ में मुझे देख और पहचानकर भी मुँह नहीं फेरती—चेहरे से परदा भी हटा देती तो क्या मैं झेल पाता उसकी आँखों को अपनी आँखों से? सभी कुछ तो अनकहा रह जाता और अनकहा रहकर वह और बुरी तरह सालता। वह अब तक भूल भी चुकी होगी, जिस तरह मैं भी भूल गया था। मगर मात्र इस संयोग के कारण, जिस तरह वह अपनी सैकड़ों छवियों और मुद्राओं में मेरे भीतर सजीव हो आई है, उसी तरह क्या मैं भी उसके भीतर हजारों परतों के नीचे दबा-गड़ा भी उठकर चलने-फिरने नहीं लगता? जिस तरह मैं घिरा हुआ हूँ उससे, उसी तरह क्या वह भी इस वक्त मेरे बारे में ही नहीं सोच रही होती? उफ! कितना खुदगर्ज खयाल है यह। हकीकत का पता तो उसे तभी चल गया होगा और उसने उसे स्वीकार भी कर लिया होगा। 'प्यार जीने के लिए होता है कि मरने के लिए'; यह उसी ने न मुझसे पूछा था? कब, किस सिलसिले में?...कहीं ऐसा तो नहीं कि वह जो सनसनीखेज घटना घटी थी हमारे कस्बे में—पोस्टमास्साब जहाँ रहते थे, उसी के बिल्कुल पास, कहीं उसी ने तो पोस्टमास्साब का दिमाग खराब नहीं कर दिया? हाँ, अब याद आया, यह उसी दिन की तो बात है। उसी घटना के सिलसिले में ही तो फायजा ने वह बात मुझसे कही थी। सुबह-सुबह समूचा शहर गिरजाघर की ओर उमड़ा पड़ रहा था। किसी कर्नल ठाकुर का लड़का था। एक ईसाई लड़की से प्रेम चल रहा था उसका। घरवालों ने विरोध किया तो दोनों ने खुदकशी कर लेने की ठान ली। लड़के ने पहले लड़की को गोली मारी, फिर खुद को। मुहल्ले के तमाम छोकरों के साथ मैं भी तो गया था वहाँ। खुद अपनी आँखों देखी थी दोनों लाशें। अजीब दहशत सी मन में भर गई थी और शाम को फायजा के यहाँ पहुँचा तो उसका जिक्र किए बिना नहीं रह सका। वह कुछ देर तो एकटक मुझे घूरती रही फिर बोली, 'तो आप भी थे तमाशबीनों में—क्यों? फर्ज कीजिए, आप उस लड़के की जगह होते तो क्या आप भी वही करते जो उसने किया?' मुझसे कुछ जवाब देते नहीं बना। मैं तो एकदम ही अचकचा गया उसके इस सवाल पर। वही फिर बोली, 'मैं अगर उस लड़की की जगह होती तो साफ कह देती—तुम्हें मरना हो तो मरो। मुझे यह रास्ता कबूल नहीं। प्यार जीने के लिए होता है कि मरने के लिए।'

पता नहीं, मैंने इस पर क्या कहा होगा। कुछ कहा भी होगा कि नहीं?

शायद फायजा की बात मुझे अच्छी नहीं लगी होगी। पर मुझे जो अच्छी तरह याद है, जो इस वक्त भी मेरे रोम-रोम में बज रहा है, वह यह है कि हम दोनों एक अजीब सी खामोशी और तनाव में लिपटे बैठे हैं। एक-दूसरे का हाथ थामे।...और कमरे में साँझ का अँधेरा गाढ़ा होता जा रहा है। और दिन वह खुद ही उठकर लैंप जलाकर लाती थी या उसकी अम्मी लेकर आती थी। मगर आज पता नहीं क्यों, हम अँधेरे में ही बैठे हुए हैं। एकाएक वह बड़ी जोर से मेरा सिर दोनों हाथों से पकड़कर अपने सीने से भींच लेती है और 'क्या हो गया आपको?'...बुदबुदाती हुई मेरी आँखों को, गालों को, होंठों को बेतहाशा चूमने लगती है...जैसे मैं एक भयभीत, बिलखता हुआ बच्चा हूँ और वह मुझे चुप कर रही हो। मेरे सारे डर को अपने भीतर सोखे ले रही हो। शायद वह पहला और आखिरी मौका था, जब उसने इस तरह मुझ पर अपना प्यार बरसाया था। कहीं ऐसा तो नहीं कि उसी बीच कोई कमरे में आया हो और उसने हमें देख लिया हो। और उन्हीं चंद लमहों के भीतर जब हम सारी सुध-बुध खोकर एक-दूसरे से एक जान हो गए थे, तभी उसी क्षण हमारे बिछोह की तैयारियाँ भी शुरू हो गई हों। कहीं ऐसा तो नहीं कि वैसा कुछ न हुआ हो, पर अपने घर के इतने पास घटी उस बेहद सनसनीखेज घटना ने फायजा के पिता को भीतर-ही-भीतर दहला दिया हो और उन्हें जो कि हम पर पूरा भरोसा करके हमें हर तरह की छूट दिए हुए थे, जिनकी आँखों में तब तक कभी एक पल के लिए भी शक की परछाईं नहीं उभरी होगी—उन पोस्टमास्साब को भी उस घटना ने पहली बार मेरे और अपनी बेटी के बीच गहराते जा रहे लगाव का पुनर्मूल्यांकन करने को बाध्य कर दिया हो।

फायजा ने भी आखिरकार कुछ तो भाँपा होगा। क्या उसने पूछा नहीं होगा अपने पिता से कि आखिर मेरे इस तरह अचानक गायब हो जाने की क्या वजह हो सकती है? और वह वजह उसने उनका चेहरा देखकर ही भाँप ली होगी। वैसे भी क्या वह मिली नहीं थी मुझसे? मेरी आँखों से, चेहरे से, आवाज से ही क्या वह समझ नहीं गई होगी कि मैं उससे जानबूझकर नहीं कतरा रहा हूँ। मुझे मना कर दिया गया है, मुझ पर रोक लगा दी गई है। उसने पता तो लगा ही लिया था कि मैं रोज सुबह दुकान पर होता ही हूँ। वह क्यों फिर कभी नहीं आई? अपनी छटपटाहट, अपनी बेबसी पर से ही उसे मेरी बेबसी का भी अंदाज हो ही गया होगा। नहीं?

नहीं! मैंने अच्छा ही किया, जो उसके सामने नहीं पड़ा। अच्छा ही हुआ जो मैंने उस दूसरी औरत से भी कुछ नहीं पूछा। फायजा अब तक अपने घर भी पहुँच चुकी होगी। पता नहीं, उसका घर यहाँ कहाँ है। पता नहीं, उसके पति क्या करते हैं। कुछ बताया तो था पोस्टमास्साब ने। नहीं, तब नौकरी कहाँ लगी थी? पढ़ रहे थे। लगता है, पुराने खयालात के होंगे। तभी तो अभी तक बुरका नहीं छूटा। मगर···उन दिनों भी फायजा को बुरके में कब देखा था? कभी भी तो नहीं। बस सिर्फ एक बार उसी दिन जब वह सुबह-सुबह दुकान पर मुझे मिलने आई थी, कितना अचंभा हुआ था मुझे उसे उस तरह देखकर। सिर से पाँव तक वह ढकी-छुपी थी—फिर भी कैसे मैंने उसे पहचान लिया था उसी क्षण। अपने मुख पर से आवरण तो उसने तभी हटाया था, जब वह ऐन मेरे सामने, मेरे एकदम पास आकर खड़ी हो गई थी और कह रही थी—'आपको क्या हो गया? आपने आना क्यों बंद कर दिया?' कुछ जवाब दूँ, इससे पहले ही उसने एक के बाद एक तीन-चार जुमले मुझ पर दाग दिए थे।

'हम बहुत नाराज हैं आपसे।'

'कुछ पता तो चले जनाब, हमसे ऐसी क्या खता हुई?'

'कहिए, आएँगे जरूर। वादा करिए मुझसे, आएँगे।' इस पर मैंने चुपचाप सिर हिलाकर हामी भर दी थी और उसने तुरंत उसी तरह मेरी आँखों में अपनी आँखें गड़ाते हुए कहा था, 'कब? आज शाम को मैं आपका इंतजार करूँगी, हाँ?' पता नहीं उस पल मुझे क्या हो गया था। क्या वह मुसकराई थी? हाँ, उसके उस तरह मुसकराते ही मैं सबकुछ भूल गया था—अपना अपमान, अपनी बेबसी, अपनी घुटन, छटपटाहट सबकुछ। वह मुसकराहट मानो अभय थी—एक रक्षा कवच मेरे लिए। 'मैं आऊँगा, फायजा, जरूर आऊँगा' उस बेखुदी के आलम में भी खुद को कहते सुना था मैंने। वह उसी तरह अपलक मुझे ताकती हुई खड़ी रही। फिर अचानक अपना मुख ढक लिया था उसने और वापस उसी तरह गली की ओर मुड़ गई थी।

फिर क्या हुआ? फिर क्यों अचानक पलटकर वह वापस आई थी और मेरे पास आकर परदे के पीछे से ही काफी जोर से फुसफुसाकर कहा था उसने, 'आपको मेरी कसम है, हाँ। आज शाम भी अगर आप नहीं आए, तो याद रखिए, मैं आपको जिंदगी भर माफ नहीं करूँगी।'

क्यों कहा था उसने ऐसा? अचानक उसे यह क्या सूझा था? उस असीम

अनंत जैसे पल के तुरंत बाद वापस उस सुरंग में धँसते ही उसे क्या संशय ने धर दबोचा था? कि मेरा वादा झूठा है, कि यह सब निरी छलना है, भुलावा है। और···हो सकता है, यह हमारी एकदम आखिरी मुलाकात हो। और तब, इस संशय की तिलमिलाहट में, अपनी सारी शक्ति बटोरकर अपनी समूची हताशा के जोर से ही एक आखिरी हथियार की तरह उसने वह वाक्य मुझ पर फेंका था : उस मंत्र की तरह, जिसके अमोघ सामर्थ्य पर वह उस पल प्राणपण से यकीन करना चाहती रही होगी। और क्यों नहीं? उफ, कैसा सदमा पहुँचा होगा उसे, जब अपनी खिड़की पर यों टँगे उसने उस दिन की शाम को धीरे-धीरे रात में ढलते देखा होगा? क्या वह नहीं जानती थी मन-ही-मन कि वह हमारी आखिरी मुलाकात होगी? निश्चय ही जानती थी। उसके वे अंतिम शब्द साक्षी हैं कि वह अवश्य ही यह बात जानती थी। तभी तो एकबारगी अपना सबकुछ दाँव पर लगा देने की तरह उसने वह कसम मुझे खिलाई थी।

मेरे चेहरे पर निगाह डालते ही उसने सारी हकीकत भाँप ली होगी कि कोई बाधा जरूर इस बीच मेरे और उसके बीच दीवार की तरह खड़ी हो गई है, जिसे ढहाना न मेरे बस की बात है, न उसके। मगर ऐसा ही हो तो भी क्या? क्या हम एक बार मिल भी नहीं सकते? सहज स्वाभाविक ढंग से एक-दूसरे से विदा भी नहीं ले सकते? मैं जा रहा हूँ आगे की पढ़ाई के लिए और साल भर से पहले नहीं लौटूँगा—यह बात तो उसको और उसके माँ-बाप को मालूम ही थी। मैं इतने दिन अपने ऊपर जब्त किए रहा, एक बार झाँकने तक नहीं गया उनके घर—क्या इतना काफी नहीं था, उसके पिता को यह भरोसा दिलाने के लिए कि मैंने अक्षरशः उनके आदेश का पालन किया कि अब मुझसे उनको किसी तरह का कोई खतरा नहीं? कोई आसमान तो फट नहीं पड़ता मेरे एक बार मिल आने से? आखिर यह वही तो घर था, जहाँ अभी कल तक मेरा स्वागत-ही-स्वागत था। जहाँ मुझे खुद अपने घर से भी ज्यादा अपनत्व और सुकून मिलता था। दरअसल, मैं उस सदमे को नहीं झेल पाया था—अचानक एकबारगी उस घर से बाहर फेंक दिए जाने के सदमे को। पर इसमें फायजा का क्या कसूर था? अपने अपमान को लेकर मैं क्यों मन-ही-मन इस कदर कुंठित हो गया कि फायजा पर क्या गुजर रही होगी, इसका ध्यान ही जैसे बिसार बैठा। क्या वह यों ही उतना जोखिम उठाके मेरे पास दौड़ी चली आई थी उस दिन? क्या उस दुस्साहस के पीछे मेरी, मेरे स्वाभिमान की चिंता भी नहीं थी?

कितना दुर्लभ अवसर मिला था मुझे उससे माफी माँगने का, उससे पूछने का कि तुम्हें याद है फायजा, वह शाम, जब तुमने मुझसे कहा था—'प्यार जीने के लिए होता है; न कि मरने के लिए। यह भी कि वह लड़का, जिसे तुमने प्यार का पहला- पहला सबक सिखाया था—सबसे गहरा सबक फायजा, विश्वास करो, वह लड़का अभी तक मरा नहीं, जिंदा है और तुम्हारे सामने खड़ा है। इसे माफ कर दो फायजा, जो तुम्हें वचन देकर भी उसकी रक्षा नहीं कर पाया। जो कैसे-कैसे सपने देखता था—असंभव सपने और जो तुम्हारी इतनी जरा सी बात भी नहीं रख सका। तुम्हें पता है फायजा, पोस्टमास्साब ने मुझसे क्या कहा था कि यह तुम्हारी ही ख्वाहिश है कि मैं तुम्हें पढ़ाऊँ। कितनी चतुर सयानी थीं तुम फायजा। तुमसे आँख तक नहीं मिला पाता था, तुम्हें याद है? जब तुमने मेरी मदद चाही थी एक बार कैमिस्ट्री के प्रैक्टिकल में, तो किस कदर मेरे हाथ काँप रहे थे? और···मुझे इतना तक तो पता नहीं था कि तुम पोस्टमास्साब की बेटी हो। मुझे क्या हक है उनके बारे में कुछ भी उलटा-सीधा सोचने का? आखिर उन्हीं ने तो मुझे तुमसे मिलाया था। गलती जो भी थी, मेरी थी। कमजोरी जो भी थी, मुझमें थी।

मुझे यह सब कहना नहीं पड़ता। उसे यह सब सुनना नहीं पड़ता। मैं बस सामने खड़ा भर हो जाता उसके और वह अपना आवरण थोड़ा सा हटाकर मुझे एक नजर देख भर लेती तो सबकुछ बिना कहे समझ जाती और तब उसकी आँखों से वह उजाला फूटता, जो मुझे यकीन दिला देता कि उसने मुझे माफ कर दिया, कि उसने बहुत पहले ही मुझे माफ कर दिया था।

कैसा अपूर्व अवसर मैंने गँवा दिया।

जाने किस अदम्य प्रेरणा के वशीभूत मैं आज सुबह-सुबह कल के ही वक्त, बल्कि उससे थोड़ा पहले ही उसी स्टॉप पर आके खड़ा हो गया हूँ। बिना किसी उम्मीद के, यों ही, बिना वजह। मानो वह रोज इसी वक्त इसी स्टॉप से बस पकड़ती हो। क्या यह सच नहीं कि यही इसी जगह पर कल वह खड़ी थी। यहीं इसी जगह, जैसे ही स्टॉप, थोड़ी देर को सूना पड़ा, मैंने खुद को घुटनों के बल झुककर अपना माथा टिकाते देखा उस धूल पर, जिस पर उसके पाँवों की छाप अभी भी कायम थी। कितना रोमांचकारी था वह क्षण, कितना अविश्वसनीय, जब वह खड़ी थी मुझसे कुछ ही कदमों की दूरी पर, मेरी उपस्थिति से नितांत अनभिज्ञ।···और उस हवा में साँस ले रही थी, जिसमें मैं भी साँस ले रहा था। मैं फिर से घुटनों के बल टिक गया हूँ उस धूल पर, और दोनों हाथ ऊपर आसमान

की ओर उठाए दुआ कर रहा हूँ उसके लिए, उसके घर-परिवार के लिए। मुझे भरोसा है प्यारी फायजा, कि तुमने मुझे जरूर माफ कर दिया है। यह संयोग ही इसका सबूत है। ऐसी ही, बिल्कुल ऐसी ही तो सुबह थी वह, फायजा, जब तुम उस गली के मुहाने पर देर से उगती हुई धूप के भीतर से सहसा आविर्भूत हुई थीं और सीधे मुझमें आ पैठी थीं। तुम अभी भी वहीं पैठी हुई हो फायजा। कुछ है, जिसे हम लाख भूलकर भी नहीं भूलते; खोकर भी नहीं खोते। वह पल बीतकर भी नहीं बीता, अभी भी मुझमें धड़कता है। यह धूल उसी की साक्षी है फायजा—यह धूल, जिस पर तुम्हारे पाँवों की छाप पड़ी थी···और जो तुम्हारी धड़कनें अभी भी अपने अंतर में सँजोए हुए है।

□

मुझे अच्छी तरह देख

भीड़ भरे बाजार में अचानक अपने कंधे पर किसी के हाथ का दबाव महसूस हुआ। 'अरे, हेमू! तू कब आ गया रे?' पीछे पलटकर देखूँ, इतने में तो वह एकदम मुझसे लिपट गई और मेरे गालों को सहलाने लगी। निर्मला···हाँ, निम्मो दीदी ही तो! अब वह मेरा हाथ अपने हाथ में लिये उसे झुलाती हुई चल रही थी—झरने की तरह इठलाती हुई। सच कैसे बोलता! यों ही कह बैठा, 'बस दो ही दिन तो हुए मुझे यहाँ आए हुए।' 'अच्छ्या! अब झूठ बोलना भी सीख गया?' उसने एक जोर का धौल मेरी पीठ पर जमा दिया, 'हफ्ते भर से पड़ा है और कहता है—दो ही दिन तो हुए। अरे कितने बरस बाद आया है? कम-से-कम पूछता तो सही, दीदी मरी है कि जिंदी?'

मैं कुछ कहने को ही था कि इतने में सामने ही एक पान की दुकान के आगे निर्मला दीदी का पति दो-चार लोगों से घिरा दिखाई दे गया। मैं उसकी ओर बढ़ा ही था कि वह मेरी बाँह पकड़ के मुझे घसीटती हुई एक सँकरी गली में घुस गई। 'मैं तुझे छोड़नेवाली नहीं हूँ। चल, मेरे घर चल। वहीं मिल लेना अपने जीजा से। बाजार में तो···तुझे मालूम ही ठैरा, वो जरा ज्यादे ही स्वाँग दिखाते हैं। वैसे पहले से काफी फर्क है। संजू की दुकान खुलवा दी है न, तब से पगलेट इनका कंट्रोल में है। ये बजरुवे बदजात! इनको मुफ्त का ठेठर चाहिए न! तू था, इसलिए चुप रह गई। नहीं तो सालों को दो चनकट्टे लगाती।'

मैं चौंक गया। इसे हो क्या गया? निम्मो दीदी और गालियाँ! तो क्या···गोपू, छोटू इसके बारे में जो कुछ बता रहे थे, सच है कि इसका दिमाग भी चल गया है?

'तू समझा न इनको हेमू! बता, अच्छा लगता है मेरा बीच बाजार में इनको टोकना? इतना बाँध के तो रखती हूँ दुकान से। तीन-तीन, चार-चार चक्कर लगाती

हूँ। मजाल है, जो कभी मेरे सामने भी पड़ जाएँ ये छोकरे। ऐसा छलझाड़ किया था मैंने एक दिन इनका कि देखते रह गए थे सारे बजरिए।'

'अच्छा अच्छा,' मैंने उसे हौले से एक तरफ किया। उसे कतई होश नहीं था कि वह रास्ता चलते लोगों के लिए खुद भी तमाशा बन रही है और मुझे भी बना रही है। हमारे दोनों ओर लोग इकट्ठा थे। सँकरी गली के मुहाने को पूरी तरह छेंके हुई थी वह, दोनों हाथ मेरे कंधों पर धरे। अब जिस चौड़ी सी गली में हम थे, वही उसके घर की ओर ले जाती है और घर नजदीक ही होना चाहिए, मैंने अंदाजा लगाया। थोड़ा आगे जाकर वह ठिठक गई। बोली, 'मैंने बाजार का रास्ता बंद कर दिया कभी का। तू तो जुगों बाद पधारा है। तुझे क्या पता? मैंने खदेड़ दिया सबको। अब यह पूरा घर मेरा है। तुझे पीछे का रास्ता दिखाना था न, इसलिए घसीट लाई। पहचान तो रहा है कि भूल गया?'

'वाह! ऐसे कैसे भूल जाऊँगा!' मैंने कह तो दिया। मगर उस तिमंजिली इमारत के पिछवाड़े पर निगाह दौड़ाते हुए मेरे भीतर कहीं कोई पहचान नहीं जगी। आखिर मकान तो दरअसल इन्हीं लोगों का था। इसके पति के सीधेपन का नाजायज फायदा ही तो उठा रहे थे वे लोग। क्या गलत किया इसने, जो उन कृतघ्न घुसपैठियों को निकाल बाहर किया। वह भी कितना कुछ बरसों चुपचाप झेल चुकने के बाद।

'मैं क्या करती हेमू, तू ही बता। एक तरफ अकेली औरतजात मैं, और दूसरी तरफ ये तीन-तीन राकस हमारी जान को लगे हुए। और इन भोलेनाथ को कोई होश नहीं। ये राकस हमको बेच खाते तो भी इनको कोई मतलब नहीं। मैंने भी ठान ही ली हेमू कि मुझे अगर जिंदा रहना है, अपने बच्चे पढ़ाने हैं तो इनका इलाज तो मुझे करना ही पड़ेगा। या तो ये रहेंगे या मैं। आखिर ये कोर्ट-कचहरी है किसलिए?'

वह बोले जा रही थी लगातार। तभी अचानक मुझे लगा, गली के कई सारे मकानों की खिड़कियों से चिपकी कई सारी आँखें और कई सारे कान हमीं पर टिके हुए हैं। मैं सिटपिटा गया, 'अच्छा, अभी चलता हूँ दीदी। कल शाम आऊँगा इसी वक्त।' उसने फिर से मेरा हाथ पकड़ लिया, 'चल, तुझे बाजार तक छोड़ आऊँ। तुझे शरम तो नहीं लग रही मेरे साथ चलने में?' मैं क्या कहता? चुपचाप हथकड़ी पहने उसके साथ-साथ घिसटने लगा।

'तू मेरे घर कित्ता आता था, तुझे याद है? अब तो तू सब भूल गया होगा। मैं

तेरे लिए आलू के पराँठे और तिमिल का रायता और जो भी तुझे पसंद है, सब बनाऊँगी। और हाँ, सूजी के पुए भी। कित्ती जिद करता था तू सूजी के पुए खाने की—तुझे याद है?'

'हाँ, याद है,' मैंने कहा, 'किसी पूर्व जन्म की सी याद।' वह बच्चों की तरह खिलखिलाकर हँसी, 'तू इतना निरमोही कब से हो गया रे? और बहू को क्यों नहीं लाया? कित्ते···सात-आठ बरस तो हो ही गए होंगे। सुना, तेरे लड़के का ब्याह भी हो गया। कोई पंजाबन ले आया है, सुना। जैसा बाप, वैसा बेटा। तूने क्या कम हीरोपना दिखाया था? कितना कलपाया था मेरी मौसी को तूने, कुछ पता भी है?···अरे, पराए मन से ही सही, एक आँखर तो मुझे लिख भेजता। गोपू और छोटू तो गए थे, सुना। नहीं रे! जब तू ही मुझे भूल गया तो ये छोरे मुझे क्या पूछेंगे!···बुरा क्यों मानूँगी? उन पर मेरा हक ही क्या है। हाँ, तुझ पर जरूर अपना हक समझती थी और अभी भी समझती हूँ। तू लाट-कमिश्नर कुछ भी बन जाए, रहेगा तो वही मेरा हेमू मेरे लिए। समझा?'

'हाँ, हाँ, समझ गया,' मैंने कहा, 'अब तू जा।' मैं डर रहा था, कहीं उसका पति अभी भी वहीं पर खड़ा अपना स्वाँग दिखा रहा हो और यह जाके हंगामा खड़ा कर दे तो? और सचमुच ही वह मुझे उसी सँकरी गली में ठेलती हुई मेरे पीछे-पीछे आने लगी। मैंने उसकी बाँह थामी और उसे वापस उसके घर की सीढ़ियों तक खदेड़कर ही दम लिया।

पूरे आठ बरस बाद मैं यहाँ लौटा हूँ। पहले हर साल आता था गरमी की छुट्टियों में और तब सोचा भी न होगा कि कभी ऐसा भी वक्त आ सकता है, जब मैं आठ-आठ बरस इस कस्बे का मुँह भी नहीं देख पाऊँगा। तब लगता था जैसे मैं उस दूर परदेस में दस-दस महीने इसीलिए खटता हूँ कि दो महीने यहाँ गुजार सकूँ, अपने बचपन के नगर में···और अब? जब मैं हर तरह से, हर तरफ से बुरी तरह फँस गया हूँ, अब ऐसा क्या हो गया है कि मेरे भीतर अपनी इस जन्मभूमि के लिए भी कोई ललक नहीं रह गई है, जबकि वह परदेस मेरे लिए आज भी उसी तरह, उतना ही परदेस बना हुआ है। यह कितनी अजीब बात है कि इतने बरसों में मुझे एक बार भी इसकी याद नहीं आई और यहाँ आकर भी सात-आठ दिन हो गए, न किसी से मिलने-जुलने का मन होता है, न घूमने-फिरने का। मुझे आखिर हो क्या गया है? लगता है, जैसे मेरे भीतर कोई चीज एकदम पथरा गई है। एकदम सुन्न पड़ गई है।

नहीं! यह सच नहीं है। मैं अभी मरा नहीं, जिंदा हूँ। यह कोठरी, इसकी दीवारें गवाह हैं, मुझे कुछ हो रहा है। मुझे क्या हो रहा है?

क्या सचमुच इन सारे बरसों के दौरान मुझे कभी उसकी याद नहीं आई होगी? कितनी असंभव, कितनी अनर्गल सी लगती है यह बात! मगर क्या यही सच नहीं है? जब कि···जब कि मैं जब भी छुट्टियों में यहाँ आता था, हर तीसरे-चौथे उसके यहाँ जा पहुँचता था। उससे मिले बिना मुझे कल ही नहीं पड़ती थी। और वह अपने पति, अपने भरे-पूरे परिवार के सामने ही, उन सबको सारे संसार को ओट करके एक ऐसा एकांत मानो जादू के जोर से मेरे लिए रच देती, जिसमें सिर्फ मैं होता था और सिर्फ वह।

'तू इतना निरमोही कैसे हो गया रे?' उसने छूटते ही मुझसे कहा और बिल्कुल सही कहा। मेरा कुछ भी उससे कैसे छुपा रह सकता है? वह सब जानती है, सब समझती है। मुझे उससे कुछ भी कहने की जरूरत नहीं। मगर क्यों नहीं? वह कैसे जान सकती है उस त्रास और उस घुटन को, जिससे मैं पिछले बरसों के दौरान गुजरा हूँ। मैंने तो पहले भी उससे कभी मुँह नहीं खोला। जी उमड़ता था कई बार, उससे सबकुछ कह डालने को, अपनी घुटन बहा डालने को। पर तभी, जब वह दूर होती, अलभ्य होती। उसके सामने पड़ते ही वे सारी बातें अपने आप बिला जातीं।

क्या वैसा ही कुछ उसके साथ भी होता होगा? क्या उसे भी मेरे पास बैठकर कुछ उसी तरह का सुकून और कुछ उसी तरह का सहारा मिलता रहा होगा? यह सवाल पहले तो कभी उपजा था मेरे मन में। अब क्यों उपज रहा है? मुझे कल जाना था उसके पास, उसे वचन दिया था मैंने। कितनी व्यग्र उत्कंठा के साथ मैं इंतजार करता रहा था शाम का? फिर क्यों नहीं गया मैं? जाके भी, उसके घर की देहरी छूकर भी, क्यों वापस लौट आया? यही तो था वह सवाल, जो मुझसे अचानक आ टकराया था और जिसने मुझे वहीं-का-वहीं स्तंभित कर दिया था। आठ-आठ बरस मैंने जिसकी एक बार भी सुध नहीं ली, जिसके बारे में कभी सोचा तक नहीं, जबकि यही उसकी जिंदगी के सबसे विकराल वर्ष थे···और यह सबकुछ अपने घर के लोगों से जान चुकने के बाद भी मैं इतने दिन तक उसके पास नहीं फटका। अब क्यों जा रहा हूँ? किसलिए?

वह क्या लगती है मेरी? माँ से कित्ती बार पूछा होगा मैंने। कित्ती बार उसने बताया होगा। मगर मैं कभी नहीं समझ पाया, कभी नहीं याद रख पाया उस

अजीबोगरीब और दूरदराज के रिश्ते को, जो उससे मेरी माँ को मौसी कहलवाता था और मुझसे उसे दीदी। दीदियों की—चचेरी, ममेरी, फुफेरी दीदियों की, भला क्या कमी थी हमारे यहाँ! मगर उन सबको ओझल करती हुई मात्र यही एक छवि क्यों मेरे समूचे बचपन के आर-पार जगमगाती रहती है? कैसी विपदा के दिन थे वे! जब माँ लगभग अपंग हो गई थी और दादी मरणासन्न··तब वह कौन था, जो हमारे पूरे परिवार को सँभाले हुए था? यही निर्मला, यही निम्मो दीदी ही न? तब वह नई नवेली दुलहन थी। उसकी उम्र ही क्या रही होगी? यही अठारह-उन्नीस साल ही न? वो तो उसकी सास की मेहरबानी थी या ससुर की मुझे याद नहीं, जो उसे बरसों··कभी सुबह, कभी शाम, हमारे यहाँ खटने भेज देते रहे। हाँ, यह मेरी ही तो ड्यूटी थी, उसे उसके घर से लिवा लाना और फिर वापस वहाँ पहुँचाना। मेरी क्या उम्र रही होगी तब? यही आठ या नौ बरस। मेरे लिए चरम उल्लास का क्षण वह होता था, जब मैं उसके अभिभावक की तरह, अंगरक्षक की तरह उसे एक भरे-पूरे बाजार के बीच से 'एस्कॉर्ट' करता था। कितनी सारी उत्सुक और सराहती निगाहों को अपने ऊपर महसूस करता हुआ मैं अपने सौभाग्य पर फूला नहीं समाता था। वह घूँघट नहीं करती थी और चलती हुई भी सरपट भागती सी लगती थी, पहाड़ी झरने की तरह खिलखिलाती हुई और उसका हाथ पकड़े मुझे लगभग दौड़ना पड़ता था, उसके साथ-साथ चल पाने के लिए।

घर में दाखिल होते ही मुझे खटका हो गया था कि वह नहीं है। वहाँ था उसका पति, जिसने कोई आधा घंटा मेरा दिमाग चाटा होगा। कितनी बार उठने को हुआ, पर वह हर बार मुझे बिठा देता और वहीं से अपनी औरत को पुकारने लगता अपनी फटी-बेसुरी आवाज में, जैसे उसकी ड्यूटी हो मुझे रोके रखने की। मैं बेहद परेशान था। लग रहा था—जैसे किसी पागलखाने में पटक दिया गया हूँ। किसी बात की कोई तुक नहीं, सिलसिला नहीं। पागलपन आखिर और कहते किसे हैं! वह तो कह रही थी, पहले से बहुत सँभल गए हैं। क्या इसी को सँभलना कहा जाएगा? मुझे तो उलटे, पहले से भी ज्यादा पगलेट दिखाई दिया। पहले तो बहकते-बहकते बीच में कभी पटरी पर भी आ जाते थे, कुछ ठीक-ठाक बात भी कर लेते थे, पर अब तो एकदम ही चौपट हो गए हैं। तुतलाहट-लड़खड़ाहट भी पहले से कहीं ज्यादा है। भला दुकान कैसे चलाते होंगे। क्या मदद मिलती होगी इनसे संजू को? उफ!

पहले भी मुझे बड़ी वितृष्णा होती थी। पहले भी, रास्ते में दूर से दिखाई पड़ते

थे तो मैं कतराकर निकल जाता था। पर आज तो मेरी हालत अजीब ही हो गई। दो मिनट भी जिस आदमी को झेलना पहाड़ लगता है, उसके साथ पूरी उम्र गुजार देना! कैसे झेला होगा उसने! एक अभूतपूर्व विषाद और आतंक ने मुझे जकड़ लिया।

तभी वह भागती हुई आई और मेरा हाथ पकड़कर मेरे पास ही बेंच पर बैठ गई। वह अब भी उसी तरह तेज थिरकती हुई नदी की तरह चलती है और अभी भी उसकी आँखों में वैसी ही चमक पैदा होती है। अब भी उसी तरह खिल-खिलाकर हँसती है। मगर उसका हाँफना देखकर मैं तो चकित रह गया। हाँफते-हाँफते ही उसने अपना सिर मेरे कंधे पर टिका दिया और सामने खड़े पति की ओर एक हाथ से इशारा किया—'अब खड़े क्या हो? जाओ दुकान पर बैठो। संजू को भेजो। तुमने तो···' मेरे सिर पर हाथ फेरते वह खिलखिला पड़ी, 'तुमने तो इसका दिमाग चाट डाला होगा। क्यों रे, कुछ बचा भी है यहाँ मेरे लिए?' मैंने भी उसकी हँसी में शरीक होने की कोशिश की। पर नहीं हँस सका। जीजाजी भीगी बिल्ली की तरह सटक गए थे। तब पहली बार रसोई की खटर-पटर से लगा, घर में कोई और भी है।

इतने में दोनों लड़कियाँ चाय लेकर आईं और उनके पीछे-पीछे एक छोटा सा बच्चा। बच्चा आते ही उसकी गोद में चढ़कर उसे तड़ातड़ तमाचे मारने लगा। मैं तो चकरा गया। 'अरे ये कौन है? क्या कर रहा है?···' 'प्रणाम कर गुल्लू! ये तेरी मम्मी के मामाजी हैं,' वह बोली···'नहीं करता, जा साली, हरामजादी, कुतिया···' उसने नमकीन की प्लेट उठाई और उसके मुँह पर दे मारी···'मैं तेरा सिर फोड़ दूँगा।' मेरे काटो तो खून नहीं। मैं उठकर खड़ा हो गया। पर वह तो उसी तरह बैठी रही, 'अच्छ्या! अच्छ्या!' वह उसे डाँट क्या, पुचकार रही थी···'जा, देख तो तेरी मम्मी क्या कर रही है। सुशी! इसका दूध गरम कर दे और इसे अपनी खाट पर सुला दे।' 'नहीं सोऊँगा, जा,' बच्चा बुरी तरह चीख पड़ा और फिर यकायक उसने बेंच पर चढ़ के पच्च से उसके मुँह पर थूक दिया। वह उठी, बच्चे को एक हाथ से उठाया और सामने की तंग अँधेरी कोठरी का दरवाजा खोलकर बच्चे को भीतर फेंक के दरवाजा बाहर से बंद कर दिया।

'बैठ हेमू, बैठ। तेरी चाय भी ठंडी हो गई। छोड़, मैं तेरे लिए खाना लगाती हूँ अभी।' बच्चा बेतहाशा दरवाजा पीट रहा था, गालियाँ बक रहा था और वह एकदम शांत, निरुद्विग्न मेरे पास बैठी हुई थी। मैं घबरा गया। 'नहीं, मैं खाना नहीं खाऊँगा,' मैंने उठते हुए कहा, 'मुझे आज जाना है जरूरी काम से।' 'कैसे नहीं

खाएगा रे?' वह झटके से उठी और मेरा कान पकड़ के घसीटती हुई रसोई की ओर ले चली, 'तूने कल की मेरी सारी मेहनत चौपट कर दी। मैं आज तुझे छोड़नेवाली नहीं, समझा?' दोनों लड़कियाँ मुसकराती हुई रसोई से बाहर निकल आईं। 'क्यों? बैंगन बनाया है न? ठीक किया। इसे आज वही खिलाऊँगी, जो यह बिल्कुल नहीं खाता। इसे पता तो चले, दीदी की रसोई बरबाद करना कैसा होता है।' वह मेरी थाली लगाने में व्यस्त हो गई। बैंगन की कथा तो बस कथा थी। कितनी सारी चीजें बनाई थीं उसने। जैसे उसे पता हो पक्का कि मैं तो आऊँगा ही। कितने बरसों के बाद मैं उसे रसोई में खाना लगाते देख रहा था। जैसे सपना देख रहा होऊँ। हाँ, सचमुच, मुझे सबकुछ स्वप्नवत् लग रहा था। तभी मेरा ध्यान गया कि कोठरी से बच्चे की चीख-पुकार नहीं सुनाई दे रही। शायद थककर ढेर हो गया हो वहीं। 'ये क्यों कर रहा था ऐसा?' मैंने पूछा।

वह एक क्षण को चौंकी और फिर खिल खिलाकर हँस पड़ी, 'पंद्रह दिन का था हेमू ये, तब से मैंने इसे पाला है। इसकी माँ को ट्रेनिंग में जाना था। बस फिर मेरे पास ही रहा आया। उन्हें अपने दूसरे बच्चों से और अपने 'नर्सिंग होम' से फुरसत मिले तब न? कल तारा जा रही है लखनऊ, उसके साथ भेजना है इसको। कितना भटकना पड़ा है इन लड़कियों की खातिर मुझे, तुझे क्या पता। पंद्रह-बीस दिन से इसका बस यही हाल है। अभी चौथा जनमवार मनाया था इसका। इसके मम्मी-डैडी दोनों को बुलाया था कि अपनी अमानत वापस ले जाओ। अब मैं एक दिन के लिए भी इसको रखने को तैयार नहीं। यहाँ बुरी तरह बिगड़ रहा है, बाजार के छोकरों की सोहबत में। तूने देख ही लिये लच्छन इसके। मैं इस उम्र में इसके पीछे कहाँ-कहाँ दौड़ूँ बता? किस-किसको सँभालूँ? कल को इसी के माँ-बाप मुझको नाम धरेंगे कि हमारा लड़का बरबाद कर दिया। हाँ रे, अपना खून अपना ही होता है। तू ही बता, मुझे क्या अच्छा लग रहा होगा, इसे इतना पाल-पोस के घर से खदेड़ देना? मगर मैं करूँ क्या, तू ही बता। ये गया नहीं उनके साथ। कहने लगे, बस एक साल और अपने पास रख लो। मुझे भी चढ़ गई। मैंने कहा, 'क्यों रखूँ? तुम्हारी औलाद है, तुम जानो।' अरे तूने उस दिन नहीं देखा, इसने कैसा तूफान मचा दिया था? अब जा के समझ में आ गया है इसके कि मैं इसे रखनेवाली नहीं हूँ। अब वो मुझे गाली नहीं बकेगा तो क्या करेगा? थप्पड़ नहीं मारेगा, मुझ पर थूकेगा नहीं तो क्या करेगा? माया इसी को कहते हैं हेमू। तू तो खुद ही इतना विद्वान् है। मैं तुझे क्या समझाऊँ?'

बोलते-बोलते वह हाँफने लगी। जबरदस्ती मेरी थाली में एक पराँठा और डालती हुई बोली, 'तू भी कह रहा होगा, दीदी को हो क्या गया है? कैसा कसाईपन दिखा रही है। तू होता मेरी जगह, तो बता तू क्या करता? सच्ची कह रही हूँ हेमू। आशु जितना ही उग्र रूप धारण करता है, उतना ही मुझे अच्छा लगता है। मैं तो यही चाहती हूँ वह मुझ पर थूके, मुझसे घृणा करे। तभी तो वह अपने माँ-बाप को पहचानेगा। उनको अच्छा मानना सीखेगा। है कि नहीं? और उपाय क्या है, बता? मैं कब तक उसे अपना मन बहलाने का खिलौना बनाके रखूँगी?'

मैं चुपचाप सुनता रहा और कौर निगलता रहा। चलने को हुआ तो मेरे लाख मना करने पर भी वह मेरी बाँह थामे गली के नुक्कड़ तक मुझे छोड़ने आई। रास्ते में उसका लड़का मिला। 'जा तेरा खाना रखा है, खा ले। हेमू, मेरा संजू बड़ा कारोबारी बन गया है, तुझे कुछ पता भी है? सारे मुहल्लेवाले इससे जलते हैं। वही, जो इसे किसी लायक नहीं समझते थे और इसका मजाक उड़ाते थे। इसने भी करके दिखा दिया सबको। हेमू, मैंने दिन देखा, न रात। इसकी दुकान किसी तरह जम जाए, इसके लिए क्या-क्या नहीं किया…जा रे, तरुली सुला रही होगी आशु को। सुशी से कहना, तुझे परोस दे।' बेचारा चुपचाप सिर झुकाए आगे बढ़ गया…'बिल्कुल अपने बाप पर गया है, हेमू। वैसा ही सीधा, उल्लू-बेल्लू जैसा। मगर सब सीख गया कि नहीं सीख गया? तू बैठना कभी इसके पास। दो-चार अच्छी बातें बताना इसे। हेमू, ये मुहल्लेवाले क्या कहते हैं, तुझे पता है? कहते हैं, इसने अपनी लड़कियों को लड़कों की तरह पाला और लड़के को लड़की की तरह। मैं होती कौन हूँ? हेमू किसी को कुछ भी बनानेवाली! सब अपने भाग का खाते हैं। मुझे तो यही संतोष है कि मेरी लड़कियों ने मेरी सारी कसर निकाल दी। मुझे कितना शौक था पढ़ने का, तू तो जानता ही है। बारह बरस की थी, तभी से बाँध दिया मुझे खूँटे से मेरे माँ-बाप ने। मैं मिडिल पास भी होती तो क्या नहीं कर देती। यों ही पढ़ गईं मेरी लड़कियाँ? सोने का मैडिल मिला था तेरी भांजी को डॉक्टरी पढ़ने में—तुझे पता है? अब यह संजू नहीं पढ़ा तो इसमें मेरा क्या कसूर है? नहीं पढ़ा तो क्या हो गया? किस पढ़े-लिखे से कम है? बता, अपना कारबार चला रहा है कि नहीं? बस अब एक ही चिंता रह गई है हेमू, इसका घर बसा दूँ, इसकी बहू ले आऊँ, बस। बाकी दोनों बहनों को ब्याहना इसकी जिम्मेदारी है। नौकरी कर ही रही हैं। कोई खाली तो बैठी हैं नहीं।'

'अभी तो तू है न?' उसने अकस्मात् पूछा तो मैं कुछ जवाब नहीं दे पाया।

उसके अजीब से वाक्य-विन्यास में उलझकर रह गया। 'क्या उल्लू- बेल्लू सा ताक रहा है मुझे? सुना नहीं, मैंने क्या कहा?' उसकी मुसकराती आँखों में मुझे सहसा अपना बचपन दिखाई दे गया। मुझसे झेला नहीं गया। उठकर टहलने लगा। वह उसी तरह मुसकराती हुई चुपचाप मुझे देखती रही। एक अजीब सन्नाटा, अजीब गूँगापन सा व्याप गया। बीच में उसके पति आए, सुशी आई, पड़ोसिन आई···कितनी बातें, कितना शोर आया। पर वह गूँगापन, वह सन्नाटा ज्यों का त्यों बना रहा, अब भी, जब मैं अपनी कोठरी में लेटा हुआ हूँ—उससे विदा लिये भी कम-से-कम दो-तीन घंटे बीत चुके, वह गूँगापन अभी तक मुझ पर हावी है।

आज भी उसने मुझे खाना खिलाकर ही छोड़ा। उसकी लड़की को यह पसंद नहीं—मेरा रोज-रोज आना और इतनी देर बैठे रहना, उसके चेहरे से साफ झलकता है। उसके पति की बात और है। वह अपनी ही ऊलजलूल दुनिया में इतना मगन रहता है कि उसके लिए बाकी किसी चीज का कोई मतलब नहीं। वह अपने पति को भोलेनाथ कहती है—उसके मुँह के सामने ही। आज जब हम चौके में बैठे हुए थे आमने-सामने और वह हमें खाना परोस रही थी, मुझे एकाएक युगों पूर्व की एक घटना स्मरण हो आई। मैं खाते-खाते रुक गया। एक समूची फिल्म जैसे रील-की-रील खुल रही थी मेरी आँखों के सामने···

तब मैं चौथी में पढ़ रहा था या पाँचवीं में। हाँ, जब उसे मैंने पहली बार देखा था, तब चौथी में पढ़ता था, इतना पक्का है। माँ उसे नीमू कहके बुलाती थी। 'तेरी दीदी लगती है ये,' उसने मुझसे कहा था। मैं उसे देखता ही रह गया था। इतनी सुंदर भी कोई दीदी हो सकती है—मैंने सोचा तक नहीं था। वह मुझे किसी कहानी या उपन्यास की नायिका लग रही थी साक्षात्, जो मैंने शायद उन्हीं दिनों पढ़ा था। प्रथम प्रेम का रोमांच और भला क्या होता होगा! और वह भी एक नौ बरस के लड़के का। एक और भी थी उसी की समवयस्क, जो मेरी चाची के रिश्ते में कुछ लगती थी—जिसका नाम मैंने साँवरी रख छोड़ा था और इसका गोरी। हाँ, वह एक ऐसा दौर था, जब ये दोनों हमारे घर रोज ही आया करती थीं। जब माँ भी बीमार थी और चाची भी।

मैं उसका नाम भूल गया था। आज दीदी ने ही याद दिलाया—घंटी। घंटी का पति काफी अरसे से बाहर था रोजगार की तलाश में। उसकी चिट्ठी आई थी, जिसे वह निर्मला दीदी को पढ़वा रही थी। फिर अपने पति को चिट्ठी कैसे लिखी जाए, इस बारे में दोनों के बीच खुसुर-पुसुर चल रही थी, जिसे मैं बेहद कुतूहल के

साथ दरवाजे की ओट में छुपा सुन रहा था। 'प्रिय प्राणनाथ' जैसे ही सुना, अपनी हँसी नहीं रोक सका और पकड़ लिया गया। हँसते-हँसते मेरा बुरा हाल था। डरने के बदले उलटे खिझाना शुरू कर दिया मैंने, 'चिट्ठी लिखनी नहीं आती तो मुझसे क्यों नहीं पूछती? प्रिय प्राणनाथ क्या होता है? 'मेरे प्राणनाथ' या खाली 'प्रियतम' लिखो।' पता नहीं, कौन सा उपन्यास था, जिसमें ढेर सारी चिट्ठियाँ थीं। मैंने दो-एक पढ़के सुनाईं और कहा, 'ये है ढंग प्रेम-पत्र लिखने का, समझी?'

बस, फिर तो गोरी-साँवरी दोनों पीछे ही पड़ गईं मेरे। इसी कोठरी की बगल में दोनों की खुसुर-पुसुर चलती रहती। 'जरा अपने प्राणनाथ को तो बुला,' साँवरी कहती। कभी वह लिखी हुई चिट्ठी लेकर मेरे पास आ जाती और मैं उसका संपादन-संशोधन करता रहता। रसोई में व्यस्त निम्मो दीदी बीच-बीच में कोठरी में झाँक जाती। उससे रहा नहीं जाता—उसकी जगह जो मैंने छीन ली थी। और सारे मामलों में घोंचू और बेहद झेंपू माना जानेवाला मैं बस इसी जगह कैसे इतना बेशरम और ढीठ था—आज यह सोचकर ही अजीब लगता है। कितना सताता था मैं उन्हें, किस कदर छेड़ता था! कभी-कभी मामला इतना हलका-फुलका नहीं रह जाता था, सचमुच संगीन हो जाता था, तब मेरी मुश्किल हो जाती थी। साँवरी के आँसू निकल आते थे और उसकी देखा-देखी मेरे भी। प्रेमपत्र लिखना-लिखवाना क्या आसान काम है? साँवरी हँसते-रोते और झेंपते-शरमाते जो भी टूटे-फूटे वाक्य बोलती, उन्हें मैं भला ज्यों-का-त्यों कैसे लिख देता? ज्यों-का-त्यों लिख दूँ, तो फिर मैं लेखक किस बात का? मेरी विशेषज्ञता किस काम की, जिसका सिक्का दोनों पर बैठ चुका था? कभी ज्यों-का-त्यों सुना देता तो कभी कुछ गोल भी कर जाता। आखिर चिट्ठी छोड़ने का जिम्मा भी तो मेरा ही था। मेरी गोरी और साँवरी सखियाँ अपनी रस-कौतुक भरी आँखों से मुझे ऐसे निहारती रहतीं, जैसे मेरा चेहरा ही चिट्ठी हो। ऐसी-ऐसी बातें कहानी-उपन्यास में पढ़ी हुई मैं उन्हें सुना दिया करता कि वे शर्म से लाल हो जातीं और मुझे नकली गुस्से में थपड़ियाने लगतीं। मुझे अच्छी तरह पता था, उन्हें यह सब कितना अच्छा लग रहा है। मेरी सेवाएँ अमूल्य हैं, इसका भी मुझे पूरा एहसास था। तभी तो उसका फायदा भी जमकर उठाने में मुझे कोई संकोच नहीं था।

मगर यह साँवरी प्रकरण जल्द ही खत्म हो गया। शायद घंटी अपने पति के साथ चली गई थी। उसकी नौकरी लग गई थी। निम्मो दीदी अकेली पड़ गई थी और मुझ पर पहले से भी ज्यादा उसका प्यार बरसने लगा था। अपनी सहेली के

अभाव की क्षतिपूर्ति अब वह मुझी में ढूँढ़ती थी। एक दिन की बात है, मैं कोठरी में अपनी डेस्क पर बैठा स्कूल का काम कर रहा था। अचानक वह आई और मेरी कॉपी छीनकर एक तरफ फेंकती हुई बोली, 'पहले मेरा काम कर, फिर पढ़ना।' उसका चेहरा मुझे बड़ा अजीब सा लगा। बोली, 'चिट्ठी लिखनी है।' 'किसको?' मैंने पूछा, 'तुझे चिट्ठी लिखाने की क्या जरूरत है', 'तुझे इससे मतलब?' वह सहसा बिफर पड़ी, 'घंटी की चिट्ठी तो बड़े शौक से लिखता था। मैंने लिखने को कहा तो अब पुछड़े क्यों लगा रहा है?'

मेरे लिए उसका यह रूप एकदम ही नया था। इतने गुस्से में उसको मैंने कभी नहीं देखा था। इसे हो क्या गया है, मैंने सोचा। कहीं यह भी वैसा ही उपन्यास तो नहीं करना चाहती? मैं डर गया। उसने मेरी कॉपी से पन्ना फाड़कर मुझे दिया, 'चल, लिख चुपचाप।' मैं हाथ में कलम लिये उसका मुँह ताकता रहा। एक मिनट···दो मिनट···जाने कितने मिनट बीत गए, वह उसी तरह गुम्म बैठी रही। मैंने उसे हिलाया, झकझोरा, 'अब बोलती क्यों नहीं?' उसने रोना शुरू कर दिया। 'तू रो क्यों रही है?' मैंने पूछा। 'रो कहाँ रही हूँ', उसने मुझे बुरी तरह झिड़क दिया, 'घंटी की चिट्ठी कैसे लिखता था अपने मन से? वैसे ही क्यों नहीं लिखता?' 'मगर किसको?' 'तेरे जीजाजी को और किसको?'···'तू पागल हो गई है क्या?' 'हाँ, पागल हो गई हूँ', उसने बिफरकर कहा, 'तेरे पागल जीजा के साथ मैं पागल नहीं हूँगी तो और क्या हूँगी···' उसने फिर रोना शुरू कर दिया। रोते-रोते उसकी हिचकियाँ बँध गई। मैं अवाक्, विमूढ़ उसे देखता रह गया। फिर मुझे जाने क्या हुआ, मैंने कलम उठाई और लिखना शुरू कर दिया।

प्रिय जीजाजी,

आप अजीब आदमी हैं। आपको कुछ समझ में आता है कि नहीं आता? आप मेरी प्यारी दीदी के स्वामी बन बैठे हैं और उसे बिल्कुल प्यार नहीं करते, जबकि वह आपको इतना प्यार करती है। आपको पता है, आपकी पत्नी आपको कितना प्यार करती है? आप उससे बात तक नहीं करते। आपको पता है, वह कितनी सुंदर है? क्या आपने कभी उसे हँसते देखा है? कैसे देखेंगे? आप तो उसे सताते हैं, रुलाते हैं। आपको पता है, लोग उसकी एक झलक पाने को तरसते हैं। वह साक्षात् देवी है। फिर भी वह आपको देवता की तरह पूजती है। क्यों? इसलिए कि आप उसके स्वामी बने बैठे हैं। आपका दिल पत्थर का है। पत्थर को पूजना बेकार है। दीदी को गुस्सा कभी नहीं आता। वह तो साक्षात् देवी है। पर साक्षात्

देवी को जब गुस्सा चढ़ता है तो आप जानते हैं क्या होता है? क्या आपको डर नहीं लगता? दीदी आपको छोड़कर चली जाएगी और कभी आपका मुँह भी नहीं देखेगी। तब अच्छा होगा? मेरी आपसे विनती है, आप ऐसा मत करिए। मेरी दीदी का आदर करना सीखिए। उसे इस तरह मत सताइए। नहीं तो…'अब पछताए क्या होता है, जब चिड़ियाँ चुग गईं खेत' वाली कहावत आपने सुनी ही होगी। थोड़ा लिखा बहुत समझना। आपका हेमू।

मैं इस कदर डूबा हुआ था चिट्ठी लिखने में कि मुझे पता ही नहीं चला, वह कब मेरे पास से उठकर चली गई। अकेली तो वह जा नहीं सकती, कहाँ गई? मैंने उसे घर में ढूँढ़ा। वह सचमुच अकेली चली गई थी। कहीं ऐसा तो नहीं कि उसने चुपके से पढ़ लिया और नाराज होके चली गई? मैं घबरा गया बुरी तरह। सीधा दौड़ पड़ा उसके घर की तरफ। वह मुझे देखकर सदा की तरह मुसकराई नहीं। अजब रुखाई से झिड़कते हुए बोली, 'अब क्या है? क्यों आया यहाँ?' मैंने उसके हाथ में वह पुरजा पकड़ाया और फौरन भाग आया।

उन दिनों उसे रोज ही हमारे घर आना होता था। मैं ही तो जाता था उसे लिवाने और छोड़ने। मेरी हिम्मत नहीं पड़ रही थी उसके सामने पड़ने की। पर वह मुझे देखकर रोज की तरह मुसकराई जैसे कुछ हुआ ही न हो। स्कूल से भी लौट आया, तब तक वह घर में ही थी। मैं धड़कता दिल लिये अपनी कोठरी में बैठा रहा कि अभी वह दौड़ती हुई आएगी और मुझे सारा किस्सा बताएगी कि मेरी चिट्ठी का जीजाजी पर कैसा जबरदस्त असर पड़ा, खुद उसे कैसा लगा चिट्ठी पढ़के, परंतु वह तो मेरे पास एक बार भी नहीं फटकी। शाम ढल आई और खाना-वाना पकाकर वह घर जाने को भी तैयार हो गई। हमेशा की तरह मैं उसके साथ हो लिया। पर वह कुछ भी नहीं बोली। घर की सीढ़ियों के बीच जब उसने हमेशा की तरह मुझे प्यार करने के बजाय 'अच्छा तू जा अब'…निहायत रूखे ढंग से कहा तो मैं भौंचक्का रह गया।

दूसरे दिन भी यही हुआ। आखिर तीसरे दिन जब मुझसे रहा नहीं गया तो उसे चौके में अकेला पाकर पूछ ही लिया, 'उस चिट्ठी का तूने क्या किया?' वह पहले तो मुझे घूरती रही। फिर जाने मेरे चेहरे में क्या देखा कि उसे जोरों से हँसी आ गई। 'तुझे चिट्ठी लिखनी आती भी है?' उसने कहा, 'मैंने तो उसी वक्त फाड़ के फेंक दिया था वो कागज। पता है, तेरे जीजाजी के हाथ में पड़ जाता तो क्या होता?' 'क्या होता?' मैंने कहा। उसने मेरा कान पकड़कर उमेठ दिया। 'पगला

कहीं का! कुछ अक्कल भी है तुझे? जो मन में आता है अनाप-शनाप, कुछ भी लिख देता है। अभी तेरे जीजा मुझे घर से निकाल देते तो?' 'कभी नहीं,' मुझे भी गुस्सा आ गया, 'तूने फाड़ क्यों दी चिट्ठी? तुझे हिम्मत नहीं थी तो मुझे लौटा देती। मैं देता उनको।' उसकी मुखमुद्रा एकदम कठोर हो गई, 'खबरदार!' वह मुझे डपटते हुए बोली, 'आइंदा कभी तूने इस तरह किया तो देख लेना। अरे, मैंने तुझसे मेरी चिट्ठी लिखने को कहा कि खुद अपनी तरफ से? तू होता कौन है अपने से बड़ों को इस तरह धमकानेवाला? यही पढ़ रहा है, यही सीख रहा है स्कूल में?'

मैं तो जैसे आसमान से गिरा। मुझे रोना आ गया। और मैं उसके पास से उठ के अपनी कोठरी में जा दुबका। काफी देर बाद जब मैंने डेस्क से ऊपर मुँह उठाया तो देखा, वह मेरी कोठरी के दरवाजे पर जाने कब से खड़ी है और उसकी आँखों में आँसू हैं।

जब मैं खाना खा चुका तो वह बोली, 'तू कल भी आएगा न?' मैं उसका मुख ताकता रह गया। अभी-अभी तो मैंने बताया था इसे कि मैं कल जा रहा हूँ। इसे हो क्या गया? इतनी जल्दी कैसे भूल गई? वह उसी तरह अपने आप में डूबी। मेरे आर-पार देखती हुई बोलती रही···'तेरी दीदी के पास अब सबकुछ है, सबकुछ। रोज मालपुए भी खाना चाहे तो खिला सकती हूँ सुबह-शाम। तुझे याद है हेमू, तुझे सूजी के पुए कितने अच्छे लगते थे? मैं ससुराल से चुराकर-छुपाकर लाती थी तेरे लिए, जब भी पुए बनते थे। मौसी मुझसे कहती थी—तूने इसकी आदत बिगाड़ दी है नीमू। इसे अब मेरे हाथ का कुछ भी अच्छा नहीं लगता। जा, ले जा इसको तू ही। तू ही पाल इसको अब···याद है, तू किस तरह मुझसे चिपका रहता था, मुझे छोड़ता ही नहीं था। जब बहुत दिन हो जाते और मैं तेरे घर नहीं आती तो तू किसी-न- किसी बहाने मेरी ससुराल पहुँच जाता था। मुझे बड़ी शरम लगती थी। बहुत गुस्सा भी आता था। मुझे कहना पड़ता था तुमसे 'जा, घर जा अब।' फिर जब तू चला जाता था, मुझे बहुत बुरा लगता था। मुझे रोना आ जाता था। सच्ची, रे! अब तो, उलटे, मुझे देखकर तुझको शरम लगती होगी, जब मैं बीच बाजार में तुझसे तू-तड़ाक करने लगती हूँ। लगती है न शरम तुझे, बोल? अब तो तू बहुत बड़ा आदमी हो गया है न? पर मैं क्या करूँ हेमू तेरे बड़प्पन को लेकर? मुझे तो तू आज भी वही बाल-गोपाल रूप में दिखाई देता है। मैं क्या करूँ?

अचानक···जब वह यह कह रही थी, मुझे जाने क्या हुआ, मैंने उसके पाँवों के पास जमीन पर बैठते हुए अपना सिर उसकी गोद में रख दिया और कहा,

'सच्ची दीदी? तू सच्ची कह रही है?…' 'हाँ, रे…' उसने मेरे सिर को थपकाते हुआ कहा, 'सच्ची नहीं तो क्या झूठी कहूँगी?' 'तो एक बात तुमसे कहूँ?' मैंने उसकी हँसती हुई आँखों में झाँकते हुए कहा, 'तुम भी मुझे बिल्कुल वही निम्मो दीदी लगती हो। वैसी-की-वैसी नई नवेली दुलहन दीदी, जैसी तुम तब दिखती थीं, जब…याद है तुमको…वह 'प्रिय प्राणनाथ' वाली बात?'

मेरी बात सुनकर वह बच्चों की तरह खिलखिला पड़ी और दूसरे ही पल उसकी मुखमुद्रा एकदम बदल गई। एकाएक उसने मेरा चेहरा अपनी दोनों हथेलियों में भरकर ऊपर उठाया और कहा, 'झूठा। देख, मुझे अच्छी तरह देख!'

न जाने उसकी आवाज में ऐसा क्या था कि मैं बुरी तरह चौंक पड़ा। इतने पास से उसका चेहरा मैंने कभी नहीं देखा था।

'देख, मुझे अच्छी तरह देख हेमू, और फिर बोल, क्या मैं बासठ बरस की बुढ़िया तुझे नई-नवेली दुलहन जैसी दिखती हूँ?'

मेरे मुँह से एक बोल नहीं फूटा। जीवन में पहली बार नहीं, शायद दूसरी बार मैंने उन हँसती हुई सदाबहार आँखों को बरसाती ताल की तरह डबडबाते देखा। पहली बार मैंने उस परम आत्मीय चेहरे में एक समूचे जीवन की त्रासदी को, उसकी तिल-तिल संचित और घनीभूत पीड़ा को यहाँ से वहाँ तक गुँगुवाते-धुँधवाते-घुमड़ते देखा।

हस्बमामूल, मेरे लाख मना करने के बावजूद, वह मेरा हाथ पकड़े मुझे सीढ़ियों के नीचे तक छोड़ने आई। इतनी गूँगी विदाई उसने मुझे कभी नहीं दी थी। □

आज की तारीख में

मैं नहीं चाहता था, यह कहानी जो मुझसे कहलवाना चाहती है, इस तरह खुद मुझी को पात्र बनाकर, मेरे ही मुँह से कहलवाए। क्या मैं इतना भी नहीं जानता कि कहानी हमेशा अन्य पुरुष के ही माध्यम से अपना कहानीपन कमाती आई है और लेखक—तथाकथित लेखक तक, अपनी आपबीती से इसी तरह छुटकारा पा सकते हैं, याकि इसी तरह उसे भुला सकते हैं। मैं भी अब तक सैकड़ों की तादाद में 'स्टोरीज' भुना चुका होऊँगा। यह पहली मरतबा हुआ है कि मुझे, जो मेरे साथ सचमुच घटा है और घट रहा है, उसे बयान करने को 'स्टोरी लाइन' का ही टोटा पड़ रहा है। अभी तक जिस तरह की घटनाओं से मेरा पाला पड़ता रहा है, वे पूरी तरह मेरे नियंत्रण में रहीं। सच बताऊँ आपको, कथाकारों से मुझे उस तरह कभी ईर्ष्या महसूस नहीं हुई। उलटे मुझे तो यही लगता रहा है कि इन कल्पनाजीवी कथाकारों- कवियों के दिन लद चुके। आज की तारीख में अब कुछ भी ऐसा नहीं, जो अकल्पनीय या रहस्यमय कहा जा सके। सारे समुद्र पाटे जा चुके, सारे पर्वत शिखर रौंदे जा चुके, ग्रह-नक्षत्र भी ग्रह-नक्षत्र जैसे नहीं रहे। यहाँ तक कि संस्कृति भी संग्रहालयों यानी कबाड़खानों की चीज हो गई, क्योंकि अब आदमी की याददाश्त सौ फीसदी दैनिक है। मैंने 'आज की तारीख' में कहा तो यों ही नहीं कहा। सचमुच, सच आज वही है, जो आज की तारीख में सच है।

इतना बतौर भूमिका के, उस कहानी की, जो मुझे लिखनी है। कैसे लिखना है, क्या लिखना है, यह मैं बिल्कुल तय नहीं कर पा रहा हूँ। सच कहूँ तो मेरे हाथ-पाँव फूल रहे हैं। शायद इसीलिए मैंने भूमिका इतनी लंबी खींच दी। मुझे थोड़ी मोहलत चाहिए। इस तरह लिखने का मुझे अभ्यास नहीं न, इसलिए।

यह कहानी नहीं, घटना है। बल्कि घटनाओं की एक पूरी शृंखला, जो दुर्भाग्य से किसी और के साथ नहीं, सिर्फ मेरे साथ घट रही है और यही सारी मुसीबत की जड़ है।

शुरू से ही शुरू करना ठीक होगा कि एकदम अभी आज की ताजा खबर से? मैं जो 'स्टोरी' गढ़-गढ़ के अपनी आजीविका और शोहरत दोनों कमाता आया हूँ, इस घटना की चोट से सुन्न पड़ा हूँ—एकदम सुन्न और गूँगा। अपनी गुँगलाहट ही कम-से-कम खुद पढ़ सकूँ तो इतना ही मेरे लिए काफी होगा।

वह मुझे एक बार फिर से चारों खाने चित करके चला गया है। वह, यानी मेरा लड़का। दंग हूँ मैं अपनी इस अजीबोगरीब हालत पर। मुझे उस पर बेहद, बेहद गुस्सा आ रहा है। आखिर वह होता कौन है मुझे इस तरह कठघरे में खड़ा कर देने वाला? पर इसमें कठघरे की क्या बात है? मैं क्यों इस तरह रिएक्ट कर रहा हूँ? वह मुझसे अपने मन की बात नहीं कहेगा तो किससे कहेगा? आखिर मैं उसका बाप हूँ। वह जैसा है, उसके वैसा बनने के पीछे क्या कहीं खुद मेरा भी हाथ नहीं? कायदे से मुझे तो खुश ही होना चाहिए कि जिस तरह के सवाल खुद मेरे भीतर उठने चाहिए थे, उठते भी थे किसी जमाने में, उस तरह के अड़ियल सवाल अब यदि मेरे लड़के को सताने लगे हैं तो इसका मतलब यही न हुआ कि नई पीढ़ी से उम्मीद करनी चाहिए?

मगर यह तो मेरी भाषा है, उसकी नहीं। मुझे अपनी भाषा कभी इतनी झूठी और अनर्गल नहीं लगी, जितनी ऐन इस वक्त लगने लगी है, जबकि मैं आज जो भी हूँ, इसी भाषा के बलबूते हूँ। आखिर मैं पत्रकार हूँ। सौ फीसदी घटनाजीवी। आसपास या दूर-दराज़ जो कुछ भी घटित होता है, उसमें 'स्टोरी लाइन' मुझे तत्काल कौंध जाती है। यों कहानीकार तो असली हम पत्रकार लोग ही हैं, हर घटना, हर परिस्थिति से अलग और ऊपर, तटस्थ दर्शक और रिपोर्टर भर। घटनाएँ तो हमेशा दूसरों के साथ घटा करती हैं न? मगर जैसा आपको बताया मैंने, इस बार मैं खुद खामखाह उलझ गया हूँ।

उलझ गया हूँ—यानी? मेरा बड़ा लड़का और मेरी बीवी कभी मुझसे नहीं उलझते। एक इसी को जाने कैसे शुरू से मेरे साथ बहस करने की टेव पड़ गई। अच्छा-खासा डिबेटर माना जाता है, कई सारे इनाम भी जीते हैं। मैं जो बचपन में दब्बू और घोंचू टाइप का रहा, इसकी इस तरह की उपलब्धियों पर गर्व से फूला न समाता था। जैसा मैं बनना चाहता था, वैसा मेरा लड़का बन रहा है, यह सोचकर

मैंने इसे खूब बढ़ावा दिया। तो क्या इसलिए, कि यह मेरा और खुद अपना जीना हराम कर ले?

मगर मैं भी अजीब आदमी हूँ, जो एक जरा सी बात को इतना तूल दिए जा रहा हूँ। ऐसी बीसियों शादियों में मैं पहले भी शरीक हुआ हूँ कि नहीं? और इस लड़के ने मुझे ऐसा क्या बता दिया, जो मैं खुद जरा सा खोदते ही पता नहीं लगा सकता था। उफ, मेरी भी जाने क्या मति मारी गई कल रात, जो इससे खामखाह पूछ बैठा—'क्योंजी, तुम गए क्यों नहीं सुजाता की शादी में? अतुल पूछ रहा था। तुम्हारे सारे क्लासफेलो मौजूद थे वहाँ। सब मुझसे पूछ रहे थे, सुरेश कहाँ है? क्यों नहीं आया अभी तक? खुद सुजाता हैरान थी। उतनी भीड़ में भी एक तुम्हारी अनुपस्थिति उसे किस कदर अखर रही थी, यह तुम्हारी मम्मी ने भी महसूस किया और मैंने भी।'

'तो···मैं क्या करूँ?' वह इतनी बुरी तरह चीखा कि मैं स्तब्ध रह गया। 'क्यों? क्या हुआ?' अतुल इसका सबसे घनिष्ठ मित्र है। प्राइमरी स्कूल में पढ़ते थे, तब से उसका साथ है। हर तीसरे दिन वह हमारे यहाँ डटा रहता है या फिर यह उसके यहाँ। कभी-कभी तो मुझे हैरत होती थी कि दस-ग्यारह बरसों तक साथ रहते-रहते ये लोग कैसे एक-दूसरे से अभी तक नहीं ऊबे? हम भी तो आखिर दोस्त बनाते ही थे लड़कपन में, मगर हमारी तो कोई दोस्ती इस कदर लंबी नहीं खिंची। इनकी कैसे निभ रही है? जबकि पहाड़ी होने के बावजूद अतुल के माता-पिता से हमारी उस तरह कभी घनिष्ठता नहीं हुई।

'मैं गया था। मगर घूम-फिर के लौट आया,' वह बोला, 'सड़क के दोनों तरफ आधे मील तक कारें-ही-कारें खड़ी थीं। मेरा तो दिमाग भन्ना गया। ऐसा तो राजों-महाराजों के यहाँ भी नहीं होता होगा। आखिर किसको दिखाने के लिए यह सारा तमाशा खड़ा किया गया? इसका मतलब क्या है? कितना अश्लील, कितना फूहड़ लगता है यह सब। मन कर रहा था बम से उड़ा दूँ सबको।'

'मगर हुआ क्या?' मैं उससे पूछने को हुआ। मगर उसकी मुखमुद्रा देखकर सकपका गया। आखिर दुबेजी का भतीजा है, एक भूतपूर्व मुख्यमंत्री और अब केंद्रीय मंत्री का। बिचारे अतुल का या उसके माँ-बाप का इसमें क्या कसूर है? वे तो ऐसी तड़क-भड़क का सपना तक नहीं देख सकते थे। जब लड़केवालों की इच्छा है तो जो करना हो करें। इसमें लड़की वाले क्या कर सकते हैं और इसमें इस तरह बौखलाने की क्या बात है? ठीक है, आडंबर और फिजूलखर्ची से जैसे

मुझको चिढ़ है, वैसे ही इसको भी है। अभी गरमियों में हमारे अखबार के मालिक के लड़के की शादी भी तो ऐसी ही धूमधाम से हुई थी। वह क्या कम फूहड़ प्रदर्शन था। मगर बौखलाने से क्या फायदा!···जिनकी जरा भी हैसियत नहीं, ऐसे टुटपुँजिए लोग भी ऐसे मौकों पर अपने अरमान निकालने से नहीं चूकते, भले कर्ज लेना पड़े। हमारा समाज ही ऐसा है। अतुल क्या इससे कम आदर्शवादी है? उसे भी क्या यह सब अच्छा लग रहा होगा? मगर यह तो···

'तुम इतना परेशान क्यों हो रहे हो? जिसको जो करना हो करे। तुमने क्या सबका ठेका ले रखा है?'

'नहीं, मैं क्या ठेका लूँगा,' लड़का बड़बड़ाया, 'ठेका तो आप लोगों ने ले रखा है, जन प्रतिनिधियों ने, पत्रकारों ने। मेरी हैसियत क्या है जो मैं ठेका लूँ? सेंट्रल कैबिनेट के मिनिस्टर के रहते···और प्रदेश के सबसे बड़े अखबार के ब्यूरो चीफ के रहते।'

मुझे अपने कानों पर भरोसा नहीं हुआ। मगर शंका की उसने गुंजाइश ही कहाँ छोड़ी थी। उसकी आँखें सीधे मेरी आँखों में गड़ रही थी।

'आप तो कहा करते थे, पहाड़ी लोग बहुत सीधे होते हैं। क्या यही है उनका सीधापन?'

'क्या मतलब?' मैं बुरी तरह चौंका। ऐसा क्या कर दिया अतुल के पिताजी ने? इसी ने तो बताया था मुझे कि यह लव-मैरिज है और साल भर से मनाते-मनाते अब जाके बात बन पाई है। राजी ही नहीं हो रहे थे अतुल के पिताजी। पहले तो और लड़केवाले भी अपनी जगह अड़े हुए थे। आखिर झुकना ही पड़ा दोनों पक्षों को इन प्रेमियों के आगे। 'मतलब साफ है,' वह मुसकराया। उसकी मुसकराहट उसकी तमतमाहट से भी ज्यादा डरावनी लगी मुझे, 'तुम्हीं बताओ पापा, अगर यह मिनिस्टर का भतीजा न होकर किसी मामूली परिवार का, अतुल के पिताजी जैसी हैसियत का ही लड़का होता तो क्या अतुल के माता-पिता कभी इस रिश्ते को मंजूरी देते?'

'क्यों नहीं देते?' मैंने उसे डपटते हुए कहा। हालाँकि मैं भाँप रहा था कि उसके दिमाग में क्या चल रहा है। भतीजा होने से क्या हो गया? बेटा तो वह मेडिकल कॉलेज के प्रोफेसर का ही है। तुम्हारे दिमाग में कैसी फिजूल की बातें घुस गई हैं, मेरी समझ में नहीं आता। अपने ही दोस्त के बारे में···'

'भाड़ में जाए ऐसी दोस्ती,' उसने मुझे बीच में ही बुरी तरह टोक दिया, 'मुझे

तो शर्म आती है अपने ऊपर और इस परिवार पर। मैं भी किस कदर बेवकूफ था, जो इन्हें जाने क्या-क्या समझता रहा। अब जाके मेरी आँखें खुली हैं।···आइ हेट हिम एंड हिज फादर एंड सिस्टर···' उसने अंग्रेजी में गाली बकना शुरू कर दिया। मैं हैरान। 'आखिर तुम कहना क्या चाहते हो?' मैं चिल्लाया उस पर।

'मैं जो कहना चाहता हूँ, तुम सब समझते हो पापा,' उसने मुझ पर मानो तरस खाते हुए कहा, 'तुम अच्छी तरह जानते हो, मिनिस्टर का भतीजा होने का मतलब और तुम्हारे ये पहाड़ी बंधु भी। वे तो कब से पहाड़ में ही लड़का ढूँढ़ रहे थे। कास्ट के बाहर जाने की बात तो अतुल के माँ-बाप सोच भी नहीं सकते थे। मगर जब इस रिश्ते में हर तरह के फायदे नजर आने लगे, अतुल का कॅरियर, खुद लड़की का कॅरियर और ऊँची पहुँचवालों की रिश्तेदारी वगैरह, तो···बस सारे पाप धुल गए, सारी मुश्किलें आसान हो गईं।'

'हद हो गई' अब बौखलाने की बारी मेरी थी, 'तुम्हारा तो दिमाग ही खराब हो गया है। ऐसी बातें सोचते भी तुम्हें शर्म आनी चाहिए। मानो पहले से गणित भिड़ा के उन्होंने रिश्ता ढूँढ़ा हो। क्या तुम्हीं ने मुझसे नहीं कहा था अभी कुछ दिन पहले कि यह लव-मैरिज का मामला था और अतुल के पिता कतई तैयार नहीं थे इसके लिए?'

'कहा था, इससे क्या?' मेरा लड़का बोला, 'वह सब इनका नाटक था। गंदा और वाहियात नाटक। तुमको पता है, सुजाता को अग्रवाल कॉलेज में लेक्चररशिप कैसे मिली? जबकि दूसरों से उसके मार्क्स काफी कम थे। अब जाके असलियत समझ में आ रही है इस लव-मैरिज की। लव-वव कुछ नहीं पापा। लिटरली फाँसा गया है लड़के को सारा हिसाब-किताब पक्का करके। मैं सब जानता हूँ और भी तो लड़के थे सुजाता के साथ के। इस गुप्ता से कहीं ज्यादा इनके घर आने-जानेवाले। ओह! आई हेट दीज कैलकुलेटर्स। तुम्हें मालूम है, अतुल को एम.ए. का रिजल्ट आने से भी पहले जो 'वोल्टाज' का ऑफर मिल गया, सो कैसे?'

'नाउ यू शट अप,' मैं गुस्से के मारे हकलाने लगा, 'तुम्हें शर्म आनी चाहिए अपने सब से जिगरी दोस्त और उसकी बहन, जिसे तुम कल तक 'दीदी' कहते थे, उसके बारे में ऐसी बात करते हो। ओह, लगता है, रातोरात यह इलहाम आ टूटा तुम पर और इसीलिए तुमने उसकी शादी का बायकॉट कर डाला, क्यों? अच्छा लगता है, तुम्हारे मम्मी-पापा तो शादी में जाएँ और तुम घर में बैठे रहो ये सब वाहियात बातें सोचते? आखिर हमारा क्या लेना-देना था उनसे···हैं? जो कुछ था,

तुम्हारी ही वजह से था।'

'क्यों? तुम्हारे पहाड़ी बंधु जो ठहरे!' वह कुछ इस तरह मुसकराया कि मुझे आग लग गई। बड़ी मुश्किल से मैंने अपने को जब्त किया। मगर वह इतने से ही क्यों संतुष्ट होता, उस पर तो जुनून सवार था। कहने लगा, 'तुम्हारा क्या है पापा, तुम तो वैसे भी हाई सोसाइटी में मूव करनेवाले ठहरे। तुम्हारा काम ही ऐसा है। तुम भला किसी मिनिस्टर से कम हो? आए दिन पार्टियों, जलसों में शरीक होते रहते हो। वह तो तुम्हारी ही खास अपनी दुनिया है, तुम्हारे ही अपने लोग ठहरे वे सब। तुम क्या अतुल की सिस्टर या उसके पिताजी की खातिर गए थे? तुम्हें तो दूल्हे की तरफ से भी खासुल खास न्योता मिला होगा। नहीं?'

'हाँ बिल्कुल मिला था। तो फिर?' मैं भन्नाया।

'तो फिर क्या?' वह फिर चालू हो गया, 'सारे मिनिस्टर और विधायक सभी तो वहाँ मौजूद रहे होंगे। तुम्हारी पत्रकार बिरादरी भी सदा की तरह। और तुमने जमकर बधाई भी दी होगी, अतुल के पिता को इतना ऊँचा रिश्ता कबाड़ लाने के लिए।'

'हाँ दी थी, क्यों नहीं देता,' मैं बिफर पड़ा। मैं अब वही बक रहा था, जो वह चाहता था, मैं बकूँ। 'अरे, इसमें इस तरह बौखलाने की क्या बात है? ऊँचे खानदान में शादी हो लड़की या लड़के की, यह कौन बाप नहीं चाहेगा? इसमें गलत क्या है? रिश्ता यों ही नहीं हो जाता। किस्मत चाहिए उसके लिए और अक्ल भी। तुम क्या अपने को बहुत अक्लमंद समझने लगे हो? तुम सिनिकल हो सिनिकल। सिनिकल और बददिमाग भी। समझे? सिनिकल होना अक्लमंद होना नहीं होता।'

वह विस्फारित आँखों से मुझे घूरता रहा थोड़ी देर तक और फिर बोला, 'यही सही पापा, ऐसे दिमागदारों से मैं बददिमाग ही क्या बुरा हूँ? नहीं, आप ठीक कहते हैं पापा, इसमें कुछ भी गलत नहीं है। मगर एक बात बताइए। अगर ऐसा ही है, अगर ऐसा ही आप सोचते हैं, तो फिर अपने सेठ के लड़के की शादी के जश्न से लौट के इतना बिफर क्यों रहे थे? जरा आप समझाइए तो सही अपने इस बददिमाग बेटे को, कि अगर वह धूमधाम फूहड़ और घटिया थी तो यह क्यों नहीं?'

शायद यही वह वार था, जो उसने सहसा 'तुम' से 'आप' पर छलाँग लगाते हुए मुझ पर किया था और जिसकी चोट लगते ही मैं चारों खाने चित्त हो गया था और तभी से चित्त पड़ा हूँ। वह तो बिना मेरे जवाब का इंतजार किए खिसक लिया

था उसी वक्त। सोचता होगा, ये क्या खाकर जवाब देंगे? जवाब देने को इनके पास बचा क्या है। मुझे याद आ रहा था वह दिन, जब मेरे उस अप्रत्याशित विस्फोट के बाद, नहीं, शायद तुरंत नहीं, दूसरे दिन सुबह नाश्ते की मेज पर बिना किसी प्रकरण या प्रसंग के, इसने यों ही मुझ पर जड़ दिया था, 'पापा, अगर आपको यह शख्स इस कदर नागवार गुजरता है, अगर आपकी अपनी 'वैल्यूज' इसकी 'वैल्यूज' से इस कदर बेमेल है तो यह तो आपको पहले से पता रहा होगा। तो फिर अच्छी-खासी कॉलेज की प्रोफेसरी छोड़ के आपने इसके अखबार की नौकरी क्यों कबूल की?' एक पल को तो मैं स्तंभित रह गया था। क्या वह यही नहीं कह रहा है मेरे मुँह पर कि अगर अखबार निकाल के पैसा और शोहरत कमाना, उसके जरिए सत्ता में सीधी घुसपैठ हासिल करना और फिर समाज में अपनी सामर्थ्य और शक्ति का खुला प्रदर्शन करना सचमुच नैतिक दृष्टि से इतना गिरा हुआ आचरण है तो फिर ऐसे शक्ति-स्रोत से संपादक या ब्यूरो चीफ की तरह जुड़ने की लालसा पर भी प्रश्नचिह्न क्यों नहीं लगाया जा सकता? निश्चय ही मैं चुप नहीं रहा था। मेरी पत्नी ने भी मेरा पक्ष लिया था, मुझे अच्छी तरह याद है। और कहीं हो-न-हो, इस मुल्क में तो कम-से-कम हर कामयाब मर्द की कामयाबी के पीछे उसकी पत्नी का हाथ होता है, इसे मैं अच्छी तरह जानता हूँ। पत्नी तो वही है, जो पति की महत्त्वाकांक्षा के लिए सान का काम करे। और हमारी पत्नियाँ चाहे जितनी पढ़ी-लिखी हों, कभी भूलकर भी अपने पति की आलोचना नहीं करेंगी। वे जानती हैं, इससे पति का 'सेल्फ कॉन्फिडेंस' गड़बड़ा जाता है। वे खूब अच्छी तरह जानती हैं, उसकी कमजोर नस कहाँ है और उसे भूलकर भी कभी नहीं छेड़तीं। तभी तो हुकूमत चलती है उनकी घर में पूरी तरह।

क्या था मेरा तर्क यही न कि यों तो अध्यापक का स्थान सबसे ऊँचा है समाज में, इसमें दो राय नहीं। मगर पत्रकार उससे कहीं ज्यादा सीधे समाज पर असर डालता है। और मैं तो पढ़ाते हुए भी बराबर अखबारों में लिखता रहा था। अखबार में यह नौकरी भी क्या मैं उनसे माँगने गया था? अपनी मम्मी से पूछो। मेरी टिप्पणियों से प्रभावित होकर गुप्ताजी खुद मेरी खुशामद करने आए थे कि आप हमारा अखबार सँभाल लीजिए तो हम निश्चिंत हो जाएँ, क्यों? किसी से भी पूछ लो मेरे ब्यूरो चीफ बन जाने के बाद इस अखबार की लोकप्रियता दिन दूनी रात चौगुनी बढ़ी कि नहीं?

नहीं, मैं अब बिल्कुल आश्वस्त नहीं हूँ कि मैं अपने लड़के को उस दिन भी

अपनी सच्चाई का यकीन दिला सका था। वैसे मुझे तब भी नहीं लगा कि वह मुझे कठघरे में खड़ा करना चाहता है। आखिर वह मुझसे थोड़ी ऊँची अपेक्षाएँ रखता आया है तो क्यों? मेरी ही कथनी और करनी से ही न? संभव है, उसे अब जाकर थोड़ी फाँक दिखाई देने लगी हो, हो सकता है। फिर भी यह तो साफ ही है कि वह मुझे आम पत्रकारों से थोड़ा अलग तो समझता ही है। वरना क्या जरूरत है उसको मुझसे लगातार बहस करने की? इसीलिए तो उसने अपनी माँ को चुप कर दिया था, 'मम्मी, आप तो पापा की पैरवी मत करिए।' हम सभी हँस पड़े थे इस बात पर। हाँ, याद आया, उसने कहा था, 'बेटू, तुम्हारे पापा ने कभी अपने सिद्धांतों को लेकर कोई समझौता नहीं किया। न तो कॉलेज में थे तब, न अखबार की नौकरी में।

हाँ, इसी पर उसने उसे टोका था। मुझे वह दृश्य ज्यों-का-त्यों आँखों के सामने दिख रहा है। वह अक्सर अपने प्रोफेसरों पर भी लानत भेजता रहता है, उनकी कामचोरी और ट्यूशनबाजी को लेकर, अपने ही विषय के बारे में उनकी अधकचरी जानकारी को लेकर, उनके लालच और गुटबाजी और गरिमाहीन आचरण को लेकर। मैं उससे कहता हूँ—देखो, हर पेशे में ज्यादातर लोग औसत या औसत से कम ही होते हैं। उच्चतम बौद्धिक और नैतिक स्तर को निभा सकनेवाले लोग हर युग में, हर जगह बिरले ही होते हैं और उन्हीं का अनुकरण होता है, होना चाहिए। तुम्हें औसत से नफरत नहीं करनी चाहिए। उदार भाव अपनाना चाहिए। दुनिया ऐसे ही लोगों से पटी है और उन्हें भी जीने का हक है। इस तरह दुनिया भर की अपेक्षाओं का बोझ अपनी छाती पर लादना ठीक नहीं। अभी से ऐसी कड़वाहट पालोगे तो जीना मुहाल हो जाएगा। अभी तुमने देखा क्या है?

मेरी बातें यह सुनता ही न हो, सो बात नहीं। सुनता है बड़े ध्यान से और उस वक्त तो लगता है, इससे ज्यादा समझदार और सयाना कोई न होगा। मगर फिर वही ढाक के तीन पात। पास आके खड़ा हुआ नहीं कि फिर से वही बेढब सिलसिला शुरू हो जाता है। यहाँ तक कि मैं इसकी उपस्थिति से ही अकुला उठता हूँ। कैसी विडंबना है यह कि बाप अपने बेटे की छाया से भी कतराने लगे।

बहुत पहले की घटना याद आ गई। कब की? जब यह और अतुल हायर सेकेंड्री पास करके बी.ए. प्रथम वर्ष में दाखिल हुए ही थे। तब एक निबंध प्रतियोगिता में इसे प्रथम पुरस्कार मिला था। बड़े जोरदार तर्कों से इसने शिक्षा-संस्थाओं में राजनैतिक पार्टियों की घुसपैठ का विरोध किया था। मुझे लगा, जैसे मैंने ही लिखा हो। तो बिना इसे बताए मैंने छाप दिया अखबार में, इसे वह भी नागवार गुजरा।

कहने लगा, 'मुझसे पूछे बिना यह आपने क्या किया? आपकी ही बदनामी होगी। सब यही कहेंगे, लो, अपने बेटे को लेखक बनाने का शौक चर्राया है त्रिपाठीजी को।' इतना ही नहीं, कहने लगा, 'अगर वही लेख किसी अनजान आदमी ने आपको डाक से भेजा होता तो क्या आप छापते?'

'बेहिचक', मैंने कहा, 'मैं लेख छापता हूँ, नाम नहीं।' इस पर यह क्या बोला, जानते हैं? बोला, 'झूठ मत बोलिए पापा। आप बिना पढ़े लेख को रद्दी के हवाले कर देते। मुझे पता होता तो मैं कभी आपको छापने नहीं देता। आइंदा ऐसा न करें, प्लीज।'

वह दिन है और यह दिन है, मेरी हिम्मत ही नहीं हुई इसका लिखा कुछ भी छापने की। अब तो यह जनाब अंग्रेजी में ही लिखते हैं। कहते हैं—हिंदी में लिखनेवालों की क्या कमी है! आपकी हिंदी का हर अध्यापक कवि होता है, अदने से अदना अखबारनवीस भी साहित्यकार कहलाने लगता है। जबकि असली लेखक को पढ़नेवाला कोई नहीं मिलेगा। बड़े-से-बड़े लेखक को भी कोई पूछता-पहचानता नहीं हमारे यहाँ। जबकि दो कौड़ी के राजनेता हर जगह सांस्कृतिक कार्यक्रम निपटाते पाए जाएँगे। इसे आप 'लिटरेरी कल्चर' कहेंगे?

अब आप ही बताइए, सच बात भी इस तरह तैश में आके कही जाए तो वह किसको सुहाएगी? 'इस उम्र में इतना बढ़-चढ़कर बोलना क्या अच्छी बात है? अरे, दुनिया देखी ही कितनी है आपने, जो दुनिया की बात करते हैं?' मगर इससे तो बहस करना ही फिजूल है। पहले करता था, अब नहीं करता। सुन लेता हूँ चुपचाप, बस।

मगर चुप रहने से तो समस्या सुलझ नहीं जाती। क्यों नहीं करता इससे बहस, मैं जब यह मुझे मेरी विरक्ति के बावजूद छेड़ता-उकसाता रहता है? झूठ नहीं बोलूँगा। पहले-पहल तो मैंने ही इसे उकसाया। और अब जब यह इनाम जीतने वाले डिबेटर से आगे, बहुत आगे निकल आया और सचमुच बहस करने लायक बन गया तो मैं इससे कतराने लगा हूँ। क्यों? आदमी आखिर कितना बदलेगा अपने स्वभाव और संस्कारों को? मुझे जैसे पिता मिले, क्या वैसा ही पिता नहीं बनूँगा मैं? उदार और खुला होने का मतलब यह तो नहीं कि आप अपनी अथॉरिटी ही घपले में पड़ जाने दें। मेरे बाकी दोनों बच्चे, जैसा आपको बतला चुका हूँ, बड़े आज्ञाकारी और विनम्र हैं। एक यही 'फ्री थिंकर' जाने कहाँ से हमारे घर में उपज आया।

मुझे अपने लड़के से सचमुच ही डर लगने लगा है। क्यों लगने लगा है—इस पर सोच-विचार करने बैठा हूँ तो हालत पतली होती जा रही है। जाने कहाँ-कहाँ की बातें याद आती जा रही हैं, जो आज तक कभी याद नहीं आई थीं। नहीं, मैं आपको बोर नहीं करूँगा। यों दरअसल, मुझे आपके बोर होने की उतनी फिक्र नहीं, जितनी इसकी है कि कहीं आप इसी को उलटे मेरा पुत्र-मोह न समझ बैठें। जमाना ऐसा शक्की है कि हर चीज शक के दायरे में आ गई है। किसी को किसी का भरोसा नहीं। छोटी सी बात बताता हूँ? जब मैं इस्लामिया कॉलेज में पढ़ाता था। कॉलेज की तरफ से ही एक सड़ा सा मकान मिला था। सामने पी.डब्ल्यू.डी. का एक खपरैल का कच्चा कोठरीनुमा दफ्तर था, जिसमें रात की रखवाली के लिए एक बूढ़ा चौकीदार रहता था। उस 'बब्बा' से इसकी बड़ी पटती थी। मुश्किल से छह साल का होगा यह। सुबह-सुबह एक दिन दूध ले के आ रहा था तो क्या देखता हूँ कि सामने से बब्बा मेरा गरम कोट डाले चले आ रहे हैं। हुआ यह था कि जाड़ों के दिन थे। इसने दो-तीन बार मुझसे कहा था, 'पापा, तुम्हारे पास नया गरम कोट आया है, यह पुरानावाला बब्बा को दे दो ना।' मैंने मना कर दिया तो मेरी गैरहाजिरी में चुपचाप अलमारी खोली, कोट निकाला और बब्बा को दे आए। बंद गले का कोट था। कहीं से नहीं फटा था। कम-से-कम दो साल मजे से कट सकते थे। ऐसी कोफ्त हुई कि क्या कहा जाए। मगर एक बार दी हुई चीज वापस भी कैसे ली जाए?

तो ये थे इनके लच्छन शुरू से। अच्छा-खासा कोट उतरवा लिया और अब जाने क्या-क्या उतरवाएँगे। कितनी बार समझा दिया, 'देखो, तुम्हारी जुबान किस कदर गंदी होती जा रही है।' मगर कोई असर ही नहीं होता इन पर। दुनिया-जहान का ठेका लिये घूमते हैं। अपने भविष्य की जरा परवाह नहीं। अभी कुछ माह पहले ही की तो बात है। यह और अतुल बौखलाए हुए सीधे मेरे दफ्तर पहुँचे। बोले, आपको पता है, युनिवर्सिटी में दिनदहाड़े कैसा भ्रष्टाचार पनप रहा है, 'यह देखिए आपके कलीग मिश्राजी की लड़की, जो हमारी क्लास में पढ़ती थी और बमुश्किल पचास परसेंट लाई थी प्रीवियस में। अभी रीवैल्युएशन कराया तो एकदम टॉप पर पहुँच गई है। यह काला धंधा चल रहा है कब से आपके नगर में और आपको कोई खबर ही नहीं। लीजिए, हम पक्के सबूत इकट्ठा कर लाए हैं। आप बनाइए इसकी स्टोरी। इस अंधेरगर्दी को तो कतई अनदेखा नहीं किया जाना चाहिए।' बात उनकी सही थी। मैं अच्छी तरह जानता हूँ अपने भूतपूर्व सहकर्मी प्रोफेसर मिश्रा को और

उनकी लड़की को। पचास परसेंट से एकदम सीधे सत्तर परसेंट। यानी कुल अस्सी अंकों की खैरात 'रीवैल्युएशन' के नाम पर और वह भी एक प्रोफेसर की निहायत ही बोदी लड़की को। मगर आप ही जरा सोच के देखिए, मैं करूँ तो क्या करूँ? अपने ही पुराने कलीग को खुलेआम कीचड़ में कैसे घसीटूँ? वाइस चांसलर तक तो ठीक है। उसके कारनामे तो अब जगजाहिर हैं। किसी तरह उससे विश्वविद्यालय का उद्धार हो—यह क्या मैं नहीं चाहता? चाहता हूँ। मगर प्रोफेसर मिश्रा? उनका क्या होगा? इस बुढ़ापे में ऐसी मिट्टी पलीद होगी उनकी कि क्या पता हार्ट ही फेल कर जाए उनका। वैसे ही पेसमेकर पर चल रहे हैं बेचारे। पत्नी से पूछा तो पत्नी की भी यही राय थी कि इस पचड़े में न पड़ना ही ठीक है। सारी दुनिया जानती है, मिश्रा की लड़की किस लायक है। उनकी तो वैसे ही थू-थू हो रही है।

यह नहीं कि मैंने अपनी तरफ से जो कुछ करना संभव था, वह नहीं किया। लेख लिखा मैंने जमकर इसी पुनर्मूल्यांकन के मुद्दे पर। लेख का संपादन करते हुए मैंने गांधीजी की वह ऐतिहासिक चिट्ठी भी 'कोट' की, जिसमें उन्होंने बाइबिल का हवाला देते हुए मुल्क की समूची शिक्षक-बिरादरी को यह कह के ललकारा था कि 'तुम धरती के नमक हो। अगर नमक ही अपना खारापन खो देगा तो किस चीज में स्वाद रहेगा?' हमारे बरखुरदार, मगर इतने से क्यों संतुष्ट होते। उलटे मेरा ही मजाक उड़ाने लगे, 'क्या होता है आपके इन गुडी-गुडी विचारों से, जब तक आपके पास जो शक्ति है, उसका आप इस्तेमाल नहीं करते? आप चाहते तो कुकर्मियों की नींद हराम कर सकते थे। वी.सी. की भी रातोरात खटिया खड़ी हो जाती, अगर आप तथ्य सामने रखते।

'मगर आपको जब कुछ करना ही नहीं, तो फर्क क्या है आपमें और दूसरे धंधेबाजों में?' भले ही अल्फाज उसके ठीक-ठीक यही नहीं थे, मगर मतलब उसका ठीक बिल्कुल यही था। उस दिन भी मुझे इसने कम चोट नहीं पहुँचाई थी। यह मुझे मेरा कर्तव्य समझा रहा था और मैं सुन रहा था चुपचाप। मेरी क्या दशा हुई होगी, आप जरा खुद सोचकर देखिए।

बी.ए. के बाद मैं इसे सेंट स्टीफेंस में दाखिल करवाना चाहता था। अकड़ देखिए, कहने लगा, 'मेरे जैसे कितने होंगे पापा, जो सेंट स्टीफेंस में पढ़ना अफोर्ड कर सकते हैं?' जल-भुनकर खाक हो गया मैं। भाड़ में जाओ मेरी बला से। अरे, तुम्हें इससे क्या? फर्स्ट क्लास एम.ए. कर भी लिया इस सड़ियल बदनाम यूनिवर्सिटी से तो कौन पूछनेवाला है तुमको? अतुल सेंट स्टीफेंस नहीं जा सकता तो यह भी

नहीं जाएँगे। यह हाल था कल तक अतुल और इनकी दोस्ती का और आज उसी पर थूकने चले हैं। कल तक अतुल के पिताजी इनके लिए साक्षात् आदर्श थे, यानी हीरो थे। आज वे खलनायक के रोल में हैं। मैं कहता हूँ, अगर इसी रफ्तार से यह दुनिया में हर किसी से झगड़ा मोल लेते रहे तो इनका साथ देने को बचेगा कौन? एक-एक कर सारे दोस्त और शुभचिंतक गँवाते जा रहे हैं। एक अतुल भर बचा था, वह भी गया। आखिर यह लड़का चाहता क्या है मुझसे, सबसे, खुद अपने आप से? नकार-ही-नकार से पट गई है इनकी जिंदगी। सकारात्मक कुछ नहीं। किसी कंपीटीशन में बैठने की बात करो तो काट खाने को दौड़ते हैं। आइ.ए.एस., आई.पी.एस. के नाम से ही बिदकते हैं। लेक्चरर भी बन जाएँ किसी तरह तो गनीमत समझनी चाहिए। अब तो मुझे उसमें भी शक होने लगा है। सच पूछिए तो सबसे अच्छा कॅरियर इनके लिए 'जर्नलिज्म' ही था। मगर वह तो इन्हें फूटी आँखों नहीं सुहाता। तो बचा क्या? वही मुदर्रिसी। तिस पर अकड़ का यह हाल है कि कुछ पूछो तो उलटा जवाब देंगे। 'आप मेरी फिक्र मत किया करें प्लीज। मैं जो भी करूँगा, आपको कभी मेरे कारण नीचा नहीं देखना पड़ेगा।' खाक करेंगे आप, यों ही गला घोंटेंगे अपनी संभावनाओं का अपने हाथों और यों ही एक के बाद एक अवसर गँवाते चले जाएँगे। तब समझ में आएगा, जब बहुत देर हो चुकेगी और पछताने के सिवा कुछ भी हाथ नहीं लगेगा। अरे, इस दुनिया में सफल वह होता है, जो सफल होना चाहता है। आप तो सफलता के ही पीछे लट्ठ लेकर पड़े हुए हैं। अरे, 'टाइम्स ऑफ इंडिया' की फेलोशिप मिली जा रही थी कितनी आसानी से। बस एक इशारा भर काफी था। पर···नहीं, साहब नहीं। बाप की सिफारिश तो बिल्कुल नहीं चलेगी। अब कौन इन्हें समझाए! सगे बड़े भाई से भी पटती नहीं इनकी। सगी बड़ी बहन से भी नहीं। एक अतुल बचा था, उससे भी दुश्मनी मोल ले ली। अब···?

□

मानपत्र

मलेसिया का कुरता और मलेसिया का पाजामा। मुझे याद नहीं, मैंने सोहन चचा को कभी किसी और भेष में देखा हो। कल्पना भी नहीं की जा सकती कि वे जब जनमे थे तो बिना मलेसिया के ही जनमे थे। या कि जब स्वर्गारोहण करेंगे तो मलेसिया में ही नहीं करेंगे।

सोहन चचा का नाम 'सोऽहं' कब से पड़ा, यह तो सोहन चचा ही जानें। मैंने तो सुना भर था अपने बचपन में कभी कि सुभाष बाबू जैसे दिखाई देनेवाले एक बहुत ही नफीस साधु की संगत जब से सोहन चचा ने की, तभी से उनके मुँह से 'जै रामजी की की जगह 'सोऽहं' सुनाई देने लगा। सोहन चचा यों तो साधु-महात्माओं के चक्कर में कभी नहीं पड़ते थे। उस बार न जाने कैसे पड़ गए।

उनके दोनों बड़े भाई जरूर साधु-महात्माओं की संगत करते थे। बड़े पुजारीलाल नियम से हर सनीचर को कैंची का चक्कर लगाते थे—नीमकरौली बाबा के दर्शनार्थ। मुहल्ले का हर कोई यही मानता था कि न केवल पुजारीलालजी के बड़े लड़के की एक्साइज इंस्पेक्टरी, बल्कि उनका अचानक एक दिन इक्कीस हजार नकद गिनके वकील श्यामलाल की कोठी का मालिक बन बैठना भी नीमकरौली बाबा के आशीर्वाद का ही चमत्कार था। मैं भी गया जरूर था एक बार कैंची, पुजारी चचा के साथ ही। पाँव नहीं छुए, इस बात पर बेहद नाराज हुए थे और लौटकर मेरे पिता से मेरी इस बदतमीजी का बखान किया था। वह तो उनके छोटे भाई भवानी चचा ने, जो नॉर्मल स्कूल के हेडमास्टर थे और मेरे पिता के अंतरंग भी, उन्होंने मुझे मार खाने से बचा लिया था। ये भवानी चचा भी कम सत्संगी नहीं थे। मगर उनका 'टेस्ट' थोड़ा अलग था। वे गाने-बजाने के शौकीन थे और ऐसे ही बाबा लोगों को

ढूँढ़ते थे, जो गा-वा लेते हैं या कथा-पुराण बाँच लेते हैं।

मुझे कुछ ऐसा याद पड़ता है कि सोहन चचा का उस नकली या असली बाबा के साथ संपर्क भी खुद उनकी अपनी पहल के कारण नहीं हुआ था। यह तो पुजारीलाल ही थे, जिन्होंने जाने कैसे उस रहस्यमय आश्रम की टोह पा ली थी और उसके योग-क्षेम का भार उठा लिया था। उन्होंने लौटकर सोहन चचा को बताया था कि बाबा और कोई नहीं, स्वयं सुभाषचंद्र बोस ही हैं। उस वक्त सोहन चचा सुभाष बाबू के बड़े भक्त थे। कुतूहलवश ही उन्होंने उस आश्रम में रसद पहुँचाने का जिम्मा ले लिया था। उन्हीं ने हमें जानकारी दी कि वे आम बाबाओं से एकदम अलग हैं; एक खास किस्म की बहुत लंबी सिगरेट बराबर उनके मुँह से लगी रहती है, जिसके धुएँ के बीचोबीच वे इस तरह शोभित होते हैं, जैसे बादलों में से कोई देवता झाँक रहा हो। यह भी कि सोहन चचा तो सोहन चचा, बाबा के अंगरक्षक सरीखे विश्वासपात्र शिष्य भी लगभग दस गज की दूरी से ही उन्हें देख सकते या बात कर सकते हैं। कहना न होगा कि यह दूरी और वह धूम्र-वलय मिलकर ही उस रहस्य को रहस्य बनाए रखने में काफी सफल रहे। तभी तो सोहन चचा जैसा तेज आदमी भी बरसों इसी भ्रम को पाले रहा कि सोऽहं बाबा और कोई नहीं, खुद सुभाषचंद्र बोस ही थे।

कोई महीना भर बाद ही एक दिन सोहन चचा ने आश्रम से लौटकर हाँफते हुए यह सनसनीखेज खबर दी कि सोऽहं बाबा रातोरात अपने तीन शिष्यों समेत अंतर्धान हो गए हैं। सारे तंबू ज्यों-के-त्यों गड़े हैं जंगल में; कुरसी-मेज और खाने-पीने का सामान तक ज्यों-का-त्यों पड़ा हुआ है, मगर बाबा वहाँ से नदारद हैं। कल शाम ही तो उनसे भेंट हुई थी सोहन चचा की। वे बाकायदा अपने धुएँ में लिपटे विराजमान थे सदा की तरह। कहीं कोई बात ही नहीं थी, कोई लक्षण ही नहीं था अगले दिन कूच कर जाने का। दो नवयुवक जरूर दिखाई पड़े थे नए; और वे एक नीले रंग की कार में बैठकर आए थे। मगर वह नीली कार तो कई बार दिखाई देती थी वहाँ। और कभी-कभी एक जीप भी। कल तो वह जीप भी वहाँ नहीं थी।

'अब देखना तुम' सोहन चचा हर आते-जाते को ललकारते—'अब देखना तुम, क्या होता है!' उन्हें पक्का विश्वास था कि वह दिन दूर नहीं, जब सोऽहं बाबा सहसा अपना असली रूप प्रकट करते हुए भारत की राजनीति में एक धमाका करेंगे और रातोरात सब कायापलट हो जाएगा।

मुझे अच्छी तरह याद है—मेरे पिता और एक-दो अन्य शक्की बुजुर्गों को छोड़कर पूरे मुहल्ले को सोहन चचा ने अपने इस अद्‌भुत आत्मविश्वास की छूत लगा दी थी। खुद सोहन चचा का खून उस बीच कम-से-कम दस पौंड बढ़ गया होगा। चीते की तरह फुरतीले और नारद की तरह सर्वव्यापी हो गए थे सोहन चचा उन दिनों। अभी यहाँ खड़े हैं तो अभी वहाँ मुहल्ले के दूसरे छोर पर। और मुहल्ला ही क्यों, पूरा शहर ही कहना चाहिए, उन दिनों उनकी गिरफ्त में था। कभी भी, कहीं भी उनकी चहचहाहट सुनाई दे जाती।

'सही मुहूर्त का ही सवाल है बस···देखना।'

'अरे, तो कब आएगा यार, तेरे बाबा का मुहूर्त?' मेरे पिता उन्हें अक्सर टोक देते। 'जिसे कुछ करना होता है सोहनलाल, वह मुहूर्त-वुहूर्त नहीं देखता। उसके लिए हर मुहूर्त सही मुहूर्त होता है। समझा?'

सोहन चचा मानो इस ललकार के लिए पहले से ही तैयार बैठे हों, इस तरह अपने चबूतरे से कूदकर बीच बाजार में खड़े हो जाते और अपनी बाईं कलाई को दाएँ हाथ की उँगलियों से बजाते हुए कहते—'तुम मुहूर्त की बात करते हो, दद्‌दा! मैं तो यहाँ सुन रहा हूँ उसके कदमों की आहट को। तुमको कैसे सुनाई देगी, दद्‌दा? तुम तो बस धमाका ही सुनोगे।'

पिताजी हौले-हौले मुसकराते और अपने माथे को उँगली से छूते हुए बुदबुदाते, 'धमाका तो···सोहनलाल, सिर्फ यहाँ होनेवाला है तेरे।'

सोहन चचा तब तक वापस उछलकर अपने चबूतरे पर चढ़ जाते और कमर पर हाथ रखके वही जुमले उछाल देते—'देखते जाओ दद्‌दा! आखिर मैं भी यहीं हूँ। तुम भी यहीं हो। फालतू बहस से क्या फायदा!'

मगर देखते जाने की, मुहल्ले के सब्र की भी आखिर कोई सीमा थी। महीने-पर-महीने, पूरा साल भी गुजर गया और फिर भी सोऽहं बाबा के सुभाष बोस में परिणत हो जाने की चमत्कारिक घटना की कहीं परछाईं तक नहीं दिखाई दी तो लोगों ने सोहन चचा को लताड़ना शुरू कर दिया। मगर यह देखकर लोगों के अचरज की सीमा न रही कि इस लताड़ का भी सोहन चचा पर कोई असर ही नहीं हो रहा है। वे अब भी उसी तरह मुसकरा रहे हैं और अपनी 'मिथ' को बचाने में जरा भी दिलचस्पी नहीं दिखा रहे। कुढ़कर लोगों ने उनका नाम ही बदल दिया। अब कोई भी उन्हें उनके असली नाम से नहीं पुकारता। सब 'सोऽहं', 'सोऽहं' चिल्लाते। मगर सोहन चचा को इस पर भी कभी कोई आपत्ति नहीं हुई।

मुहल्ले को क्या पता कि सोहन चचा के भीतर-ही-भीतर कैसी उथल-पुथल चल रही है! पता तो तब चला, जब एक दिन उन्होंने अपने आराध्य के प्रति खुल्लमखुल्ला विद्रोह कर डाला।

'अजी, ये बंगाली क्या जानें, राजनीति कहते किसे हैं,' हमारी दुकान के सामने खड़े रामकृष्ण मिशन के दो साधुओं को देखकर सोहन चचा अचानक अपने चबूतरे से ही जाने किस अदृश्य श्रोता को संबोधित करते हुए चिल्लाए, 'इनका कोई ठिकाना है? कभी बर्लिन, कभी मास्को! अच्छा हुआ, बहुत अच्छा हुआ, जो हरवा दिया उसे महात्मा ने।'

साधुओं ने चौंककर बारी-बारी से सोहन चचा की ओर घूमकर देखा और हँसने लगे। पिताजी को भी हँसी आई और उनके होंठ भी फड़फड़ाए। मगर वे बोले तभी, जब साधु लोग सामान लेकर विदा हो गए।

'यार सोहन, तू तो पहले कुछ और ही कहा करता था। त्रिपुरी का कलंक···और जाने क्या-क्या! भूल गया उन गालियों को? अब अचानक पलटी क्यों खा रहा है?'

सोहन चचा हमारी तरफ पीठ किए दुकान के भीतर झाड़ू लगाने में व्यस्त थे। बिना अपनी जगह से हिले-डुले वहीं से डायलॉग बोलने लगे—'इसमें पलटी खाने का क्या है? सारी दुनिया पलटी खा रही है। मैं हूँ कौन, पलटी कभी नहीं खाऊँगा कहने वाला? अरे, द्रोण को हरवाने के लिए युधिष्ठिर तक से झूठ बुलवा दिया था कि नहीं? क्यों बुलवाया था, तुम्हीं बताओ! उससे क्या कृष्ण कलंकी हो गए? ये तो महाभारत है दद्दा, महाभारत। अब तो रामराज्य लाने के लिए भी महाभारत ही लड़ना पड़ेगा।'

'क्यों सोहनलाल, क्यों? इसमें महाभारत कहाँ से आ गया?'

सोहन चचा इस वक्त टोके जाने के मूड में नहीं थे। अपनी ही रौ में फिर से चालू हो गए, 'तुम क्या समझते हो, महात्मा कोई परमहंस बनके लड़ाई के मैदान में उतरा था? वो तो बनिए का बच्चा था और बनियों से निपटना जानता था। फालतू ही रोपना-छाँटना से क्या फायदा! 'तुम मुझे खून दो, मैं तुम्हें आजादी दूँगा।' अरे! क्यों दो खून? जबरदस्ती? ये कोई अस्पताल है? काली का थान है? आदमी न हुए बकरे हो गए। बुड्ढा समझ गया था, यह गड़बड़ आदमी है। फाउल करेगा और खेल बिगाड़ेगा। इससे तो जवाहरलाल ही अच्छा है। थोड़ा तेज भागता है और पच्छिम की तरफ भागता है तो क्या हुआ? दुनिया गोल है। आखिर में पहुँचेगा तो अपने घर ही। नहीं! उससे वैसा खतरा नहीं है, जैसा इन बड़ा छलछलाट-

बलबलाट दिखानेवाले काली के भक्तों से, बहुरुपियों से है।···क्या गलत सोचा उसने, क्या गलत किया उसने तुम्हीं बताओ।'

सोहन चचा उठकर खड़े हो गए और एक हाथ कमर पर रखे, दूसरे हाथ से झाड़ू डुलाते हुए हमारी दुकान की ओर बढ़ने लगे। मानो अब हमारी ही बारी हो।

'इसका मतलब, सोहनलाल! अब तू भी बापू का चेला बन गया। क्यों?' पिताजी ने चुटकी ली।

सोहन चचा एकदम भड़क गए। 'मैं किसी का चेला-वेला नहीं। मैं तो सिर्फ अपना चेला हूँ। समझे दद्दा! सोऽहं।'

'मगर यार, ये मंत्र तो तूने सोऽहं बाबा से ही पाया था न।'

'दद्दा, बेकार की बात मत करो। कोई बाबा-वाबा कौन होता है मुझे मंत्र देनेवाला! हमारे ऋषि-मुनियों की ईजाद है 'सोऽहं'। किसी के बाप की जागीर नहीं।'

'तू तो नाराज हो गया यार,' पिताजी ने पुचकारते हुए फिर टुचकाया—'लगता है सोहनलाल, अब तूने सचमुच उम्मीद छोड़ दी है।'

'कौन कहता है!' सोहन चचा बौखला से गए। फिर अपनी बौखलाहट पर खुद ही झेंपते हुए धीरे से मुसकराए और कहने लगे, 'मैंने झूठ नहीं कहा था दद्दा! मैं तो अब भी अपनी बात पर कायम हूँ। तुम आज भी मुझसे लिखके ले लो, वे थे तो नेताजी ही।'

'तो फिर?' पिताजी के माथे पर तीन सलवटें उभर आईं, 'ये तो फिर वही ढाक के तीन पात।'

'तो फिर क्या!' सोहन चचा पिताजी की हैरानी का मजा लेते हुए बोले, 'तुम तो बच्चों जैसी बातें कर रहे हो दद्दा! ये क्या सुभाष बाबू का जमाना है? बाबा समझ गया था, मन-ही-मन कि अब यहाँ उसके करने-धरने लायक कुछ नहीं बचा। उसके चेले-चपाटियों ने भी समझा दिया होगा उसको कि···'नो स्कोप बावा, नो स्कोप।' बेचारा क्या करता! मुझे तो पक्का यकीन है दद्दा कि वो गुप्त रूप से जवाहरलाल से भी जरूर मिला होगा और जवाहरलाल ने उससे भी कुछ वैसी ही बात कही होगी, जैसी उसने प्रभुदत्त ब्रह्मचारी को कही थी—तुमको याद है?'

'हाँ-हाँ, याद है,' पिताजी अचानक झुँझला पड़े, 'ब्रह्मचारीजी भजन करें···। जैसे भजन करना कोई खेल हो। मजाक हो। जो तुम्हारी समझ से बाहर है, तुम्हारे बूते का नहीं है, उसकी खिल्ली उड़ाना कितना आसान है। सुभाष में कम-से-कम

कुछ आदर-भरम तो था। ये तो बिल्कुल ही नास्तिक है···ये नेहरू···।'

सोहन चचा जोरों से खिलखिला पड़े और···'अब तुम भी पलटी खा रहे हो दद्दा!' कहते हुए विजेता की तरह अपनी दुकान की ओर वापस लपके। डायलॉग पूरा हो चुका था और अब वे काम पर लौट सकते थे। संतुष्ट और तृप्त।

सोहन चचा के 'डायलॉग' अभी तक मेरे कानों में गूँज रहे हैं। अपने बड़े भाई की दुकान में झाड़ू लगाते-लगाते वे काफी मुखर हो जाते थे—बशर्ते कोई सुननेवाला मिल जाए। मजाल कि कहीं एक कण भी धूल का उनकी झाड़ू की निगाह से बचा रह जाए। दो ही तो खब्त थे उनके—एक तो यह सफाई और दूसरा, अखबार। नहीं! एक तीसरा खब्त भी था उनका। मगर उसकी चर्चा बाद में। इतनी तन्मयता और इतने इत्मीनान से पूरे घंटे तक झाड़ू लगाते मैंने किसी को नहीं देखा। वह भी अपनी नहीं, दूसरे की दुकान में। भले वह दूसरा उनका भाई ही क्यों न हो।

मैं हर साल यहाँ आता हूँ और हर बार सोचता हूँ इस बाजारू दड़बे में आकर डल जाने और वहीं दो महीने गर्क कर देने का मतलब क्या है! क्यों नहीं मैं हर हफ्ते किसी रमणीक स्थान की सैर करूँ? हिल स्टेशन में घर होने का फायदा क्या? सुबह की सैर जरूर होती है बस। मगर शाम तो अक्सर बाजार में ही गुजरती है। बाजार भी कोई खास नहीं। लगभग वैसा ही, जैसा चालीस बरस पहले था। थोड़ी रँगी-चुँगी दुकानें जरूर नई चाल की दिखाई दे जाती हैं। मगर मैं उनके लिए बाजार नहीं आता। मैं तो सोहन चचा और उन्हीं जैसे कुछ और सदाबहार नमूनों से ही मिलने आता हूँ। पता नहीं, क्यों?

और जब सोहन चचा और उन्हीं जैसे ये गिने-चुने लोग भी यहाँ नहीं रह जाएँगे, तब? तब-की-तब देखी जाएगी।

जब 'चिलम' क्लब के सेक्रेटरी भवानीदास चाचा—यानी सोऽहं चचा के मँझले भाई साहब ने चिलम क्लब की चाबी नए लड़कों को सौंपने से साफ इनकार कर दिया और इतना ही नहीं, चाबी लेकर अपनी ससुराल, यानी नैनीताल भाग गए तो लड़कों ने क्या किया?

लड़के सीधे सोहन चचा के पास फरियाद लेकर पहुँचे। 'चचा! अब बताओ हम क्या करें? हम बरसों से उजड़ी रामलीला और होली की बैठकों को जिंदा करना चाहते हैं। हम एक विचार-मंच आरंभ करना चाहते हैं। 'चिलम' में नए सिरे से नई जान फूँकना चाहते हैं। मगर हेडमास्साब कहते हैं—'चिलम' इस काम के लिए नहीं है। कोई और जगह ढूँढ़ो। हम कहाँ ढूँढ़ें चचा? इस पूरे बाजार में

कहीं कोई जगह नहीं, जहाँ दस–बीस जने भी इकट्ठे बैठ सकें। बताइए हम कहाँ जाएँ?'

'अरे, मुझसे क्या पूछते हो बेटा!' सोहन चचा बोले, 'मैं न पढ़ने में, न लिखने में, न गाने में और न ध्याने में। मजदूर आदमी मैं, तुम्हें क्या बताऊँ? भगवान् ने तुम्हें अक्ल दी है। पढ़े–लिखे हो सबके सब। जो करोगे, ठीक करोगे। सिवा दिन भर चिलम फूँकने, ताश फेंटने और फालतू की गप्पबाजी के और अब रखा क्या है इस क्लब में! तुम लोग उसे नहीं सँभालोगे तो और कौन सँभालेगा? भाई साहब से, लगता है, तुमने ठीक से बात नहीं की। नाम का थोड़ा मोह तो होता ही है। डरते होंगे कि कहीं रही–सही साख भी क्लब की तुम लोग धूल में न मिला दो। लड़के जिम्मेदारी से काम करेंगे, इसका भरोसा तो हो पहले। आखिर वे भी तो हेडमास्टर हैं। लड़कों की परख नहीं होगी उनको? तुम ढंग से उनसे बात तो करो।'

'चचा! हम तो कोशिश कर–करके हार गए। पूरी योजना ले जाके उनके सामने पेश की। वे उलटे हमारा मजाक बनाने लगे। कहने लगे—'चिलम' गाने–बजाने की जगह है; बहस करने की नहीं। बहस तो सड़क पर भी कर सकते हो। उसके लिए कमरे की क्या जरूरत है? लाख कहा कि गाना–बजाना तो चलता रहेगा, उसमें कोई कमी आने का तो सवाल ही नहीं है। हम तो सिर्फ उसका दायरा बढ़ाना चाहते हैं। ज्यादातर सयाने लोग, जिनमें कुछ उत्साह था, उमंग थी, वे सब स्वर्ग सिधार गए। क्लब वैसे भी उजड़ रहा है। उसे हमारे हाथ सौंपने से उसका उद्धार ही होगा। मगर वे टाल–मटूल ही करते रहे। अब आप ही उनसे हमारी सिफारिश कर सकें तो करें।'

सोहन चचा एकदम भड़क गए। 'काहे की सिफारिश! तुम लोग लड़के हो, कि क्या हो! 'चिलम' क्या किसी के बाप की जागीर है? वह पूरे मुहल्ले की संपत्ति है। तुम सभी के पुरखों ने मिलके उसे बनाया था। पूरा मुहल्ला इसका गवाह है। क्लब तुम्हारा है, उन सबका है, जो उसे चला सकें और आगे ले जा सकें।'

'तो आपकी क्या सलाह है, चचा?'

'मेरी सलाह?' सोहन चचा ने उस लड़के को इस तरह घूरकर देखा, जैसे उसकी बुद्धि पर तरस खा रहे हों। 'मेरी सलाह क्या पूछते हो? जाओ और ताला तोड़ दो। खुलेआम कब्जा कर लो उस पर। अभी फौरन मेरे सामने।'

बस, फिर क्या था। लड़कों ने उसी दिन ताला तोड़ दिया। इतना ही नहीं, भवानीदास चाचा को चिढ़ाने के लिए किसी मनचले ने दो तुकबंदियाँ भी इस

घटना के उपलक्ष्य में ठोंक दीं—

'चिलम का ताला टूट गया, सारा भंडा फूट गया'

और

'जिधर है लड़का, उधर है तड़का
भवानी भैया! तू क्यों है भड़का?'

भवानी भैया भड़के तो अवश्य थे। मेरे सामने-सामने की ही बात है, ससुराल से लौट के जब भवानीदास चचा को वस्तुस्थिति का पता चला तो वे भागे-भागे सीधे हमारी दुकान पर पहुँचे और अपने भाई की ओर पीठ करके उन्होंने बिल्कुल परशुराम की तरह बौखलाते हुए—'बता जल्दी जनक राजा, ये शिवधनु किसने है तोरा?' वाले अंदाज में मेरे पिताजी से पूछा, 'ये किसकी करतूत है भगवान्? तुझे कुछ मालूम है?'

सोहन चचा उस वक्त पुजारी चचा की दुकान की झाड़ू-पोंछा से बस निबटे ही थे। कमर पर हाथ रखके अपनी रीढ़ सीधी करते हुए वहीं से उन्होंने आवाज लगाई—'लड़कों का कोई कसूर नहीं है, भाई साहब! मैंने ही उनको बोला, क्लब तुम्हारा है, तुम्हारे पुरखों का है। किसी की जागीर नहीं।'

'ताले को हाथ किसने लगाया?' भवानी चाचा गरजे।

सोहन चचा को हँसी आ गई। 'अब इससे आपको क्या लेना है? हाथ चाहे जिसने भी लगाया हो, ताला टूटा तो मेरे हाथ से ही। जो सजा देनी है, मुझको दो।'

बस हेडमास्टर भवानीदास चचा ने उस दिन अपने छोटे भाई का बीच बाजार में वो खतड़ुवा किया, वो खतड़ुवा किया कि शायद ही मुहल्ले के समूचे इतिहास में दो सगे भाइयों के बीच वैसा विचित्र और वैसा इकतरफा घमासान हुआ होगा। कितनी सुरीली और कितनी मजेदार लड़ाई थी वह। एक तरफ भवानी चाचा थे—तारसप्तक पर चढ़े हुए और दूसरी तरफ अपने सोहन चचा थे—मंद्र सप्तक पर गुनगुनाते हुए।

सोहन चचा को कभी अपने बड़े भाइयों से उलझते नहीं देखा गया था। शायद यह पहला और आखिरी मौका रहा होगा, जब लोगों ने उन्हें बड़े भाई को इस तरह जवाब और लगातार जवाब देते सुना था। शायद इसीलिए इस अभूतपूर्व ऐतिहासिक घटना का साक्षी भी कोई इक्का-दुक्का नहीं, पूरा मुहल्ला था।

और पूरा मुहल्ला ही इस बात का भी गवाह है कि इस घटना के कोई दो महीने बाद जब 'चिलम' के नए पदाधिकारियों ने अपनी 'नई रामलीला' की

तालीम शुरू की तो उस तालीम का पूरा जिम्मा हेडमास्टर भवानीदास को ही सौंपा गया। इतना ही नहीं, जानकार लोगों का तो यहाँ तक कहना है कि सिर्फ तालीम ही क्यों, उस वर्ष की लीला में कैकेयी की भूमिका भवानीदास चाचा ने खुद अपने लिए माँग के ली थी। 'मैं तो तेरे लिए बेटा, लीनी जग में आज बुराई'... गाते-गाते सुना, उनका कंठस्वर बीच में ही अवरुद्ध हो गया था।

और जब भवानीदास चचा एक दिन अचानक बिस्तर पर लेटे-लेटे साँस लेना भूल गए तो उनकी स्मृति को चिरस्थायी रखने का जो उपाय चिलम क्लब के नए सचिव हरिचरण को सूझा, वह भी कोई कम विचित्र और कम अभूतपूर्व न था : 'स्व. भवानी भाई मेमोरियल व्याख्यानमाला'।

□

मैं लालाबाजार से मल्लीबाजार की ओर लपका चला जा रहा था कि पाँव एकाएक ठिठक गए। लगा, जैसे पाँव-तले जमीन के भीतर से आवाज आई हो... 'लल्ला! ओ लल्ला!'

मुझे अपने बचपन के नाम से पुकारा जाना सख्त नापसंद है। और मेरे बिना जताए ही मुहल्ले को यह पता भी चल गया है शायद। क्योंकि अब कोई मुझे उस नाम से नहीं बुलाता। एक सोहन चचा को छोड़कर। हाँ, अगर किसी दिन सोहन चचा खुद मुझे मेरे असली नाम से पुकार बैठें तो मुझे बिल्कुल अच्छा नहीं लगेगा। बहुत, बहुत अजीब लगेगा। 'किस धुन में हो लल्ला?' वे एकदम पास ही तो बैठे थे। वहीं बाजार के फर्श पर, पालथी मारे आराम से। उनके हाथ में तराजू था... 'बस, तुम्हारे लिए ही बचाके रखे थे। पहाड़ी आलू हैं। दो किलो होंगे।'

'दे दीजिए चाचाजी!' जेब से रूमाल निकालकर बिछा दिया मैंने। 'कितने पैसे हुए?'

'अब तुमसे क्या नफा लूँ लल्ला! बीस किलो आलू थे। पौने दो के भाव पटे थे। दो रुपए किलो बेचे। साढ़े चार रुपए कमा लिये। तुम साढ़े तीन ही दे जाओ।'

'नहीं, सोहन चचा, आप तो चार रुपए ही काटिए। काहे को नुकसान उठाएँगे?' मैंने पाँच का नोट उनकी तरफ बढ़ाते हुए आग्रह किया।

मगर सोहन चचा तो सोहन चचा। पूरे डेढ़ रुपए मुझे वापस किए बिना उन्हें कैसे कल पड़े!

'और क्या हाल है लल्ला? कहीं घूमने नहीं जा रहे हो? न हो, भीमताल तक ही हो आओ। रेंजर साहब आजकल वहीं हैं। बढ़िया डाकबँगला रिजर्व कर देंगे।'

मैं चौंका। रेंजर साहब! सोहन चचा अपने लड़के को रेंजर साहब कब से कहने लगे!

'ये आपने अच्छा सुझाया चचा!' मैंने कहा, 'मैं तो खुद कहीं अच्छी जगह ढूँढ़ने की फिराक में था। गणेश अपनी मदद कर सकता है, यह बात तो मुझे सूझी ही न थी। मैं आज ही उसे लिखता हूँ। चचा, आप गणेश के पास ही क्यों नहीं चले जाते? इस उम्र में जब आपको आराम की जरूरत है।'

सोहन चचा का मुसकराता चेहरा एकाएक सख्त पड़ गया। 'आराम की जरूरत यहाँ किसको है, लल्ला! जब तक ये हाथ-पैर चल रहे हैं, मुझे किसी का आसरा नहीं चाहिए।'

मैं कुछ हतप्रभ हो आया। इसमें आसरे की क्या बात है!

'लल्ला! मैं उन लोगों में नहीं, जो औलाद के भरोसे अपना बुढ़ापा काटने की सोचते हैं। अरे, पढ़ाया-लिखाया तो क्या अहसान कर दिया? तुम्हारी औलाद है, उसे आदमी बनाना तुम्हारा फर्ज है। फर्ज पूरा किया, छुट्टी हुई। अब वो जाने, उसका काम जाने।'

'मेरा वो मतलब नहीं था सोहन चचा।' मैंने कहा।

'मैं तो एक बात कह रहा हूँ,' सोहन चचा बोले, 'ऐसा है लल्ला, आदमी को स्वावलंबी होना चाहिए। मेरी तो भगवान् से बस एक ही माँग रहती है। मुझे जब बुलाना हो, फौरन बुला लेना। मगर हाथ-पाँव चलते बुलाना। किसी का मोहताज मत बनाना मुझे।'

जाने सोहन चचा की आवाज में ऐसा क्या था कि मैं एकबारगी चौंक गया। कुछ बात है। जरूर कोई बात है। मगर क्या? मैं कुछ समझ नहीं पाया।

मैंने सोहन चचा के एक तीसरे खब्त का जिक्र किया था। वह तीसरा खब्त यही था, जिसे वे 'स्वावलंबन' कहते थे। बस यही एक भारी-भरकम शब्द हमने उनके मुँह से सुना है। पता नहीं, इस शब्द से उन्हें क्यों इतना लगाव था।

मगर मैं यह लगातार 'था' क्यों बोल रहा हूँ? सोहन चचा इस साल पचहत्तर बरस के हो रहे हैं। 'चिलम' क्लब के अपने साथियों को मैंने ही तो सुझाया था कि 'अरे, सोहन चचा पचहत्तर पार करने जा रहे हैं। कुछ तो करो।' नई बात थी ना, इसलिए वे लोग भी बड़े चक्कर में हैं कि क्या किया जाए? 'चिलम' के संविधान में—उसके क्षेत्र-विस्तार के बावजूद इस तरह का कोई प्रावधान नहीं है। मगर सचिव हरिचरण के दिल में मेरी बात बैठ गई है। समस्या मगर यह है कि इस

'स्वावलंबी' आदमी का अभिनंदन भी करें तो कैसे करें? उपहार वे लेंगे नहीं; खामखाह और बिगड़ेंगे। कैसे क्या किया जाए!

हाँ, सोहन चचा इस उम्र में भी हफ्ते में कम-से-कम एक बार गाँव-देहात का चक्कर काटते हैं और जैसा पिछले पचास बरसों से वे करते आए हैं, उसी तरह मौसम के मुताबिक कोई एक सब्जी या दाल या कोई भी मौसमी फल एक टोकरे या बोरे में लाद लाते हैं तथा बाजार के फर्श पर कहीं भी बैठ जाते हैं। चार-पाँच रुपए से ज्यादा उन्हें कमाना नहीं है। अपने कुरते की जेब को वे इंपीरियल बैंक कहते हैं।

□

कितनी अजीब और अविश्वसनीय बात है! सोहन चचा के बड़े भाई की आटे-चावल और घी-तेल की दुकान थी। इतनी बड़ी और इतनी चलती दुकान कि उसी के बूते पुजारी चाचा हवेली के मालिक बन बैठे। मगर सुबह से शाम तक उसी पैसों की खदान में बैल की तरह खटनेवाले सगे छोटे भाई का उसमें कोई हिस्सा नहीं! ऐसा क्यों?

वह दुकान तो बहुत पुरानी थी। उनके बाप की जमाई हुई। बूढ़े दादाजी की भी मुझे खूब याद है। कितना चाहते थे वे सोहन चचा को! वही तो उनके लाड़ले थे। क्या उनकी कमाई तीनों भाइयों में नहीं बँटी होगी? सोहन चचा का हिस्सा कहाँ गया?

क्यों नहीं सोहन चचा ने अपनी अलग दुकान खोली? क्यों उस जमाने में भी उस दुकान के चबूतरे के एक कोने में सोहन चचा का टोकरा अलग ही रखा रहता था—अपने अलग और बेमेल अस्तित्व की स्पष्ट घोषणा करता हुआ?

फर्क अगर पड़ा है, तो बस इतना ही कि अब सोहन चचा को अपनी हाड़मारी की एवज में अपने भाई की दुकान के चबूतरे का वह कोना तक सुलभ नहीं। वह दुकान तो कभी की दूसरे को बेची जा चुकी। पुजारी चाचा को भला उसकी क्या जरूरत थी! वैसी तो जाने कितनी सारी दुकानें उन्होंने किराए पे उठा रखी हैं और जिस कोठी में वे रहते हैं, उसमें चार-पाँच परिवार आसानी से समा सकते हैं।

क्या इतनी बड़ी दुनिया में इतनी कम जगह घेरकर भी कोई आदमी सोहन चचा की तरह जिंदा रह सकता है?

सोहन चचा के दोनों भाई पढ़े-लिखे थे। जाने कितनी-कितनी बार खुद सोहन चचा की सिफारिश पर पुजारी चचा ने मुझे अंग्रेजी और गणित में किनारे

लगाया था। और हेडमास्टर साहब का तो कहना ही क्या? हमारी पूरी बिरादरी में कोई उन जैसा नहीं हुआ।

तब फिर ऐसे दो-दो भाइयों के रहते हुए भी यह छोटा भाई प्राइमरी से आगे क्यों नहीं पढ़ सका? क्या भगवान् ने उसे इतना मंदबुद्धि बनाया था?

ऐसा कैसे कहा जाए?

मैं भीमताल में पूरा एक पखवाड़ा बिताकर लौटा हूँ। सोहन चचा का सुझाव बहुत ही बढ़िया रहा। क्या अद्‌भुत डाकबँगला था वह, जिसमें गणेश ने मेरा सारा प्रबंध कर दिया था। पहली बार जीवन में ऐसा मनचाहा एकांत मिला मुझे। खूब सैर-सपाटा भी किया; ढेरों कविताएँ भी लिख डालीं।

गणेश बहुत ही अच्छा लड़का है। समझदार इतना कि कहीं मेरे एकांत में खलल न पड़े, इस डर से मुझसे मिलने भी नहीं आता था। मैं ही कभी-कभार उसके यहाँ पहुँच जाता तो वह कितना खुश हो जाता था! वह चहल-पहल का आदी है और उसे नौकरी मिली है जंगलात की। कोई कंपनी नहीं, कुछ नहीं। बेचारा बोर न हो तो क्या हो! वैसे कितना सुशील और मिलनसार है! दोस्त तो वह मेरे छोटे भाई का है। मुझे बड़े भाई की तरह मानता है। मुझसे दसेक साल छोटा होगा। दाज्यू कहता है मुझे।

कई बार सोचा, उससे सोहन चचा के बारे में बात करूँ। मगर जाने क्या होता था, बात शुरू ही नहीं हो पाती थी। उनका जिक्र छिड़ते ही वह कुछ अनमना सा हो आता था। या बात ही बदल देता था। यहाँ आने के पहले दिन खाने पर बुलाया था उसने। फिर मौका नहीं मिलेगा, सोचकर इरादतन मैंने बात छेड़ ही दी। 'यार गणेश,' मैंने उसे उलाहना देते हुए कहा, 'इतना बड़ा घर है तेरा। चाचाजी को भी यहीं क्यों नहीं बुला लेता?'

गणेश कुछ देर चुप रहा। फिर बोला, 'आप क्या समझते हैं दाज्यू, मैंने उन्हें बुलाया ही नहीं? वे आते ही नहीं तो मैं क्या करूँ? उन्हें वहीं अच्छा लगता है। यहाँ जंगल में जब मेरा ही मन नहीं लगता तो उनका कैसे लगेगा?'

'क्यों नहीं लगेगा?' मैंने कहा, 'चाचाजी को तो घूमने-फिरने का शौक पहले से रहा है। इस उम्र में भी वे रोज तीनेक मील पैदल नाप आते हैं। आखिर तुम उनकी इकलौती संतान हो। उन्हें तुम्हारे पास अच्छा नहीं लगेगा तो और किसके पास लगेगा?'

गणेश फिर अपने भीतर गुम हो गया। मुझे लगा, वह कुछ असमंजस में पड़ा

हुआ है। 'कहीं नाराज तो नहीं तुमसे?' मैंने पूछ ही लिया।

गणेश ने एकदम चौंककर मेरी ओर देखा। फिर मुँह फेर लिया। उसकी गरदन नीचे लटक आई।

'ऐसा है दाज्यू, बाबू यहाँ आए तो मैंने उनके लिए कपड़े सिलवाए। कहा, बाबू, अब ये पोशाक छोड़ो। भद्दा लगता है।' बस इसी पर आगबबूला हो गए। 'मैं क्यों छोड़ू अपनी पोशाक? मुझे नहीं चाहिए, तुम्हारे कपड़े।' बस वही गंदे-संदे कपड़े पहने घूमते थे। डी.एफ.ओ. साहब आए तो उनके सामने भी। नौकर के होते हुए भी खुद नाश्ता ले आए बैठक में। साहब और क्या समझते! मेरा तो मन हुआ, धरती फट जाए तो मैं उसमें समा जाऊँ। फिर भी मैंने उनसे कुछ नहीं कहा। बुरा तो लगता ही है दाज्यू! आखिर जानबूझकर ऐसा स्वाँग करने की उन्हें जरूरत क्या है? पता नहीं, कैसा दलिद्दर घुसा हुआ है उनके खून में। कुछ सुनना हो नहीं चाहते; समझना ही नहीं चाहते। उन्हें किस बात की कमी है? इस उम्र में भी साग का टोकरा सिर पर उठाए भरे बाजार में फिरते रहते हैं। लोग क्या सोचते होंगे, आप ही बताइए। क्यों अपने साथ-साथ मेरी भी मिट्टी पलीद करते हैं? मैंने तो अब उधर जाना ही छोड़ दिया। क्या मुँह दिखाऊँ! आखिर क्या मतलब है इस जिद का? क्यों नहीं वे जिस तरह और सारे लोग रहते हैं, उस तरह रहते?'

अब चुप रहने की बारी मेरी थी। पर मुझसे रहा नहीं गया। 'ऐसा है गणेश,' मैंने कहा, 'यह कोई आज की बात तो है नहीं। जैसे तुमको उनका ढंग-ढर्रा पसंद नहीं, वैसे ही तुम्हारे ताऊ लोग भी उनसे चिढ़ते रहे होंगे। उन्होंने भी, तुम क्या समझते हो, कोई कम टोका-टोकी की होगी? मगर चाचाजी तब भी किसी की परवाह नहीं करते थे और अब भी नहीं करेंगे। इसे तुम उनकी जिद कह लो, आदत कह लो, कुछ भी कह लो। जब उन्होंने अपने बड़े भाइयों की नहीं मानी तो तुम्हारी कैसे मान लेंगे?'

मुझे कल्पना भी नहीं थी कि मेरी यह बात गणेश को इस कदर उत्तेजित कर देगी। एकदम बौखला गया वह तो—'हद हो गई, आप क्या जानते हैं? कैसे आप कहते हैं? मुफ्त का नौकर मिला था उनको। वे क्यों टोकते उन्हें? किसलिए? बुरा अगर लगता था तो मुझको लगता था। माँ को लगता था, जिनके बुरा लगने की कभी कोई परवाह इस आदमी ने नहीं की। मुहल्लेवालों को तमाशा देखने को मिलता था। वे क्यों कुछ कहने लगे! इज्जतदार लोग इज्जतदार की परवाह करेंगे कि ऐसे लोगों की? और सच बात तो यह है···मैं भी पहले यही समझता था कि

ताऊ लोग ही जिम्मेदार हैं हमारी बदहाली के लिए। वे ही जल्लाद हैं, हैवान हैं, जो मेरे सीधे-सादे पिता का खून चूस रहे हैं। मगर अब तो मेरे सामने साफ है कि वे जैसे भी थे, जो भी थे, इनमें भी कोई कसर नहीं थी। अपना ही माल खोटा तो परखैया का क्या दोष! अच्छा हुआ, जो भी हुआ। और होना भी क्या था इसके सिवा! इनका हिस्सा हड़पा गया, ये कुछ नहीं बोले। उलटे मुफ्त की बेगार बजाते रहे भाई की। बरदाश्त करते-करते आखिर माँ तक मुझे लेके मेरे नाना के यहाँ चली गई और साल भर तक हम उस घर में नहीं लौटे। इनको कोई फर्क नहीं पड़ा। कैसे पड़ता। इन्हें उसी में मजा आता था न—गुलामी और दलिद्दरी में। इनको क्या फर्क पड़ता था! मुझे तो इस दलिद्दरपन से तब भी घिन लगती थी। अब भी लगती है। दलिद्दरी आदमी लाख गुणी हो, कुछ भी हो, कौन पूछता है उसे? आप मेरी जगह होते न, तब पता चलता आपको, मैंने कैसा नरक भोगा है और अब भी भोग रहा हूँ। पर उपदेश कुशल बहुतेरे…!'

अचानक गणेश अपनी जगह से उठा और मेरे दोनों हाथ अपने दोनों हाथों से पकड़कर मुझसे माफी माँगने लगा। मैंने उसे वापस कुरसी पर बिठाया और कहा, 'माफी की इसमें क्या बात है, गणेश? तुमने कुछ भी तो गलत नहीं कहा। गलती तो मेरी है, जो खामखाह जिक्र छेड़ बैठा। तुम सच मानो गणेश, तुम्हारा जी दुखाने का मेरा कतई कोई इरादा न था। मुझे गलत मत समझना। मैं उपदेश नहीं दे रहा था, मगर तुम भी ठीक कहते हो। जो भुगतता है, वही जानता है। मगर…चाचाजी…।'

मुझे भावुकता बिल्कुल पसंद नहीं और मेरे सामने कोई इस तरह करे तो मुझे सचमुच बड़ी घिन लगती है। मगर उस दिन, उस घड़ी, पता नहीं, मुझे क्या हो गया—मैं सँभाल ही नहीं सका अपने को। बेचारा गणेश तो हक्का-बक्का रह गया।

अगले दिन मैंने रानीखेत की बस पकड़ ली। गणेश से वादा किया—मैं अगले साल भी आऊँगा। गणेश ने भी मुझे आश्वस्त किया कि उसका तबादला भी हो जाएगा तो भी कोई फर्क नहीं पड़ेगा। वह जहाँ भी रहेगा, डाकबँगले की उसके रहते मुझे कभी कमी नहीं पड़ेगी।

मेरे सामने फिलहाल दो-दो समस्याएँ हैं। एक तो यह कि सोहन चचा की पचहत्तरवीं वर्षगाँठ किस तरह मनाई जाए? हरिचरण और उसके साथियों ने सबकुछ मुझी पर छोड़ा हुआ है और मेरा दिमाग काम ही नहीं कर रहा। मगर दिमाग काम करे, न करे, कुछ तो निर्णय लेना ही पड़ेगा। मुझी को उपाय ढूँढ़ना होगा। दूसरी समस्या यह है कि सोहन चचा से जब भेंट होगी और वे गणेश के बारे में पूछेंगे तो

मैं उन्हें क्या बताऊँगा? मुझे मालूम है, यह समस्या उस तरह है ही नहीं। फिर मैं क्यों इसे लेके परेशान हूँ?

मुझे यहाँ पहुँचे भी दो दिन बीत गए—मैं अभी तक उस तरफ नहीं निकला, जिस तरफ सोहन चचा से भेंट होना लाजिमी है। मैं क्यों उनसे मिलने से कतरा रहा हूँ, यह मैं खुद ही नहीं समझ पा रहा।

मगर कब तक कतराऊँगा? आज नहीं तो कल, मुझे सोहन चचा का सामना करना ही पड़ेगा। अगले इतवार ही तो उनका जन्मदिन पड़ रहा है। आज-कल के भीतर ही मुझे मानपत्र तैयार करके प्रेस में छपने दे देना है।

□

अभिभावक

राजा स्कूल चला गया। बिल्कुल मन नहीं था उसका जाने का। नीचे बच्चों से लदा-फँदा ऑटो धड़धड़ा रहा था और भीतर वह अरजी लिखवाने को मचल रहा था—अपनी बड़ी बहन से, जो उसे जोर-जोर से समझा रही थी कि अरे, दो-चार दिन की ही तो बात है; फिर छुट्टी तो होनी ही है। क्यों खामख्वाह गैरहाजिर होते हो? मगर राजा टस-से-मस नहीं हो रहा था। 'पढ़ाई-वढ़ाई कुछ होती नहीं, टीचर कॉपी जाँचने में लगे रहते हैं···क्लास में भी नहीं आते···फिर भी बैठे रहना पड़ता है। लड़के कितना तंग करते हैं, तुम क्या जानो, मैं तो नहीं जाऊँगा, बस।'

इधर दोनों बहस में उलझे हुए थे, उधर ऑटोवाला चीखे जा रहा था और मेरा दिमाग खराब हुआ जा रहा था। रोज वही तमाशा! इसका स्कूल न हुआ, मुसीबत हो गई। जब देखो धुँधमारी! जब देखो धुँधमारी! झपटकर मैं अपने तख्त से कूदा और राजा पर बरस पड़ा···"नालायक! कामचोर! तू है कौन, मैं स्कूल नहीं जाऊँगा कहनेवाला? क्या लाट साहब का बच्चा है?'

'हाँ, हूँ'···राजा ने एकाएक पलटकर जवाब दिया। मेरा तो माथा भन्ना गया। मैंने आव देखा, न ताव। तड़ातड़ उसके दो तमाचे रसीद कर दिए। 'बदतमीज! सुअर के बच्चे! शर्म नहीं आती तुझे? मुँह लगता है?'

क्या हो गया था मुझे? क्या हो गया है मुझे? यह माया बीच में न पड़ती तो मैं तो पागल ही हो गया था। आखिर क्या गलत कह रहा था राजा! क्या मैं ही नहीं छाँटता रहा हूँ लाट साहबी? क्या मैंने ही नहीं सिखाया उसे स्कूल से नफरत करना?

क्या मैंने ही अपने बचपन के किस्से सुना-सुनाकर उसका दिमाग खराब नहीं किया है, कि किस तरह हमारे जमाने में कैसे-कैसे मजे लूटे हैं हमने! स्कूल भी तो

स्कूल जैसा लगता ही कहाँ था और होमवर्क कितना हलका होता था! अध्यापक भी कितने मजेदार और मस्त किस्म के हुआ करते थे! अरे, उनकी मार भी अक्सर प्यार जैसी लगने लगती थी।…कैसे वे हमारी शैतानियों को भी अक्सर जान-बूझकर अनदेखा कर देते थे…कैसे हम लोग कक्षा से गोल मारके नीचे नाले की ओर भटकने चल देते थे…काफल के पेड़ पर चढ़ने या झाड़ियों में पके हिसालू तोड़कर खाने… । और कैसे तो दोस्त हुआ करते थे, जो मेरे बदले खुद पिटने को हमेशा तैयार रहते थे…मुँह तक नहीं खोलते थे।…कैसे दुनिया भर की किताबें हमने स्कूल के दिनों में ही चाट डाली थीं। अरे, हाँ! स्कूल की पढ़ाई में भला किसका मन लगता था! वह तो रट्टू तोतों के लिए छोड़ दिया था हमने। और फिर भी देखो—कमाल की बात है न कि बिना आँखें फोड़े ही, खेल-खेल में अपन पास भी हो जाते थे। पोजीशन भी ले आते थे।

बेचारा राजा! उसे ये सारी बातें परीकथा की तरह लगती हैं। जाने क्या बात है, उसका कभी कोई दोस्त ही नहीं बनता। कक्षा से गोल मारकर बहते नाले के साथ दौड़ लगाना और पेड़ पर चढ़कर काफल तोड़ना या काँटेदार झाड़ियों में हलवे की तरह हिसालू तोड़कर खाना क्या होता है, इसकी वह केवल कल्पना कर सकता है। या कल्पना भी नहीं कर सकता—केवल अचरज से आँखें फाड़े मेरा चेहरा ताकता रह सकता है। अपने सहपाठी लड़कों को भी वह सिर्फ चुगलखोरों और आततायियों की तरह पहचानता है। क्या अपने स्कूल से, क्या अपने टीचरों से और क्या साथ के लड़कों से, वह सिर्फ नफरत कर सकता है। डर ही सकता है। डर और नफरत के सिवा और जाना ही क्या है उसने? और मुझे भी लत सो पड़ गई है—उसके स्कूल और टीचरों का मखौल उड़ाने की। इसीलिए न कि वह वहाँ मेरी इच्छा से नहीं, अपनी माँ की इच्छा से पढ़ रहा है! मगर इसमें भला उसका या उसकी माँ का भी क्या कसूर है? इस राजधानी के शहर में क्या कहीं एक भी ठिकाने का हिंदी स्कूल है? आखिर भरती करवाने उसे मैं ही तो ले गया था। क्या झख मारकर मन-ही-मन मैं भी यही नहीं चाहता कि कहीं मेरे पड़ोसियों के बच्चों की तुलना में वह पिछड़ा न रह जाए!

हाँ, एक बार, बस एक बार यह राजा फर्स्ट आया था। फिर कभी नहीं आया। मुझे अच्छी तरह पता है, वह क्यों फर्स्ट के लायक होते हुए भी हर बार 'थर्ड' या 'फोर्थ' ही आता है; और कभी-कभी तो 'सेवंथ' तक। उसकी अंग्रेजी के टीचर की मैंने गलती जो निकाल दी थी। राजा का वाक्य सही था बिल्कुल;

मगर उस सही वाक्य को काट करके टीचर ने उसे 'सुधार' दिया था। देखके भी पहली बार तो मैं अनदेखा कर गया। मगर जब दूसरी बार भी फिर उसी तरह गलती सुधारी गई तो मुझसे नहीं रहा गया। मैंने राजा की कॉपी पर ही एक कोने में अपनी टिप्पणी जड़ दी। और शायद यही बुरा हुआ। मुझे चेतावनी दी गई—'आपने की कैसे यह जुर्रत?'···जी हाँ, मुझे सचमुच फरमान मिला फादर का कि आइए मुझसे मिलिए और रू-ब-रू खेद प्रकट कीजिए। हद हो गई। भला बताइए, मैं क्यों जाता वहाँ अपनी बेइज्जती करवाने! वैसे भी, जाने क्या बात है, अपना-अपना स्वभाव है—मैं तो अफसरों या हेडमास्टर टाइप के लोगों के साथ ठीक से ठंडे दिमाग से बिल्कुल निपट ही नहीं पाता। जाने क्या बात है, हर ऐसे मौके पर मेरा रक्तचाप बढ़ जाता है खुद-ब-खुद और मैं अपने को काबू में नहीं रख पाता।

सचमुच अगर मैं चला गया होता तो इतना तो तय था कि तेज बातचीत हो जाती और राजा का टी.सी. थमा दिया जाता मुझे, कि जाइए आपके राजकुमार के लायक कोई दूसरा स्कूल ढूँढ़ लीजिए। हमारा पिंड छोड़िए। हाँ, सिर्फ एक बार, केवल एक बार मैं राजा के 'फादर' से जाकर मिला हूँ और उस अनुभव को दुहराने की इच्छा नहीं रखता। पता नहीं, क्या हो गया है लोगों को! खुशामद कर-करके उन्हीं ने तो इनको सातवें आसमान पर चढ़ा दिया है। मैं तो नहीं हूँ उन रीढ़हीन अभिभावकों में, जो इन लोगों के सामने नाक रगड़ते फिरते हैं। मैंने तो माया को भी मना किया था। मगर वह तो जब माने, तब न? हद हो गई इस डरपोकपने की भी। फादर की चिट्ठी न हुई, अदालत का सम्मन हो गया! कि जिसकी तामील करनी ही है।

मगर···! माया को भला मैं किस मुँह से मना करता! मना करने का कोई मतलब था? अरे, अगर मुझे इतना ही प्यारा था अपना स्वाभिमान तो खुद जाके भिड़ना था न। कर क्या लेते वे, निकाल ही न देते! कैसे निकाल देते! स्कूल किसी के बाप का है क्या? जब तुम्हें पता है कि तुम्हारा पक्ष न्याय का पक्ष है तो हिचकने की क्या बात थी? भिड़ ही गए होते तो सच्चाई तो सामने आ जाती। उन्हीं की पोल खुलती। जाने कितने अभिभावकों को कितनी तरह की शिकायतें होंगी। सब इसी तरह कतराते होंगे। तुम ही जरा तनकर खड़े हो गए होते तो क्या दूसरे भी तुम्हारा साथ न देते? न भी देते मानो, अकेले ही पड़ जाते तुम तो ऐसा कौन सा आसमान टूट पड़ता! अरे, जिस स्कूल पर तुम आए दिन कुढ़ते रहते हो कि वह ठगी और झूठ और भेदभाव, और न जाने किन-किन बुराइयों का गढ़ है, उससे एकबारगी पिंड ही

छूट जाता तुम्हारा तो··· ! नहीं-नहीं ! उनकी क्या मजाल थी कि तुम्हें टी.सी. थमा देते ! इतना आसान है क्या स्कूल से निकालना एक निरपराध बच्चे को?

फिर तुम हिचके क्यों? पीछे क्यों हटे? तुम्हारे नहीं जाने से क्या तुम्हारे स्वाभिमान की रक्षा हो गई? तुम नहीं गए तो माया बेचारी को तो जाना ही था। क्या यह अच्छा हुआ कि तुम्हारे बदले तुम्हारी पत्नी को सुनना पड़ा? यह कैसा स्वाभिमान है, जो जूझना भी नहीं चाहता और बचे रहना भी चाहता है? तुम्हें शिकायत है मन-ही-मन कि तुम्हारा बदला तुम्हारे लड़के से चुकाया जा रहा है, क्योंकि तुमने उसके टीचर की गलती निकाली थी और इसका खेद प्रकट करने भी नहीं गए थे। इसलिए नहीं गए थे कि तुम्हें खेद नहीं था, गुस्सा था। गुस्से में हेडमास्टर से झगड़ा हो जाने का डर था और तुम इस बखेड़े में पड़ना नहीं चाहते थे। है ना? तुम कोई जोखिम नहीं उठा सकते। तुम सिर्फ झुँझला सकते हो और वह भी अपने ही घर में। तुम तो बस कतराना जानते हो और हमेशा कोई-न-कोई आड़ ढूँढ़ते रहना। कभी माया की, कभी अपनी व्यस्तता की, कभी स्वाभिमान की, कभी इस लाइलाज दुनिया की। है न? तुम्हें आड़ की क्या कमी है ! तो फिर झुँझलाते क्यों हो? गरियाते भी क्यों हो—फादर को, टीचर को, अभिभावकों को? ठीक है, वे वहाँ झख मारके जाते हैं नाक रगड़ने को। और तुम नहीं जाते, पर इससे क्या होता है ! इतनी ही अकड़ है तो जिस ढंग का स्कूल तुम्हें सही लगता है, पैदा कर दिखाओ। आखिर कैसे चल रही हैं ये झूठी और दिखावटी दुकानें, अगर तुम्हारे जैसों की ही मिलीभगत से नहीं तो? यह मिलीभगत नहीं, तो क्या है?

क्या मैंने ही राजा से नहीं कहा था कि हमारे जमाने में इम्तहान के बाद छुट्टियाँ हो जाती थीं और सिर्फ उसी दिन स्कूल जाते थे, जिस दिन रिजल्ट मिलता था?

क्या मैंने ही उससे नहीं कहा था कि संसार में जितने भी बड़े-बड़े लोग हुए हैं, उनमें से किसी को भी स्कूल की कैद अच्छी नहीं लगती थी?···कि उनमें से कोई भी स्कूल में अव्वल नहीं आया था कि स्कूल की पढ़ाई से कुछ नहीं होता?···

क्यों बकता हूँ मैं यह सब? वह कौन सी गाँठ है मेरे भीतर, जो मुझसे यह सब कहलवाती है? जबकि सच्चाई—और कड़वी सच्चाई यही है कि मैं चाहता हूँ राजा हर बार फर्स्ट आए और किसी से भी पीछे न रहे। नहीं तो···मुझे आखिर यह शिकायत क्यों है कि उसे फर्स्ट नहीं आने दिया जाता। उससे जानबूझकर बदला निकाला जा रहा है। क्या मैं भी अपने लड़कपन भर फर्स्ट आने के लिए ही नहीं तरसता रहा? क्या मुझे भी शिकायत नहीं थी—अपने अध्यापकों से, अपने पिता

से, और जाने किस-किस से? अपने बच्चों के सामने मैं जिस जमाने की खूबियाँ गिनाते नहीं थकता, क्या उससे मुझे सचमुच कभी कोई शिकायत नहीं थी? क्या मेरे साथ कभी कोई अन्याय नहीं हुआ था? क्या अच्छी यादों के साथ-साथ खासी कड़वी यादों का भी मेरे भीतर एक लंबा सिलसिला नहीं? फिर मैं काहे को उस तसवीर में मनमाने रंग भरता रहता हूँ? क्यों उलझन में डालता हूँ अपने बच्चों को, जो वैसे ही कोई कम परेशान नहीं!

क्या मैंने ही राजा से नहीं कहा था इम्तहान हो जाने दो, फिर पचमढ़ी जाएँगे? कि छुट्टी चाहे जब से लगे, कोई फर्क नहीं पड़ता—ऐसी-तैसी तुम्हारे स्कूल की।

मैं कैसे भूल गया यह सब?···"सुअर के बच्चे!"···यह मेरे ही मुँह से निकला था न? मुझे हो क्या गया है आजकल?

बेचारा राजा! 'हाँ, हूँ' उसने कहा था। क्या गलत कहा था? हाँ, हूँ; बेशक मैं लाट साहब का बच्चा हूँ। तुम लाटसाहब नहीं तो क्या हो, जो दो-दो दुनियाओं पर एक साथ सवारी गाँठते हो! एक ओर मेरे स्कूल पर लानत भेजते रहते हो दिन-रात, और दूसरी ओर, उसी में मेरे भविष्य की गारंटी ढूँढ़ते हो। एक ओर इस पढ़ाई का मखौल उड़ाते हो और दूसरी ओर चाहते हो, मैं फर्स्ट आता रहूँ हर बार। क्यों? कभी नीचे खिसका नहीं कि मुँह लटक जाता है तुम्हारा। क्या मैं नहीं जानता? क्या मैं लाचार नहीं—तुम्हारी इस दोहरी लाटसाहबी को ही रात-दिन ढोते रहने को? अपने जमाने की डींग हाँकते रहते हो। अपने जमाने के डंडे से इस जमाने को पीटते नहीं थकते। और दूसरी तरफ···इस जमाने में भी किसी से पीछे नहीं रहना चाहते। भला क्यों?

राजा यह सब नहीं सोच सकता। राजा यह सबकुछ नहीं कह सकता। राजा केवल मेरी बौखलाहट पर हतप्रभ हो सकता है। या ज्यादा-से-ज्यादा वह अचानक बिफर सकता है, जैसे आज बिफर गया था। हाँ, हूँ मैं लाटसाहब का बच्चा। तो फिर···?

□□□